CECILIA
Billy
Campanula
Tomelilla
QUESTO LIBRO
È DI:

FAIRY OAK

ADDIO, FAIRY OAK

Illustrazioni di Alessia Martusciello e Roberta Tedeschi
Colori personaggi e sfondi di Barbara Bargiggia
Illustrazioni ad acquerello di Corinne Giampaglia
Ottimizzazione logo di Francesco Gemelli
Progetto artistico e realizzazione grafica di Elisabetta Gnone

Un sincero ringraziamento a Tim Bruno per la consulenza editoriale, a Fabiola Beretta per la lettura finale, e a Benedetta Lucci per avermi prestato un nome.

Visita il villaggio della Quercia Fatata su:
www.fairyoak.com

Redazione: corso della Vittoria, 91 - 28100 Novara
Ufficio tecnico: Marco Manzini
Redazione: Fabiola Beretta e Tiziana Campana
Prima edizione: ottobre 2010

Catalogo U7350784
ISBN 978-88-418-6339-8

www.deagostini.it

Prestampa: G.F.B. - Sesto San Giovanni (Milano)
Stampa: La Tipografica Varese S.p.A. - 2010

Al prossimo viaggio...

Cara Fatina dal nome impronunciabile,

ma che con un po' di esercizio imparerò a dire, il mio nome è Lalla Tomelilla e sono una Strega della luce.

Ho avuto il tuo nome dal Gran Consiglio al quale invio questa lettera affinché te la inoltri al più presto (come saprai, a nessun essere umano è permesso scrivere direttamente a una Creatura Magica).

Ho letto nella tua ottima scheda che oltre a essere molto brava, seppur molto giovane, sei disposta a trasferirti in regni distanti dal tuo. Forse avrai sentito parlare della Valle di Verdepiano e del villaggio della Quercia Fatata: io vivo là. Dunque, molto lontano dal Regno delle Rugiade d'Argento.

Tuttavia, posso assicurarti che il luogo è piacevole e congeniale alle fate. Molte di esse infatti vivono qui con noi e badano ai nostri bambini in serenità.

Fra alcuni mesi, mia sorella Dalia darà alla luce due gemelli che, viste le tue attitudini, vorrei affidarti in qualità di tata. Naturalmente vivrai con noi e riceverai un adeguato compenso per il tuo impegno che, ti dico fin da subito, sarà a tempo pieno, sette giorni su sette.

Ti allego alcune foto della nostra famiglia e della casa, affinché l'incontro ti sia in qualche modo familiare e tu possa cominciare a prendere confidenza con la tua nuova vita. Ho fiducia infatti che accetterai l'incarico. E a proposito di questo, ti prego di rispondermi subito. Il tempo stringe e per me è molto importante che i miei nipoti abbiano una fata baby-sitter che li abbia visti nascere.

Se accetterai, il tuo incarico presso la nostra famiglia durerà quindici anni, trascorsi i quali sarai di nuovo libera di occuparti di nuovi bambini.

Complimentandomi con te per gli ottimi voti e nella speranza di avere presto tue notizie, cordialmente ti saluto

Strega Lalla Tomelilla

Elisabetta Gnone

ADDIO, FAIRY OAK

LA QUARTA SERA

Ritorno a Fairy Oak

LA PROMESSA DI UNA FATA

E ora? Dovevo mantenere la promessa.

Le fate lo sapevano, mi aspettavano e mi avrebbero messo alla prova: con occhi increduli mi avrebbero guardata: ce l'avrei fatta?

Io stessa stentavo a crederlo.

Al mio ritorno nel regno delle Rugiade d'Argento, le fate mi erano venute incontro, festose e sorridenti. Erano felici di rivedermi e ansiose di sapere tutto del luogo dov'ero stata, e delle persone che avevo conosciuto. In quegli anni avevo scritto e raccontato già molto, ma evidentemente non abbastanza.

Commossa da tanto vivo interesse, e grata di poter restare in compagnia dei miei ricordi, avevo accettato di rivelare ancora qualcosa della mia straordinaria esperienza a Fairy Oak.

Era stato il mio primo incarico, e se ciò non fosse bastato a renderlo speciale, ero stata anche molto fortunata, poiché a chiamarmi in quella terra bellissima era stata colei che stimavo più al mondo, la Strega della luce più saggia e onorevole di tutti i tempi: Lillà dei Sentieri, Tomelilla.

Saggia, giusta, coraggiosa, e anche tenera, pietosa, leale, dotata di un sorprendente senso dell'umorismo, l'avevo amata tanto, e come figlie avevo amato le nipotine che aveva voluto affidarmi, Vaniglia e Pervinca, le gemelle su cui avevo vegliato per quindici anni.

A tutti loro, alle bambine, a Tomelilla, a mamma Dalia, a papà Cicero, ai loro amici e ai figli dei loro amici, alla grande Quercia, cuore del villaggio, e alla Valle verde e rigogliosa che li accoglieva tutti, dovevo i bellissimi ricordi che, con gioia, avevo deciso di condividere con le mie compagne.

Storie d'amore e d'avventura, aneddoti buffi e misteri... Ne avevo da raccontare su Fairy Oak! Sera dopo sera, anno dopo anno, avrei potuto andare avanti per sempre. Fino a diventare noiosa. E questo non lo volevo. Dovevo pormi un limite, scegliere gli argomenti che meritavano di essere approfonditi e concentrarmi su quelli.

Con questo pensiero, avevo indagato nei miei ricordi, cercando di scoprire cosa li alimentasse, cosa li rendesse così dolci e intensi... A poco a poco la risposta era venuta: l'Amore, la Magia, l'Amicizia e infine l'Addio che avevo dovuto dire a tutto questo.

Quattro temi, dunque, di cui avrei parlato alle mie compagne, uno per sera, per quattro sere. A ciascuno era legato un mistero.

Ero pronta.

Le fate avevano scelto come "teatro" per i miei racconti la laguna. Ampia e protetta dagli alberi, avrebbe permesso alla mia voce di diffondersi senza fuggire, e a loro di ascoltare comode assieme.

La prima sera, avevo svelato il segreto di un amore dimenticato sul fondo di un baule, e narrato la storia del giovane Capitano Grisam, che aveva guidato la sua Banda sulle tracce di un pirata, per trovare un eroe.

La seconda sera, molto più a mio agio, mi ero sentita pronta ad affrontare il difficile tema della magia. Avevo commosso le fate raccontando loro il desiderio di una bimba magica e speciale: Shirley Poppy. Ascoltando la sua avventura, le fate avevano tenuto il fiato sospeso, fino al momento in cui un incanto era giunto a risolvere il mistero della storia, e le aveva rese felici.

La terza sera le avevo fatte sorridere.

Conquistato dalla simpatia e dalla leggerezza di Flox Pollimon, il piccolo popolo luminoso aveva scoperto la teoria dei colori e sperimentato la forza dell'amicizia, quella vera.

Mancava un solo racconto, quello che mi apprestavo a fare, l'ultimo, poi non avrei più parlato del passato, mai più di Fairy Oak, lo avevo promesso.

Sospirai, lasciandomi scivolare sul dorso di una foglia: se solo quella sera fosse durata per sempre... Un raggio di luna mi abbagliò: dovevo andare, le fate mi attendevano.

«Forza e coraggio» mi dissi. «Non c'è altro da fare.»

Poco dopo volavo verso la radura.

- Siete qui per ascoltare il quarto mistero - dissi, sforzandomi di sembrare allegra come al solito, mentre mi sedevo in mezzo a loro. - ...Bene. Forse avete delle domande da farmi, prima che cominci? - Nessuna

domanda. - Intuisco che siete impazienti di cominciare... Come volete, non perderò altro tempo, allora. Questa sera vi confiderò segreti di cui non vi ho mai detto prima. È mia intenzione, infatti, rendervi partecipi di quelle piiiccole cose, certi nonnulla e futili sciocchezze che, insieme con le minuscole, impareggiabili, strapreziose banalità di tutti i giorni, ancor più delle grandi avventure, delle battaglie e delle conquiste, alimentano oggi i miei ricordi, e li rendono speciali.

Scoprirete, ascoltando questa storia, che un mistero, proprio alla fine, resta insoluto. Ve lo dico perché è mia speranza che sarete voi a risolvere l'enigma. Io vi fornirò tutti i dettagli possibili. Spero che saranno utili per comprendere come mai i bambini, giunti a una certa età, non hanno più bisogno di una fata. - Un "Oooh!" di meraviglia si sollevò dalla folla luminosa. - Succede molto in fretta - spiegai - un giorno non possono fare a meno di te e il giorno dopo si dimenticano che esisti. È così triste...

Le fate, che avevano seguito il mio discorso con attenzione, adesso tacevano e mi fissavano. Una mano si sollevò.

- Sefelicetusaraidircelovorrai - disse una di loro - saremo felici di aiutarti a risolvere questo strano mistero, ma per quell'altra faccenda, ecco... io non posso credere che tu voglia davvero smettere di parlare di Vaniglia, di Pervinca e del villaggio della Quercia Fatata, ci sono ancora troppe cose da dire. Pensaci bene: sei sicura di voler mantenere la tua promessa?

Le fate non erano pronte a lasciare Fairy Oak.

E io?

- Sì - risposi con un sorriso. - Ci ho pensato a lungo e non è facile neppure per me, sapete? Tuttavia, sono certa che se continuassi a parlarvi del villaggio e dei suoi bambini, dei Magici e dei Nonmagici, dei fiori e delle onde... prima o poi farei di Fairy Oak un ricordo noioso. Invece desidero che nei vostri cuori resti un luogo dolce e prezioso.

Dire addio a qualcosa, a qualcuno, che si ama, è sempre difficile. Ma se lo si fa per amore, allora diventa, non facile, ma... accettabile.

Presto so che sarò chiamata a una nuova missione e sono già pronta per ripartire perché, ora lo so, ogni viaggio ha un inizio e una fine, e se la fine ci induce tristezza, significa che il viaggio è stato bello, e che la nostra valigia torna piena di ricordi, per i quali è valsa la pena viaggiare.

L'INIZIO

UNO

Novanta Giorni

NOVANTA NOTTI

"Il sottoscritto dottor Penstemon Chestnut certifica la nascita di Pervinca Periwinkle, venuta al mondo a mezzanotte e un minuto del 31 di ottobre, e di Vaniglia Periwinkle, sua sorella gemella, nata a mezzogiorno della medesima data."

Le bambine compivano tre mesi e noi, dopo novanta giorni, e novanta notti, di affanni e batticuore, cominciavamo a tirare il fiato, e a ritrovare un po' di serenità, e tempo, per le faccende di casa.

Non che le gemelle fossero diventate meno impegnative, né certamente avevano smesso di essere il nostro primo pensiero. Solo che adesso non correvamo più al primo colpo di tosse, e se udivamo un vagito, attendevamo qualche minuto prima di volare a controllare.

Cos'era cambiato dai primi giorni? Cominciavamo a conoscerle!

Adesso, per esempio, conoscevamo la ragione per cui spesso Pervinca piangeva, o si lamentava, e sapevamo quanto fosse facile far sorridere Vaniglia.

In più, avevamo una specie di "metro" che ci aiutava a misurare la gravità del pianto: Cicero!

Se il papà delle gemelle, ascoltando un lamento, diceva: "Questa è Vì" senza alzare gli occhi dal giornale, significava che potevamo continuare a fare ciò che stavamo facendo perché, per usare le parole del capo famiglia: "Probabilmente la piccola Vì voleva solo darci un ordine".

Cicero era il più tranquillo tra noi. Dalia era la più paziente, Tomelilla la più esperta e severa, e io, senza dubbio alcuno, la più ansiosa. Soprattutto i primi giorni, non riuscivo a staccarmi dalle bambine. Mi dicevo che, finché avessi tenuto gli occhi fissi su di loro, nulla di male sarebbe accaduto e, da questo assurdo convincimento, traevo la conseguente certezza che qualunque mia distrazione sarebbe stata fatale.

Come spesso accade ai giovani inesperti, fui presto smentita. Accadde più o meno una settimana dopo la nascita delle gemelle: eravamo sole in casa. Loro dormivano e io, vicino, leggevo rapita gli ingredienti di una torta. A quel tempo ero ancora nuova al mondo degli uomini e ogni cosa era strana o bellissima. Le torte al cioccolato erano bellissime.

Nel silenzio ovattato della stanza, sedevo sprofondata nella deliziosa lettura: "Cioccolato fondente, scorzette di arancia, crema di lamponi, panna montata con zucchero vanigliato...” Avevo l’acquolina in bocca e nella mia mente pregustavo già il sapore di quella prelibatezza, quando...

- IIIIIIIIIIIIIIIIHHHHHHHHH!

Un grido lacerò la quiete. Il respiro mi si bloccò e, credo, anche il cuore. Rimasi senza fiato, con gli occhi strabuzzati di fuori e le membra rigide per lunghissimi istanti. Se non fossi stata giovane e di costituzione forte, credo che sarei morta di spavento. Invece, non so come, riuscii a riprendermi e a correre verso Pervinca: piangeva disperatamente.

Rossa come un pomodoro, quando mi vide diventò viola, ancora più furibonda e preda del suo personalissimo dramma. Non sapevo cosa fare: le parlavo e lei non sentiva, l’accarezzavo e lei gridava più forte... Ero disperata. Provai a distrarla con giochi di luci e piccole magie, non servì a niente. Andai nel panico. Mi agitavo e, agitandomi, senza volerlo, toccai il fermo che teneva uniti i bordi della culla. La bacchetta non si sfilò, ma perse di stabilità e innescò la serie di eventi che portarono alla tragedia.

Uscii, pensando che forse la piccola avesse fame. Scesi in cucina per prendere il latte e, in quel momento, il perno scivolò per terra. I bordi della culla si abbatterono e Pervinca, a sette giorni di vita, cadde sul pavimento.

Negli anni a seguire, quell’episodio fornì spesso a Babù la giustificazione per certi strani atteggiamenti della sorella. E anche dopo che fu scoperta la vera origine del carattere ombroso e ribelle di Pervinca, una frecciatina sul fatto che, comunque, da piccola aveva battuto la testa, non gliela risparmiò mai del tutto.

In me l'incidente creò una tale massa di sensi di colpa che occorsero anni prima che riuscissi a sbrogliarla, e a perdonarmi. E in un solo, amaro boccone, mi fece ingoiare ogni mia presunzione.

Quel giorno, infatti, imparai che esserci, ed essere una fata, non bastava; compresi che i miei poteri erano utili tanto quanto un sonaglino o una trottola luminosa. Per diventare una brava tata dovevo studiare, fare pratica.

Mi misi d'impegno e cominciai a osservare i gesti di Dalia e le espressioni di Tomelilla, ascoltai il tono di Cicero e studiai le reazioni delle bambine, giorno dopo giorno, ora dopo ora. E così scoprii che le gemelle erano identiche nell'aspetto, ma diversissime di carattere, che più diverse non avrebbero potuto. Ciò che faceva sorridere Vaniglia, procurava rughette di nervosismo sulla fronte di Pervinca; quando Vì dormiva, Babù vegliava; se una aveva fame, l'altra voleva giocare; Pervinca aveva paura di... nessuno lo sapeva, e questo era un problema, perché quando cominciava a piangere, e succedeva spesso, non si sapeva cosa fare per consolarla. Inoltre lei gridava così forte che, pur di farla smettere, le tentavamo tutte, e tutte insieme: coccole, passeggiata, voce calma, canzoncina, piroetta, silenzio, luce, buio, ninnananna, sonaglino, gioco, pappa, acqua, acqua con zucchero, acqua da sola, camomilla, e ricominciavamo. Quando finalmente si calmava, non sapevamo mai quale, delle mille azioni che avevamo tentato, era stata quella che aveva funzionato.

Tutto l'opposto, Vaniglia era dolce e accomodante e i suoi timori erano chiarissimi: Babù piangeva quando aveva fame, quando fuori il tempo peggiorava e arrivavano i tuoni, quando intorno a lei era troppo buio. Inoltre metteva il broncio quando perdeva qualcosa, e gridava se sua sorella la mordeva.

Consolarla era uno scherzo: bastava sorriderle, che nel visino bagnato di lacrime compariva un sorriso. E se io creavo piccoli giochi di luce e frullavo veloce nell'aria, lei gridava dalla gioia, arricciava il naso e mostrava il più bel sorriso che Madre Natura abbia inventato.

Facile no? Allora perché non funzionava con Pervinca?

Dopo novanta giorni e novanta notti di studi e osservazioni, esperimenti, successi e fallimenti, cominciai a capire: Pervinca era una bambina vivace ed esigente.

Vì non piangeva mai per un mal di pancia, per il buio o per paura dei tuoni. S'infuriava quando non riusciva a fare qualcosa. Era come se avesse fretta di crescere; Pervinca voleva essere indipendente! A volte guardava le cose con una tale intensità, soprattutto quando eravamo fuori, all'aperto, era così desiderosa di toccare e scoprire il mondo, che quasi ti dispiaceva non lasciarla andare. Per questo ninnenanne, coccole, buffetti e diversivi non funzionavano con lei: la facevano sentire piccola e prigioniera.

Per farla sorridere, dovevi sfidarla a imparare cose nuove, nuove parole, suoni nuovi, aiutarla a crescere. Concentrata, osservava le labbra quando le insegnavamo a parlare; con attenzione, seguiva i nostri gesti quando le mostravamo una nuova forma, un frutto, un ramo, una scatola. Non temeva gli aromi che facevano arricciare il naso agli adulti, né i rumori che spaventavano gli altri bambini: con i tuoni sussultava, ma poi rideva e si animava in attesa del prossimo. Le piaceva essere spaventata e quando le facevo "BU!", comparendo all'improvviso, si sbellicava dalle risate. Poi... ah, sì, adorava il gioco del ragno: quando vedeva le mani di Cicero, o di Dalia, che si arrampicavano minacciose sul suo pancino, fingendo di essere grossi ragni, Vì spalancava gli occhioni e afferrava una mano per guardarla da vicino, nella speranza che fosse un ragno vero.

Era affascinata dalle ombre più che dalle luci, e non di rado rimaneva incantata a osservare quelle degli alberi che danzavano sulle pareti della loro camera. Guai a tirare le tende, cominciava a gridare!

Capito questo, tutto diventò più facile: in un quarto d'ora riuscivamo a farla smettere di piangere, e se Vaniglia diventava triste, sapevamo che stava per arrivare un temporale e ritiravamo il bucato.

Avevamo più tempo: tempo per sistemare la casa, occuparci del giardino, preparare pranzi decenti e perfino torte e dolcetti.

Verso la fine di gennaio Dalia e Tomelilla informarono Cicero del loro desiderio di dare un piccolo ricevimento, informale, per festeggiare l'arrivo delle bimbe con gli amici. Cicero si disse entusiasta e stabilì il giorno: il 14 febbraio.

Alle quattro del pomeriggio della data stabilita, mentre Dalia e Tomelilla completavano gli ultimi ritocchi, lui era sull'uscio ad attendere gli ospiti, fumando la pipa e godendosi l'ultima luce rosata di quel breve pomeriggio invernale...

DUE

Il Debutto

LA PRIMA FESTA DELLE GEMELLE

"Cicero e Dalia Periwinkle felici annunciano,
con Lalla Tomelilla, la nascita di Vaniglia e Pervinca.
Per festeggiare il lieto evento, domenica 14 febbraio,
ricevono amici e parenti in via degli Orchi Bassi,
dalle ore 16 in avanti."

L'invito era stato appeso, da Cicero, nella bacheca del Municipio, sotto le previsioni del tempo che lui stesso, giornalmente, metteva a disposizione dei cittadini di Fairy Oak.

Un invito aperto, perché nelle piccole comunità ogni evento è una festa e a nessuno piace esserne escluso. E infatti vennero tutti, o quasi tutti.

Alle quattro del pomeriggio, via degli Orchi Bassi era un via vai di gente: chi faceva solo un salto e, indossato uno scialle veloce, portava scarpe e abiti smessi dai propri figli, ma ancora in buone condizioni, per regalarli alle gemelle; chi veniva per fermarsi, ed era elegante: mantella, borsetta, cappello e un pacchetto infiocchettato sotto il braccio;

chi approfittava dell'occasione per uscire dal solito trantran quotidiano e veniva per fare due chiacchiere, portando con sé una torta, o due calzette fatte a maglia...

Con l'arrivo della sera, i nastri dorati dei regali e le fibbie dei mantelli scintillavano alla luce delle lanterne, i visi s'illuminavano e si udivano i saluti di chi veniva e di chi andava...

- Buona sera.

- Le avete viste? Sono carine?

- Come stanno Dalia e Cicero?

- Avete conosciuto la fata?

I Burdock arrivarono poco dopo che il sole era tramontato: mago Duff, suo fratello Vic con la moglie, la signora Marta, e il loro bambino. A quel tempo Grisam aveva quasi quattro anni.

Come vide la porta di casa aperta, si precipitò dentro e corse ad affacciarsi alle culle. Guardò prima una bambina, poi l'altra, e corrugò la fronte.

- Sono uguali - disse confuso.

- Sono gemelle - gli spiegò la sua mamma.

Il ragazzino tornò ad affacciarsi alla prima culla.

- Tu sei Babù o Maniglia? - domandò.

La bimba all'interno gli sorrise e accompagnò lo sdentato benvenuto con gridolini di gioia.

- Non Maniglia, amore mio, Vaniglia, con la v di vento - gli spiegò la signora Marta. - Babù è il suo soprannome. Sai perché?

Il bambino fece nò con la testa.

- Perché la sua sorellina le ha gridato: “Babù!”, la prima volta che l’ha vista.

- Perché?

- Questo dovresti chiederlo a lei.

Grisam si affacciò alla culla di Vì per domandarglielo e si prese in faccia il ragno nero che la bimba gli aveva tirato.

- Ahi! - esclamò Grisam offeso. - Adesso è mio!

Pervinca cominciò a strillare: quella bestia di maglia gliel’aveva fatta la sua mamma ai ferri, e lei si addormentava sempre ciucciando una delle zampe.

Il piccolo Burdock sgranò gli occhi e lasciò cadere il ragno nella culla. Poi si allontanò, tappandosi le orecchie, mentre Pervinca aggrottava le sopracciglia e meditava vendetta.

- Questa non è simpatica - disse il bambino tornando da Babù. - Meno male che ne avete due... Dove sono i giochi? Ehi, qui ci sono due spade!

Spiegai a Grisam che Cicero si era portato avanti col lavoro: intuendo che Pervinca non avrebbe mai giocato con una bambola, nelle notti di veglia aveva costruito due spade, una per lei e una per se stesso, nell’eventualità che un giorno avrebbero giocato insieme.

- Beeelle! - fece Grisam impugnandole. - Dov’è Tommy? Posso giocare a spade con lui?

- Certo - dissi.

Per tutta la sera, il giovane Burdock e il più piccolo dei Corbirock giocarono a draghi e cavalieri, tra le culle delle bimbe, le loro bambole e gli strilli di Vì che, sono sicura, voleva giocare anche lei.

I Burdock erano i migliori amici della mia famiglia, insieme ai Pollimon, che arrivarono poco dopo.

La signora Rosie e mamma Dalia erano state compagne di banco per tutti gli anni della scuola. Poi, Dalia aveva sposato il signor Cicero, e Rosie il signor Bernard Pollimon. In quei giorni aspettavano il loro primo bambino e, poiché mamma Rosie aveva un pancione grandissimo, Cicero corse a porgerle il braccio per fare gli scalini. Dietro, il signor Bernie reggeva un pacco che dalla forma doveva essere la tela per fare il ritratto alle bambine: il signor Pollimon era un pittore.

Mancava ancora madama Ortensia, la sorella della signora Rosie: arrivò poco dopo, e giustificò il ritardo con la lettera che aveva dovuto spedire al Gran Consiglio. Il 15 febbraio, infatti, scadeva il loro termine per richiedere una fata tata.

- Hai dunque scelto? - le chiese Tomelilla accompagnandola nella sala del rinfresco.

- Sì - rispose la strega, e da come lo disse, si capiva che doveva essere stata una faccenda piuttosto lunga e tormentata. - È da una settimana che scrivo e cancello - aggiunse infatti.

- La conosco?

- Sì, e anche molto bene.

- Non dirmi che...

- Proprio lei - confermò madama Ortensia, indovinando il pensiero dell'amica.

- Oh, be', mi pare una decisione...

- Strampalata, lo so, lo so! Cosa vuoi che ti dica, Tomelilla, sono una romantica. Eppure, posso assicurarti che ho pensato molto a questa scelta. Volevo la migliore, qualcuno che potesse accudire mia nipote come...

- Come aveva accudito te e Rosie? - la interruppe Tomelilla. - Non potresti trovarmi più d'accordo.

- Davvero? Ero certa che tu...

- Se mi lasciassi finire di parlare, qualche volta, Ortensia cara, scopriresti quanti pregiudizi hai nei miei confronti.

- Non sono pregiudizi, Tomelilla, il mio è puro terrore! Terrore del tuo giudizio! So quanto puoi essere severa quando vuoi, e io su questo tema sono sensibile. Mi agita il pensiero di Flox e...

- Flox? Si chiamerà così? - Mamma Dalia, che passava in quel momento col vassoio dei salatini, esultò sentendo quel nome. - È... gioioso! - disse.

- Lo ha scelto Bernard - spiegò madama Ortensia. - Io avevo proposto nomi un po' più seri, come Rosa o Eupharasia, ma a loro non piacevano e d'altronde sono i genitori che devono scegliere.

- Mi piace molto! - confermò Dalia porgendo

il vassoio alla signora. - Perciò sapete già che è una bambina. Ve lo ha detto il nostro caro dottor Penstemon? Lui è bravo e spesso indovina.

- Quasi mai - replicò Tomelilla alla giovane sorella. - A te aveva detto che uno dei due gemelli sarebbe stato un maschio.

- Perché Pervinca era molto vivace e scalciava come un cavallino, allora lui ha pensato che fosse un maschio. Dov'è Rosie? Voglio congratularmi con lei...

Dalia si allontanò, e il discorso fra le due streghe ricominciò da dove era stato lasciato.

- Perché sei preoccupata per tua nipote? - chiese Tomelilla. Madama Ortensia fece un sospiro.

- Sono vecchia, amica mia - rispose. - Sai che ho quindici anni più di Rosie? Fu un incidente. Insomma, i nostri genitori non avevano pensato che... lei non era prevista...

- Ho capito, Ortensia, vai avanti.

- È questo che ti ho detto! Sono vecchia, e quando Flox crescerà ed entrerà in quell'età in cui una zia deve essere lucida e presente, io potrei non essere più all'altezza, ecco. Potrebbero mancarmi le forze o la mia testa vagare sperduta...

- La tua testa vaga sperduta da quando ti conosco, Ortensia - cercò di consolarla Tomelilla. - Sei sempre stata una strega molto creativa, perciò non mi preoccuperei per questo.

- Oh, scherzi tu - protestò lei. - Vedrai, quando

arriverà il tuo momento... Avrai due bambine a cui insegnare, non una, due! Vedremo, allora, quando sarai stanca e vorrai riposare, e invece dovrai scendere nella bella e gelida Stanza degli Incantesimi a fare lezione... U-uh! Rido già adesso. E quando si metteranno nei guai e toccherà a te tirarle fuori? Perché sai che toccherà a te...

- Hanno una fata - le ricordò Tomelilla. E nel dirlo mi sorrise.

- Sì, sì - fece la futura zia di Flox - comunque neanche tu sei più una ragazzina, cara mia, neanche tu.

Un'ombra oscurò il viso della mia strega.

- Non ti sarai offesa? - chiese madama Ortensia stupita. - Oh, cielo, Lillà, come sei diventata sensibile. Scherzavo, mi conosci! Sai cosa penso di te, le tue nipotine saranno le più fortunate del mondo, avranno la migliore guida possibile! E che streghe diventeranno: un vanto, un...

- Non sono offesa - la rassicurò Tomelilla sfiorandole la mano in segno di affetto. - È che, senza saperlo, hai toccato un tasto dolente, il più dolente di tutti.

- Davvero??? - La strega si sporse verso l'amica e, guardando me di sottecchi, sottovoce le chiese: - Sei sicura di volerne parlare davanti alla fata?

- Oh, non ho segreti con Felì - rispose Tomelilla sorridendomi di nuovo. - Anzi, lei condivide la mia stessa ansia. Vedi, ho un problema con la legge.

La signora Ortensia sussultò.

- Cos'hai fatto alla nostra legge?

- Io? Niente! È lei che tormenta me. Ricordi l'articolo ABC Sezione D n. 23,5+6-1?

- Se lo ricordo? Da quando Rosie aspetta, non faccio che ripetermelo. - La strega chiuse gli occhi e cercò di ripetere la legge a memoria: - "*È stabilito che i poteri magici dei maghi e delle streghe si trasmettano solo ed esclusivamente da zii a nipotini. La pena per i trasgressori è il confinamento a vita a Bosco-che-Canta, sotto forma di alberi o arbusti con radici ben radicate nel terreno*". E allora?

- Quell'articolo ha un'eccezione... - le ricordò Tomelilla.

- Oh, che precisina! Sì, sì, allora, mi sembra dica qualcosa riguardo ai bambini geme... - Madama Ortensia si tappò la bocca e sgranò gli occhi. - "*...i bambini gemelli non possono ereditare i poteri magici!*" - concluse poi tutto d'un fiato.

Ci fu un lungo silenzio. E d'altronde cosa c'era da dire? Se la legge imponeva così.

- È un'eccezione! - sbottò a un tratto la cara signora. - E noi sappiamo che per ogni eccezione segue sempre una ecc-eccezione. Adesso te la dico, eh, aspetta...

- C'è, infatti - sospirò Tomelilla. - Suggerisce che i bambini gemelli che non siano gemelli perfetti, possano ereditare i poteri magici.

- Bene, allora è tutto risolto! - esultò strega Pollimon, sollevando il bicchiere per brindare. - Le tue nipotine sono nate con dodici ore di differenza, se questo è un gemellaggio perfetto, io sono un ramarro a dieci zampe. Sei in una botte di ferro, Lillà, sorridi!

- Sarà - sussurrò Tomelilla. - Ma delle ecc-eccezioni non ci si può mai fidare...

TRE

Strilli, Scherzi e Regali

I NOSTRI OSPITI

"Carissimi Dalia e Cicero, grazie per il gentile invito.
Con grande gioia verremo a conoscere le bambine.
Vostri Meum e Campanula McDale."

A metà festa, il Sindaco Pimpernel volle dedicare un discorso di benvenuto alle bimbe. Era un pensiero molto gentile e lui ci teneva, disse che era suo dovere, che un Sindaco è come un padre per gli abitanti di un villaggio. E così, in piedi su una sedia, il primo cittadino di Fairy Oak suonò col cucchiaino contro il bicchiere per attirare l'attenzione dei presenti.

- Cari concittadini... - esordì solennemente. Bevis Corbirock, uno dei fratelli maggiori di Tommy, allora poco più che bambino, attese quel preciso momento per sputare nella crema di castagne, mentre l'altro fratello, Ryan, fingendo d'aver perso qualcosa, stava sdraiato sul pavimento per sbirciare sotto le gonne delle giovani invitate.

Entrambi vennero scoperti ed entrambi le presero

di santa ragione dalla poderosa madre, incinta del sesto figlio, e per questo ancora più enorme e nervosa. Furono trascinati via, insieme a tutti gli altri fratelli, tra le proteste di Grisam e di Tommy, che avrebbero voluto continuare a giocare come avevano fatto fino a quel momento.

- Come stavo dicendo prima di essere interrotto - riprese il Sindaco - vorrei dare il benvenuto alle... - A questo punto sua figlia Scarlet attaccò a strillare e non smise più fino alla fine del discorso, né sua moglie smise un solo istante di rassicurarla.

Per fortuna, i Pimpernel se ne andarono presto, e al loro posto arrivarono persone nuove e simpatiche.

La signora Primula Pull, per esempio, la rubiconda sarta del villaggio che, appena vide le bambine, immediatamente le misurò.

- ...Due spanne scarse - disse annuendo. - Cosa ne dite se zia Primula vi facesse subito due vestitini nuovi? Siete contente? Sì, sì, guarda come ridono... soprattutto quella là, questa è più seriosetta.

Il signor McMike, il liutaio del villaggio, arrivò con un cucciolo tra le braccia.

- Si chiama Fiddle - disse, mostrandolo alle gemelle - ha la vostra età, ma è già un monello, rosicchia tutto. Vedete? Lui ha già i dentini, voi invece siete ancora piccole... - Vaniglia scoppiò a ridere, Pervinca invece sgranò gli occhi e tese le braccia per prendere il cagnolino. - Quando sarete più grandi, giocherete con lui, eh? E lo porterete a spasso...

Il fabbro Martagon, estroso Mago della luce, portò una bellissima giostrina di metallo sottile, che lui stesso aveva creato: dieci cavallini azzurri si inseguivano intorno a una grande quercia e, a uno schiocco delle dita, le foglie dell'albero s'illuminavano, e anche le bardature dei cavalli, proiettando giochi di luci e di ombre sulle pareti.

Mi stavo quasi dimenticando: prima del fabbro, erano arrivati i signori McDale, Meum e Campanula, due persone adorabili, molto affezionate ai Periwinkle. Lui era professore alla Horace, la scuola del villaggio, e stava per andare in pensione, lei era sua moglie da cinquantatré anni: una cuoca eccellente e un'abile aggiustatutto. Discussero tutta la sera, tenendosi sempre a braccetto. Lui si lamentava perché lei parlava troppo e lei perché lui troppo beveva e troppo mangiava.

- Ho sentito che insegnerai al nostro Joe il gioco degli scacchi - gli disse Tomelilla avvicinandosi per salutarli.

- Il ragazzo è portato - rispose il professore. - E poi non vorrei che sentisse la mia mancanza quando non sarò più a scuola.

Il ragazzo in questione aveva settant'anni, e da cinquanta era il guardiano della Horace. Gentile e affezionato ai bambini, il signor Joe Shuanmà trovò il tempo per venire anche lui.

- Vi aspetto, eh?! - disse alle gemelle. - E quando verrete a scuola, spero che sarete brave e non mi farete dispetti.

Per ringraziarlo, mamma Dalia gli portò una fetta di torta e un bicchiere di vino.

Anche la Preside della scuola venne in visita, la signora Euforbia Flumini, e disse la stessa cosa, solo che, invece di "spero", disse "so che sarete brave", forse perché conosceva bene Tomelilla, ed era certa che disciplina e buona educazione non sarebbero state trascurate in casa Periwinkle.

Per ultimo, arrivò il mago Butomus Rush, con due paia di scarpette rosse, che più belle non ce n'erano! Il signor Butomus era il calzolaio del villaggio, l'artista della tomaia. E come ogni artista, quando qualcuna delle sue opere riusciva particolarmente bene, si emozionava.

Con passione, e sincero orgoglio, illustrò a Dalia e a Cicero i dettagli che rendevano speciali quelle scarpette.

- Toccate qui... Non sono un guanto?

- Oh, sì - disse Dalia sfiorandole - davvero morbide.

- Però robuste! - tenne a precisare il mago. - I bambini hanno i piedi di burro, se non sono ben fasciati e sorretti, i piccoli inciampano e cadono come birilli. Quante volte lo dico ai genitori: "Le prime calzature sono le più importanti!" Sapete cosa succede alla postura di una creatura quando la si manda a camminare con le scarpe sbagliate? - Cicero e Dalia fecero no con la testa. - Provate a trascinarvi dietro un carretto con quattro ruote diverse e guardate cosa succede alle assi... Ecco, lo stesso succede alle ossa di un bambino: si stortano tutte!

- Oh, mamma!

- Se da piccoli non camminano bene - continuò il calzolaio - poi da grandi sono gobbi e curvi come rami. Be', comunque, con queste, le nuove bimbette cammineranno benissimo. Eeeh, son soddisfazioni, lo ammetto: ogni ragazzino di questo villaggio che cammina dritto e spedito è passato dal mio negozio!

- Oh, lo sappiamo, Butomus caro - gli disse Dalia abbracciandolo. - Grazie, grazie di cuore per queste scarpine, sono davvero bellissime! Non sono bellissime, bimbe?

Quella festa ci ripagò della stanchezza e dei batticuore dei mesi passati. Eravamo stati in buona compagnia e gli ospiti si erano divertiti: quando l'ultimo lasciò la nostra casa, la luna splendeva alta nel cielo.

- Oh, povera me, sono distrutta - disse Dalia crollando su una sedia. - Stanca, ma felice, avevo proprio bisogno di vedere un po' di amici, voi no? Mi sembra sia andato tutto bene e le bambine sono state bravissime, Babù ha sorriso a tutti e Vì non ha morso nessuno, neanche Adelaide Pimpernel quando le ha pizzicato la guancia. Come sono orgogliosa delle mie pulcine. Oh, a proposito, avranno fame...

Si rialzò e, dopo averci ringraziato, salì da loro.

Cicero, canticchiando con la pipa tra i denti un motivetto che il liutaio McMike e alcuni suoi studenti avevano composto per le gemelle, terminò di ritirare i bicchieri.

- Il resto lo facciamo domani mattina - disse e, salutando, raggiunse Dalia.

La giornata era finita e la serata si prospettava calma e serena.

Eppure Tomelilla era inquieta.

QUATTRO

Tuber Pretiosissimum

UNA VISITA INATTESA

"...Due cucchiai di cacao amaro, un cucchiaio scarso di zucchero, un cucchiaio di farina, tre pizzichi di Tuber pretiosissimum, grattugiati lì per lì..."

- Che avete - le chiesi. - Qualcosa non va?

Lei alzò le spalle.

- Mah... - disse.

- Un pensiero vi preoccupa?

- Non mi pare...

- Posso fare qualcosa?

- Stare qui con me - disse Tomelilla, e prendendo un gran respiro aggiunse: - Ho il presentimento che stia arrivando qualcuno.

«A quest'ora???» pensai.

- Desiderate che prepari un tè oppure una tisana?

Lei si accostò alla finestra e guardò fuori.

- Una tisana andrà benissimo, grazie, Felì - rispose senza voltarsi. Poi, però, ci ripensò. - No, aspetta! - disse. - Sono passati tanti di quegli anni, che stavo quasi per dimenticarmene. Lui non me l'avrebbe mai perdonato. Vieni, ti faccio vedere...

«Lui?»

Entrammo in cucina, Tomelilla frugò negli scaffali e procurò gli ingredienti per la cioccolata calda.

- Ah, quella la so fare - annunciai orgogliosa.

Lei rise e scosse la testa.

- Non questa, cara.

Armeggiò con il latte, la farina, il cacao... e io proprio non capivo cosa ci fosse di diverso. Fin quando, tolto il pentolino dal fuoco, lo avvolse in uno strofinaccio e si avviò verso la Stanza degli Incantesimi.

- Seguimi! - disse, inspiegabilmente entusiasta.

La seguii.

Quando fummo di sotto, la strega posò il pentolino su un libro e si tuffò alla ricerca di qualcosa. Il disordine di quella stanza, a quei tempi, era qualcosa di difficilmente spiegabile; Tomelilla, come i suoi avi, usava quell'antro sotterraneo come magazzino, in cui per secoli era entrato di tutto e non era mai uscito niente. Lei, tuttavia, sembrava orientarsi bene tra gli alambicchi e le pile di libri, i mucchi di carte, i grovigli di corde, i cesti, i ritratti, le gabbiette, metri e metri di vecchi tessuti... infatti, puntò diritta verso un "mucchio" preciso. Spostò alcuni ritratti e portò alla luce un baule. Lo liberò, quel tanto che bastava per aprirlo di una spanna, e ci cacciò dentro un braccio. Frugò un po' di qui, un po' di là e...

- A-ah! - esclamò vittoriosa. - Eccoti!

Tirò fuori una scatola di latta, perfettamente sigillata, e fissandola come fosse stata una pepita d'oro, tornò verso di me.

- Hai una limetta? - mi chiese senza togliere gli occhi dalla scatola.

- N... no - risposi. - Però, se volete, la cerco...

- Non importa, faccio senza.

E infatti l'aprì, con la magia, come faceva molte cose quando nessuno la guardava. Un odore nauseabondo invase la stanza e per poco non mi fece svenire.

- Co... cosa c'è lì dentro, riso marcio? - chiesi scivolando mezza morta su una sedia.

- No, no, il riso serve solo a conservarlo, ce lo mangeremo domani sera.

- Ce lo mangiamo??? Oooh... - Mi si girò lo stomaco. - Perdonatemi, Tomelilla, credo di sentirmi male.

- Sì, sì, lo so, fa questo effetto a molti - disse lei senza voltarsi - ma se può consolarti, il sapore non ha niente a che vedere con l'odore.

- Non mi consola.

- Ora, dove...

La strega frugò delicatamente tra i chicchi di riso e, quando ritirò la mano, vidi che tra le dita stringeva un... un?

- *Tuber pretiosissimum!* - annunciò lei solennemente.

- È... è un veleno? - domandai, senza quasi più il

respiro. - Intendete avvelenare l'ospite che stiamo attendendo, Tomelilla?

- No, certo che no! Ma che hai, Felì? Buon cielo, fatina, sei pallidissima, ti senti bene?

- È quell'odore... e le vostre intenzioni... io non capisco niente... insomma, è un po' strano quello che sta accadendo qui sotto e... ohiohi, mi sento soffocare... buttatelo via, vi supplico.

- Oh, che sciocca sono, povera te, hai ragione: dimenticavo quanto sia sensibile il tuo olfatto. Resisti ancora un solo istante, lascia che ne gratti un po' qui dentro...

Con l'aiuto di un tagliacarte, Tomelilla sbriciolò tre pizzichi di quel coso nauseopuzzolente nella cioccolata. Subito dopo lo richiuse nella scatola, agitò un po' la mano nell'aria, per spazzare via l'odore, mi raccolse delicatamente e mi portò in giardino, all'aria fresca della notte.

- Stiamo un momento qui, così respiri e ti riprendi, cara - disse, accomodandosi sul dondolo - e intanto ti spiego chi credo stia per arrivare.

Fu così che mi parlò di un mago, un Mago Errante.

Veniva da lontano e lontano se ne andava. Tutti lo conoscevano, e nessuno sapeva nulla di lui.

- È buono? - chiesi.

- È strano - rispose Tomelilla.

- Come sapete che sta arrivando?

- Credo sia per via del suo carico. Ciò che trasporta

è più prezioso dell'oro, più prezioso del diamante e dell'ambra antica. Talmente prezioso che la sua presenza crea... come posso dire, delle vibrazioni nell'aria.

- Più prezioso del *Tuber pretiosissimum?* - chiesi storcendo il naso.

Lei sorrise.

- Molto di più. Perfino più prezioso del tempo. Una cosa potente, Felì!

- Davvero??? E cosa può esserci di più prezioso dell'oro e del tempo?

- Il ricordo del tempo - fu la risposta.

Sorrisi a mia volta.

- Voi mi prendete in giro, Tomelilla - dissi. - Come si può trasportare un ricordo?

- Lui usa un carro.

- Un carro... E sia, divertitevi alle mie spalle, è giusto, sono una fatina sciocca e ingenua e credo a tutto ciò che mi dite. Eppure, permettete che vi chieda ancora questo, Tomelilla: possedesse pure un veliero, come potrebbe caricarvi sopra un ricordo?

- Lo vedrai con i tuoi occhi, fatina niente affatto sciocca, ma invero molto diffidente.

- Dite sul serio? Vedrò con questi miei occhi un ricordo del tempo?

- Vedrai come lo trasporta.

- E il ricordo, lo vedrò il ricordo?

- No, ma...

- Ah, lo sapevo, vi prendete gioco di me.

- Non potrai vederlo, ma potrai ascoltarlo - spiegò la strega.

Avrei obiettato anche a questo, se un rumore non avesse attirato la nostra attenzione.

- Ecco - disse sottovoce. - Sta arrivando.

Sentii il cuore battermi forte nel petto: cosa avrei visto? Mi sarei spaventata? In effetti avevo già un po' di paura.

Tomelilla corse in cucina, sistemò due tazze su un vassoio, aggiunse un piattino con alcuni biscotti allo zenzero, tovaglioli bianchi puliti, due cucchiaini d'argento e, naturalmente, il bricco con la cioccolata. Controllò allo specchio che i suoi capelli candidi fossero ordinatamente raccolti e controllò anche me...

- Sì - disse - sei proprio carina. Andiamo.

- Dove???

- A Barbo piace bere la sua cioccolata sotto il nostro olmo. Dice che le dimensioni di quell'albero lo fanno sentire un po' meno gigante.

- Barbo, è questo il suo nome? - chiesi volandole dietro.

- Sì - rispose lei. - Barbo Tagix!

CINQUE

Barbo Tagix

IL MAGO DEL TEMPO

"...Era stato presente ai momenti più drammatici e straordinari della nostra Regione: guerre, esodi, capovolgimenti di potere e firme di pace, nascite, morti, sparizioni, eclissi e terremoti..."

Era il re del giardino. Un albero maestoso, che svettava sugli altri e risaltava per la sua grande chioma armoniosa. Era cresciuto in un angolo fortunato, al riparo dal vento e soleggiato il giusto.

Nella sua ombra, molti anni prima, la mamma di Dalia e Tomelilla aveva fatto mettere una panchina dalla quale si godeva il magnifico panorama del mare e dei boschi.

Chi usciva di casa per fare una passeggiata, prima o poi gli passava vicino. Tomelilla si avviò per uno dei sentieri con il vassoio e la cioccolata, che fumava nell'aria fredda della notte, e dalla quale mi tenni sempre il più distante possibile.

Presto fummo in vista dell'olmo. Ai suoi piedi, illuminato dalla luce azzurra della luna, un asino bianco brucava tranquillo, incurante del grande carro che trainava, il più grande che avessi mai visto.

Barbo sedeva sulla panchina. Guardava il mare, le gambe stese avanti, un braccio allungato sullo schienale e l'altro abbandonato sul grembo. Fumava una luuunga pipa, stretta e slanciata. Aspirò e le braci sfrigolarono; quando espirò, il fumo del tabacco si mescolò al vapore del respiro e gli avvolse la barba.

Tomelilla aveva ragione: quella figura era proporzionata all'albero sotto il quale sedeva, e non solo per le dimensioni. C'era qualcosa, in quelle due creature, che li univa e li rendeva simili. Un'antica forza, la stabilità... una promessa di eternità.

Non si accorse di noi fin quando gli fummo vicino. Tomelilla sfiorò un ramo e a quel punto Barbo si voltò, e immediatamente ci venne incontro.

- Stavo godendomi la bellezza di questo posto e non ti ho sentita arrivare - disse. - Come stai, saggia amica?

La sua voce risuonò come il rombo di un tuono lontano: fonda e potente. Se l'olmo avesse parlato lo avrebbe fatto con la stessa voce.

In piedi, il mago oscurava il panorama: era alto quasi quanto il suo carro, e altrettanto robusto; il volto era per buona parte coperto da una folta barba bianca che gli scendeva fino al petto; sul capo portava una bandana di seta rossa, tenuta ferma da un diadema d'oro, un gioiello molto antico; i suoi abiti erano pesanti, velati dalla polvere del viaggio, ma i colori che s'intravedevano erano sgargianti, e s'intuivano abbinamenti azzardati.

- Bentornato a Fairy Oak, Barbo Tagix. Hai fatto buon viaggio? - gli chiese Tomelilla con un sorriso.

- Buono abbastanza, grazie, Lillà.

La strega posò il vassoio sulla panchina e lui seguì col naso il profumo della cioccolata.

- Oh, grazie per essertene ricordata - disse estasiato. I suoi modi erano curiosamente morbidi e fanciulleschi, in assoluto contrasto con la sua stazza e l'età avanzata.

I due amici si abbracciarono.

- Sei luminosa più del solito, Strega della luce, un giorno o l'altro dovrai svelarmi il tuo segreto - disse il mago.

- Grazie, Barbo. Come al solito, tu sei troppo gentile. Vieni, siediti accanto a me e dimmi: qual buon vento ti porta a Fairy Oak?

Si accomodarono e Tomelilla servì la cioccolata.

- Uhm... - fece lui annusandola - tre pizzichi, non un granello di più, come piace a me. - Accostò la tazza alle labbra e bevve un lungo sorso.

- Aaah, perfetta! - annunciò soddisfatto. Fece schioccare la lingua in segno di approvazione, mentre il suo sguardo tornava a posarsi lontano. Si accarezzò la barba e rimase così, assente e silenzioso, per qualche istante. Poi, con meditata prudenza, soppesando il tempo e le parole, rispose alla domanda.

- Vuoi sapere cosa mi porta qui... - disse scrutando l'orizzonte. - Ebbene, vengo ad assistere a uno straordinario evento, mia cara, straordinario sul serio.

- Non so niente - disse Tomelilla stupita.

- Neppure io.

- Ma, caro Barbo, se hai appena detto che...

- Turbolenze, amica mia. Tumulti invisibili che si muovono nell'aria, moti oscuri e misteriosi che non si vedono, ma che fanno pizzicare il naso, intrecci incredibili. Non li senti arrivare?

- Turbolenze... - ripeté Tomelilla perplessa.

- Turbolenze, turbolenze - confermò Tagix. - Sono cominciate tre mesi fa, tre mesi fa esatti! "Che accidenti succede?" mi dico. Stavo raccogliendo il suono degli zoccoli degli unicorni di Vartz quando il naso mi si arriccia: un pizzicore irresistibile. "Qualcosa prende forma nell'ombra" penso "e sta per sconvolgere il regolare scorrere del tempo!" Ho seguito le turbolenze e mi sono ritrovato qui. Davvero devo credere che tu non le senti, Lillà? Eppure tanta energia nell'aria non dovrebbe sfuggire a una strega sensibile come te.

- E infatti non mi sfugge - protestò Tomelilla - ma credevo fossi tu. Insomma, ogni tuo arrivo provoca "turbolenze", mio caro Barbo. Ciò che trasporti non passa inosservato al "regolare scorrere del tempo". Inoltre, sento che domani ci sarà forte vento da est, i giacinti fioriranno precocemente e avremo abbondanti pioggerelle estive che...

- BARBA DI UN ORCO, TOMELILLA! - tuonò Tagix. - IO TI PARLO DI DESTINI E TU MI RACCONTI DI PIOGGERELLE ESTIVE, DI TUBERI E BULBOSE! Ti dico che qui sta avvenendo qualcosa di grandioso, sotto questo cielo, un evento epocale!

- Addirittura?

- Addirittura sì!

- Interessante. E quando sospetti dovrebbe avvenire questo straordinario sconvolgimento?

- È già in atto.

- Oh, senti.

- Stanotte avremo un altro segnale.

- Stanotte? Qui?

- Qui! Stanotte! - confermò il mago.

- E cosa ci consigli di fare?

- Niente. Stare fermi.

- Fermi?!

- Proprio così. Quando non si sa cosa fare, è meglio non fare niente. E, adesso, assaggerei volentieri uno dei tuoi biscotti... - Quasi si fosse tolto un peso dalle spalle, Tagix tornò d'umore allegro. Sollevò il piattino coi biscotti e calcolò con cura quale fosse il più grande. - Ho incontrato il tuo drago - disse saltando di palo in frasca. - Volteggiava sopra il Monte Adum. Ti manda i suoi saluti.

- Na... Naim? - chiese Tomelilla un po' confusa da quel brusco cambiamento di discorso. - Oh, sì, sì, di tanto in tanto viene a trovarmi. Anche se ormai sono lontani i tempi delle nostre cavalcate. Non per questo, però, mi è meno affezionata o io lo sono meno a lei. È un'amica preziosa, la mia Naim, anche se un po'... selvaggia.

- Selvaggia è la parola giusta - commentò il mago addentando il secondo biscotto. - Quel drago stava per mangiarmi. Ho dovuto lanciargli una delle mie ampolle per farmi riconoscere... Questi dolcetti sono una festa per il mio palato, Lillà. Dimmi di te, ora, dimmi, ci sono novità?

- A parte quelle che tu prevedi? Be', sì, qualcuna...

- Bene, allora non farti pregare e raccontami: sono come te le aspettavi?

Tomelilla lo guardò sorpresa.

Poi, ricordandosi con chi stava parlando, scrollò la testa e continuò il suo racconto.

- In verità - sospirò - non saprei dire che cosa mi aspettassi. Ho pregato che fossero sane, questo sì e... sono sane. Due bambine dalla costituzione forte. È un buon inizio, no?!

Il mago accennò un gesto di consenso, ma subito dopo si oscurò e diventò pensieroso; s'era riacceso la pipa e guardava di nuovo lontano. Aspirò a lungo il fumo e finalmente parlò.

- Sono uguali? - chiese, senza voltarsi.

- Molto simili, l'occhio estraneo non le distingue.

- E il carattere?

- Opposto - rispose Tomelilla. - Lo trovi strano?

- Interessante. I loro nomi?

- Pervinca e Vaniglia.

- La prima porta addosso una macchia. Sbaglio?

Quella parola mi spaventò.

- È una voglia! - esclamai con impeto. - Del colore delle pervinche, ecco perché sua mamma ha chiesto di darle questo nom... - Lo sguardo di Tomelilla mi serrò le labbra. Cosa avevo fatto?! Come mi ero permessa d'interrompere una simile Eccellenza?! Che imperdonabile maleducazione! Quale deprecabile azzardo! Arrossii e mi tappai la bocca.

- Perdonala, Barbo - si scusò la strega - è alla sua prima esperienza e sa ancora poco.

Tagix mi diede una luuunga occhiata e fece segno di avvicinarmi.

- Sefelicetusaraidircelovorrai, ti chiamano così, non è vero? - disse, tendendomi la mano aperta perché mi ci posassi sopra. Da vicino era ancora più enorme. - Te lo hanno dato o te lo sei scelto tu questo nome così lungo e complicato? - In piedi, al centro del suo palmo, sentivo la sua forza. Se avesse stretto il pugno...

- L... l'ho scelto io, signore - balbettai.

- Eh, già, voi fate luminose siete brave nei giochi di parole. E, dimmi, sai cosa trasporta il mio carro?

- N... no, signore.

- E vorresti saperlo?

- Se pensate sia opportuno, lo saprò, signore. Da quanto ho potuto capire, ha a che fare con i ricordi.

- Ne parlavamo poco fa - gli spiegò Tomelilla sorridendo - mentre ti aspettavamo.

- Benone! - disse lui. - C'è giusto il tempo per una piccola dimostrazione. Forza, vai al carro, fata, scegli un'ampolla e portala qui. Bada a non passare dietro all'asino: Adagio è di passo lento, ma di calcio veloce, soprattutto con gli sconosciuti, benché con una fata...

- Posso prendere un'ampolla qualsiasi? - chiesi.

- Quella che vuoi - rispose Tagix vuotando la pipa.

Volai al carro, salutai con molti ossequi l'asino Adagio e mi avvicinai alle ampolle. Erano migliaia! Allineate l'una accanto all'altra, posate nella paglia su molteplici livelli, come uova in un pollaio. Ricoprivano le quattro pareti del carro, dalle assi del fondo fino alla cima. Perfettamente trasparenti, a prima vista sembravano contenere solo acqua. Un'occhiata più attenta, però, rivelava la vita. Come l'acqua dei ruscelli, che è limpida, ma se la si raccoglie in un bicchiere si scopre che è abitata da mille creature microscopiche, così era il liquido nelle ampolle, vivo.

Niente le distingueva, non un nome, un numero, una lettera, ogni ampolla era identica all'altra e ciascuna aveva vicino una pipa, simile nella forma a quella di Tagix, ma più piccola, e invece d'essere di legno erano di terracotta.

Scelsi un'ampolla a caso e la portai al mago.

- Oh, vediamo cos'hai preso... - disse lui, inforcando uno strano monocolo e osservando l'ampolla da vicino. - Oh! Oh! - Rise riconoscendo il tipo. - Questa è abbastanza divertente...

Batté un paio di volte la pipa per vuotarla del tutto e vi versò dentro qualche goccia di quel liquido. Dopo di che si schiarì la voce e delicatamente soffiò dentro al bocchino. L'acqua prese a borbottare... *blob... blob... blob...*

Pensai che il mago volesse fare una bolla di sapone, invece, tutt'a un tratto, il borbottio si trasformò in suono, un suono confuso al principio, voci distanti, voci di bambini. Tagix continuò a soffiare, dolcemente, e le voci divennero più riconoscibili. Adesso si capiva che i bambini ridevano e cantavano, ma il senso delle parole rimaneva incomprensibile.

Il mago staccò la bocca e rimase in ascolto.

- Ve l'avevo detto che erano divertenti, no?

- Sì, ma... cosa dicono?

- Come cosa dic... Oh, che stupido - fece Tagix battendosi la fronte - voi non parlate il *niguluc*. Sono giovani del regno di Nigulucco, diverse leghe da qui, molti anni fa. Festeggiano lo spuntare delle ali sui loro destrieri e, com'era un tempo tradizione, scherzano l'uno con l'altro e si sfidano lanciandosi frasi piuttosto... come dire... ecco... Bah, ripensandoci, è meglio che voi non capiate. E, comunque, accadeva molti secoli fa, ora quel regno non esiste più.

- Come non esiste più? - chiesi stupita.

- Una guerra - rispose lui.

- Oh, com'è triste. Dunque voi conservate i suoni del tempo passato?

- Il liquido li conserva, io li raccolgo soltanto - precisò il mago.

- È un liquido magico? - domandai.

- Acqua. Esiste niente di più magico?

- E avete i suoni di tutti i regni conosciuti?

- Anche di quelli sconosciuti, se è per questo.

- E del nostro villaggio, della Valle? - chiesi.

- Di Verdepiano? - fece Tagix. - Ho suoni di guerra anche di qui, sono fra i più antichi che trasporto. Questo regno ha conosciuto molte battaglie, purtroppo. Oggi va meglio, anche se le turbolenze... bah. Vieni, ti faccio sentire.

Tagix ci portò al carro e ci fece ascoltare i suoni di un tempo: inni di guerra, canti di pace, voci di uomini che avevano segnato la storia della Regione, promesse d'amore, la prima campana di Fairy Oak, il pianto del primo bambino nato tra le mura del villaggio, il vocione cavernoso di Quercia, da allora non era cambiato, strilli di mamme che sgridavano i loro bambini e, per ultimo, una voce, che mi fece rizzare le antenne. Era piena d'odio, e la sua era una promessa di morte. "*L'equilibrio si spezzerà*" ringhiava. "*L'Alleanza tra Buio e Luce è destinata a finire poiché è stabilito: centoventun anni da oggi, uno di voi tradirà! Io lo aspetto, voi attendete la tempesta...*" Poi rideva, una risata che faceva venire i brividi.

- Chi è? - chiesi tremando.

- Nessuno! - tagliò corto Tomelilla, tornando alla panchina.

Il gioco era finito.

Il mago ripose in silenzio le ampolle, mentre io, un po' a disagio, non riuscivo a decidermi. Dovevo aspettare che avesse finito o potevo volare dietro la mia strega? Feci per andarmene, quando la sua voce mi fermò.

- La seconda porta addosso la stessa macchia? - chiese gelida.

La domanda mi scombussolò. Mi voltai di scatto.

- SONO VOGLIE! - esclamai irritata. - I BAMBINI NON HANNO MACCHIE, SIGNORE!

Lui scoppiò in una fragorosa risata.

- BENE! - esultò risalendo sul carro. - Hai la fata che ti serve, Lillà dei Sentieri, l'hai scelta a dovere. Al momento opportuno saprà cosa fare.

- Te ne vai già? - chiese lei raccogliendo lo scialle.

Tagix invitò Adagio a muoversi.

- Uow, bello... - disse, strattonando una volta le briglie. - Vorrei fermarmi di più, cara amica, ma devo cercarmi un posto comodo dal quale assistere agli eventi. - Il carro prese a muoversi lento.

- Non starai esagerando? - gli disse la strega con un sorriso. Lui fece spallucce.

- Il tempo ce lo dirà. Fino ad allora, grazie per l'ospitalità e la cioccolata, meritava il viaggio.

Tomelilla chinò lievemente il capo in segno di saluto.

- Addio, mago Barbo - gridai quando era già un po' distante. - Grazie per avermi fatto ascoltare i suoni del passato, e vi prego, perdonate la mia irruenza!

- Ci rivedremo, fata! - rispose lui senza voltarsi. - E ricorda: la seconda è pura come l'acqua. E l'acqua conserva i segreti...

SEI

La Danza degli Alberi

NUOVI INCONTRI

"A Fairy Oak avevo cinque amiche fate. I loro nomi erano: Fidiven, Prud, Etalì, Sulfior e Ditetù..."

Così com'era arrivato, Tagix se ne andò, nel silenzio della notte, lasciandomi sbalordita e confusa.

- Che avrà voluto dire? - domandai a Tomelilla, volandole dietro.

Chi conosce tutta la storia, sa la risposta a questa domanda, sa a cosa si riferivano le parole del mago, poiché gli eventi straordinari che seguirono sono stati il mio primo racconto, molto tempo fa. Allora, tuttavia, non dissi che ci erano stati preannunciati, perché in quel momento non era importante.

In questa storia, invece, che narra di piccole storie di vita quotidiana, le parole di Barbo acquistano un ruolo fondamentale. Perché la nostra vita la condizionarono! Non sempre, non con la stessa intensità e non ogni singolo giorno, ma la condizionarono.

I primi tempi vivemmo nell'attesa...

- Lo sapevo io, che avrebbe finito per spaventarti,

povera Felì - disse Tomelilla quella sera, scuotendo la testa, mortificata. - Barbo è una cara persona, ma deve togliere il sonno a qualcuno, altrimenti non è felice. È più forte di lui.

- Quindi voi non credete che stia per accadere ciò che dice?

- E cosa dice? Tu l'hai capito, fatina? Io no. Parla di "turbolenze", e già non è un termine preciso; prevede straordinari incroci di destini ed epocali sconvolgimenti: benissimo, dico io. Quali? Non lo spiega. Cambia discorso, mangia un biscotto e se ne va. Come si fa a stargli dietro?

- Perciò posso dormire tranquilla stanotte?

- Dormi serena, fatina. Cos'altro posso dirti? Se accadrà qualcosa, ce ne accorgeremo.

Non chiusi occhio.

La puzza del *Tuber pretiosissimum*, la voce di Barbo, le grida di guerra conservate nell'ampolla, quella voce, che con spietata freddezza annunciava la nostra fine, e quella parola, pronunciata non a caso, da un mago di quel calibro: macchia... Tremavo e mi girava la testa.

- Oh, che strano incontro - sospirai accostandomi a Pervinca: la piccola dormiva, con i pugni stretti e la fronte accigliata, come faceva sempre.

D'istinto le sfiorai il nasino e lei si svegliò.

- Ciao - le sussurrai. - Volevo dirti che sarò sempre al tuo fianco.

Lei mi guardò, con gli occhi grandi e un po' stupiti. Poi abbassò le palpebre e si riaddormentò.

Dall'altra parte della camera, Vaniglia dormiva tranquilla. Mi avvicinai anche a lei.

«Pura come l'acqua...» pensai, ricordando le parole di Barbo. «Si riferiva a te? "...E l'acqua conserva i segreti!"...» La guardai. - Conservi un segreto, creatura piccina? - le chiesi. - E come potresti, sei al mondo da soli tre mesi.

Rimasi sveglia a osservarle, con le antenne tese e sussultando a ogni rumore.

All'alba, qualcosa fece *Toc!* contro la nostra finestra. Mi venne il batticuore. Cauta, volai a scostare la tenda, in tempo per vedere un lungo dito nero venire a bussare di nuovo ai nostri vetri... *Toc!* fece ancora. Sospirai: era un ramo dell'olmo. Gli alberi si agitavano e le loro chiome vorticavano in balia della bufera. Che però non c'era. Non un alito di vento soffiava in quel momento. Eppure gli alberi si piegavano di qui e di là, come in una violenta e disperata...

- ...Danza - dissi in un flebile sussurro. Avrei giurato che ci fosse anche la musica: tesi meglio l'orecchio e... *Tump!* fece l'eco di un passo al piano di sopra. Tomelilla era balzata giù dal letto! I suoi passi attraversarono agitati la stanza, prima in un senso, poi nell'altro, avanti e indietro, di qui e di là, finché... Di colpo, il rumore cessò e gli alberi si fermarono.

Attesi col fiato sospeso che succedesse ancora qualcosa, e intanto, fuori, la luce cambiava: la linea dell'orizzonte si accendeva d'azzurro e l'aria accoglieva la luce. Faceva giorno.

Vaniglia si svegliò e la vita, in casa, ricominciò in quel momento.

Qualcuno scese in cucina, Tomelilla, pensai. Dalia entrò in camera nostra.

- Avete dormito bene? - chiese allegra. Poi mi pregò di andare a controllare il caffè, che aveva messo sul fuoco, e prima ancora mi chiese di ricordarle di stendere il bucato, quando fossimo tornate.

- Da dove? - le domandai, mentre sollevava Vaniglia per farle il bagnetto.

- Dalla visita a Quercia. Stamattina andiamo a presentare le bambine al Grande Albero. Vuoi scegliere tu i vestitini, Felì?

Capito?

Non era successo niente! Il tono delle voci, i rumori dentro e fuori casa, i nostri gesti, le visite... tutto era nor-ma-le! Altro che "evento straordinario", stavamo per vivere un'altra giornata straordinariamente tranquilla, uguale a tutte le altre. Tomelilla aveva ragione, mi ero spaventata senza motivo.

Davvero?

- Buon giorno, Cicero - salutai entrando in cucina. - Avete visto Tomelilla? Credevo d'averla sentita scendere, poco fa.

- Allora non era lei, perché Tomelilla è uscita da un pezzo - rispose il papà delle gemelle, mezzo addormentato. - C'è un biglietto, di là, sul tavolo: dice che tornerà per pranzo.

- Sapete dove sia andata? - domandai.

- Non ne ho idea - rispose lui - ma conoscendola, non mi stupirei se fosse in cima a un pruno a raccogliere bacche di ginepro, o...

- Allora è in cima a un ginepro - lo corressi.

- Come?

- Dicevo che, se è a raccogliere bacche di ginepro, allora è in cima a un ginepro, non a un pruno. Era solo un pensiero...

- Sempre che non sia andata a pesca d'alghe gialle con quell'altro mago strambo e mattiniero di Duff Burdock - continuò Cicero versandosi il caffè.

- Lo hanno già fatto?

- Mai! Però i Magici sono esseri imprevedibili, Felì, lo vedrai, non c'è molto da fidarsi. O, magari, è andata a comprare il latte, e allora forse la incontrerete in Piazza.

- Oh, sì - dissi, grata per quella speranza.

Dalia comparve sulla porta.

- Sei pronta, Felì?

- Eccomi!

Ci avviammo verso Piazza della Quercia.

C'era il sole, ma faceva molto freddo; la gente, avvolta nei cappotti, si affrettava per la strada, tra spese e cose da fare, e molti ci fermavano per vedere le bambine.

In una di quelle occasioni, mi capitò di conoscere la prima delle cinque fatine con cui strinsi la migliore delle amicizie, a Fairy Oak.

Fu un incidente, in verità.

Mamma Dalia era stata fermata da strega Peonia, la mamma della fioraia. "Ti prego, fammele vedere" aveva gridato la signora dall'altro lato della strada. Mentre loro si parlavano, pensai di approfittarne per guardarmi intorno e vedere se per caso Tomelilla fosse nei paraggi. I muri delle case, però, intralciavano la vista; dovevo andare più in alto, e fare in fretta, perché non volevo che Dalia capisse che ero in pensiero.

Come una freccia scoccata da un arco, mi lanciai verso il cielo, nell'istante preciso in cui un'altra fata giungeva nella direzione opposta alla mia.

Lo scontro fu inevitabile e ci fece precipitare tutte e due a terra. Dolorante e frastornata, mi alzai per scusarmi, ma lei fu più veloce di me e si scusò per prima.

- Perdonami tanto... ahiahia! - disse raddrizzandosi. - Andavo di fretta e non ti ho vista. Ti ho fatto male?

- N... no - risposi confusa. - E tu, sei ferita?

- Oh, mi verrà un bernoccolo, mi vengono sempre. Vedi? Ne ho uno anche qui... - Si spostò i lunghi capelli dalla fronte e mi mostrò un bozzo che le spuntava come un cornino sopra l'occhio, un po' più a destra. - Adesso mi verrà anche a sinistra e sembrerò una mucca.

- Le mucche hanno le corna mooolto più lunghe - le dissi per consolarla. - E comunque la colpa è mia, sono io che non guardavo.

- Allora non guardavamo in due. O meglio, guardavamo altrove. Io stavo... sto, veramente, cercando la mia strega. E tu?

- Anch'io! - esclamai.

- Davvero???

Per la prima volta mi fissò negli occhi: era carina. Aveva il viso color luna, i capelli rossi e i suoi occhi sembravano due margherite, perché erano gialli, circondati da foltissime ciglia bianche, luuunghe luuunghe.

- Chi è la tua strega? - mi chiese.

- Tomelilla dei Sentieri - risposi.

- AH! - gridò lei tappandosi la bocca.

- Che c'è?

- Non posso crederci! - dichiarò esterrefatta. - Tu sei la famosissima... Non è possibile, non posso essere così fortunata! Se lo sei, ho vinto la scommessa... Ah, ma devi esserlo per forza, se hai appena detto di essere la fata di...

- Mi chiamo Felì - tagliai corto.

- SÌÌÌ! BEN ARRIVATA! - esultò lei, volando ad

abbracciarmi. - Sapessi quanto abbiamo parlato di te, e come ti abbiamo immaginato! "Sarà una puzzolona presuntuosa che si darà un mare di arie e tratterà noialtre come ciabatte" diceva Prud. E io: "Nooo, LEI non sceglierebbe mai una tata di quel genere". Sulfior ha scommesso contro di me che saresti stata vecchia e racchia, mentre io t'immaginavo bellissima! Oooh, aspetta che ti vedano, impazziranno! Dovrebbero essere qui intorno... - La fata strizzò gli occhi e scrutò il cielo. - No, non le vedo - disse. - Saranno in giro a cercarle, sai, le abbiamo perse.

- Chi? - domandai. - Le fate?

- No, le streghe! Non tutte, ma alcune non le troviamo più. Anche alcuni maghi sono spariti.

- Come spariti? - Feci un balzo indietro.

- Sììì. Tu come dici quando uno prima c'è e poco dopo non c'è più? Noi qui diciamo che "sparisce". Si scrive: esse, pi, a, erre...

- So come si scrive! - esclamai. - E so anche che la mia strega ha lasciato un biglietto in cui dice che tornerà per pranzo. Perciò lei non è esse-pi-a-erre-i-ti-a!

- Allora perché la cerchi?

- Be', ecco, perché... - Non c'era che dire la verità: - Perché per la prima volta non so dove si trova, non mi era mai capitato.

- Uhm... - fece lei avvolgendosi una ciocca di capelli attorno a un dito. - Da quando non hai sue notizie?

- Da stamattina all'alba.

- Centro! - esclamò la fatina bernoccoluta, battendosi un pugno sul palmo. - Allora io penso che è una cosa seria.

- Seria? In che senso?

- Nel senso che quando la Somma Assemblea si raduna, la cosa è seria, molto, molto seria. Sai cosa significa seria, vero? Si scrive esse, e...

Non capivo.

- Cos'è la Somma Assemblea? - chiesi.

- Non lo sai??? - fece lei sgranando gli occhi. - Si vede proprio che sei nuova, Felì: è l'adunata dei Magici più strasaggi e megaonorevoli della Valle! I detentori del Sommo Segreto della Magia, coloro che si sono distinti per straordinarie virtù e ammirevole coraggio. Quando queste Massime Autorità si riuniscono, stai pur certa che il motivo è grave, supermegagraveseriosissimo! In tutti i sensi!

- E tu, come lo sai che la Somma Assemblea è riunita? - le domandai.

- La mia strega ne fa parte, modestamente, e anche la strega di Prud, e quella di Sulfior, e così pure mago Burdock, e la tua...

- Anche Tomelilla?

- Ceeerto! È uno dei Saggi più autorevoli! Ah, quante cose devi ancora imparare, Felì.

- E mago Burdock, anche lui è spar... è uscito che era ancora buio?

- Lui e tutti i Sommi Magici! Ora non mi si dica che è un caso. Dai retta a Etalì, è successo qualcosa!

- È così che ti chiami? Etalì? È un bel nome... - sospirai.

Poco dopo Dalia mi chiamò.

- Devo andare - dissi. - Come faccio a ritrovarti?

- Se avremo buone notizie verremo a cercarti - rispose Etalì.

- Anche se sono cattive! - precisai.

- Sì, tranquilla. Se invece scopri qualcosa tu, ricorda: il mio nome intero è Quattro*petali*acuoreho portatoperte, vengo dal regno dei Petali Bianchi e ho i bernoccoli. Vieni a cercarmi!

- Dove?

- Ah già. Cerca la casetta sotto i peschi; segui il sentiero di ghiaia che nasce dal giardino del Vecchio Municipio, accanto alle lapidi, non puoi sbagliare.

- Grazie e scusa ancora - dissi alzandomi in volo.

- Scusa di cosa? - fece lei sorridendo. E allontanandosi mi gridò: - NON FARTI SPAVENTARE DAL CAPITANO!

SETTE

È nata Shirley Poppy

L'ULTIMA PREGHIERA DI ABERDEEN

"...Arriva sempre per dare il benvenuto a una persona attesa, che giunge per restare, e per dire addio a chi, compiuto il proprio dovere, se ne va per non tornare..."

Finalmente arrivammo in Piazza della Quercia: non c'era traccia di Tomelilla, in compenso diverse fatine sfrecciavano e s'incrociavano a mezz'aria, scambiandosi rapide informazioni, per poi ripartire. Sembravano molto agitate, e questo non era un bel segnale.

Nessuna di loro badò a me. D'altra parte, nessuna mi conosceva. Ero a Fairy Oak da tre mesi, ma per un motivo o per l'altro non ero mai uscita, se non per fare due passi in giardino o per andare a trovare i Pollimon.

Capite, dunque, perché mi sorprese l'affettuosità con cui mi accolse il Grande Albero, al centro della Piazza.

- SEEEFELIIICETUUUSARAAAIDIIIRMEEELOVOOORRAAAI, BENVEEENUUUTAAA, È BEEELLOOO VEEEDEEEREEE TEEE!

Le sue parole, rimbombando tra i muri delle case, mi avvolsero come in un abbraccio festoso. Quercia mi diede subito l'impressione di essere quel tipo di persona, o meglio, dovrei dire, di albero, che sembra essere venuto al mondo solo per fare felici gli altri; quel rarobellissimo qualcuno che gioisce nell'ascoltare il prossimo.

Volle sapere tutto di me, mi rivolse mille domande, e presto scoprii che era anche di indole allegra e una gran chiacchierona. L'istinto mi diceva che avrei potuto chiedere a lei di Tomelilla, e di molte altre cose, e lo avrei fatto, se un grido non fosse venuto a interromperci.

- DALIA! DALIA! - echeggiò una voce disperata nella Piazza. - OH, DALIA, SAPESSI...

Riconobbi, nell'ansimante signora che correva verso di noi, la sarta del villaggio, madama Primula Pull. Era così rossa che sembrava sul punto di scoppiare, tutta sudata e sopraffatta dall'emozione.

- Dalia... - sbuffò appoggiandosi esausta a Quercia - Aberdeen è sparita!

- No, no, è all'Assemblea! - dissi io decisa.

Le due signore mi guardarono stupite.

- Quale Assemblea? - chiesero.

- Quella dei Sommi Saggi - risposi. E in quel momento mi colse il dubbio che non sapessero dell'esistenza dell'Assemblea. Così, lievitando in orgoglio, mi preparai a ripetere quanto avevo appena appreso.

- È l'adunata dei Magici più strasag... più saggi e onorevoli della Regione - attaccai con convinzione. - I detentori del Sommo Segre...

- Sappiamo cos'è la Somma Assemblea - m'interruppe la sarta - quel che vorremmo sapere è perché pensi che Aberdeen sia con loro.

- Non lo penso io, lo dice Etalì.

- È la fata dei Rose - spiegò Dalia alla signora.

- E lei cosa ne sa di Aberdeen?

- Io non so chi sia Aberdeen - ammisi, sentendo crescere un tantinino di confusione. - Ho creduto... ecco, quando avete detto che era sparita, ho pensato che fosse una strega, perché anche Tomelilla è uscita senza dire dove andava, e io credevo che fosse sparita, invece Etalì mi ha detto che è all'Assemblea...

- Non ho capito niente - tagliò corto madama Pull - ma non importa: Aberdeen non può essere a nessuna assemblea!

Mamma Dalia insorse.

- Non dire così, Primula! - protestò. - Tutti possono partecipare all'Assemblea, se lo chiedono. Forse Aberdeen non è la strega più saggia del villaggio, è un po' strana, se vuoi, e non sempre è comprensibile, ma abita questo villaggio e condivide i nostri stessi diritti! I Poppy sono una famiglia adorabile! Si vogliono bene, presto avranno anche un bambino e...

- Lo hanno avuto - annunciò la sarta. - Stanotte.

Per questo ti dico che Aberdeen non può essere all'Assemblea.

- Scusa, e allora dov'è? - chiese Dalia.

- È ben questo il punto: non si sa, è scomparsa!

- Subito dopo il parto? Ma via, com'è possibile? Non c'era nessuno con lei? Edgar, Malva...

- C'era Malva, ma la poverina è sconvolta e non riesce a dare spiegazioni. Dice che un attimo prima sua sorella era nel letto con la bambina, e un attimo dopo se n'era andata, lasciando la piccina sola.

- E non l'hanno cercata???

- Dappertutto, figurati! Edgar è venuto perfino al villaggio a chiamare Duff, lui ha chiamato me e insieme abbiamo avvisato Tomelilla e Amily Rose e tutte le streghe e i maghi amici di Aberdeen. Finora, però, ogni ricerca è stata inutile, povera cara. - La strega tirò fuori un fazzoletto dalla tasca del grembiule e si asciugò il naso. - E non è finita qui...

- Cos'altro potrà mai esserci? - domandò Dalia affranta.

- Un'ora prima che la bambina nascesse - madama Pull si avvicinò e parlò sottovoce - Edward ha visto Aberdeen parlare con... se te lo dico non ci credi.

- Per favore, Primula! Non è necessario che tu aggiunga altro mistero. Avanti, con chi l'ha vista?

- Barbo Tagix! Ecco, te l'ho detto.

Mamma Dalia scosse la testa incredula.

- Se Barbo fosse qui lo sapremmo, Primula - disse.

- Le ruote del suo carro si odono a miglia di distanza, e lui ci tiene a farsi annunciare, lo conosci, sai quant'è eccentrico.

- Se ti dico che li ha visti!

Lo avevo visto anch'io, mago Barbo: dovevo dirlo? Meglio di no, avevo già detto abbastanza. Se era importante, lo avrebbe fatto Tomelilla, quando fosse tornata.

Però potevo avvertire Etalì: adesso sapevo dove si trovavano le nostre streghe e i nostri maghi: a casa dei Poppy! Ci avrei impiegato due o tre minuti al massimo. In alternativa, avrei potuto fermare una delle fatine che sfrecciavano nella Piazza e chiedere a lei d'informare le altre. Ne passava una proprio in quel momento...

- Scusa? - dissi, tendendo la mano. La fata si fermò. - Mi chiamo Felì e so dove si trovano le streghe e i maghi di Fairy Oak.

- Mi prendi in giro? - fece lei, irritata. - Guarda che non è giorno! La mia strega mi ha mandato a comprare il pesce e, se arrivo tardi, salteremo pranzo e cena! Non so se mi spiego?! Mi avesse almeno detto dove si compra il pesce...

- Perdonami - dissi, imbarazzata per l'errore - credevo che anche tu... non importa. Prova al porto - le suggerii - a volte i pescatori lo vendono.

- Grazie - rispose la fata, questa volta con un tono più gentile. - Sai, sono appena arrivata, non conosco niente, e la strega per cui lavoro, stamattina, è uscita all'alba, lasciandomi una lunga lista di cose da fare e nessuna spiegazione.

- Capisco benissimo - dissi sorridendo.

Fu consolante scoprire che c'era qualcuno che ne sapeva perfino meno di me.

Mentre salutavo Ditetù, udii madama Primula invitare mamma Dalia a entrare un momento nella bottega dei ricami.

- Vengo volentieri, ho bisogno di bere un bicchiere d'acqua - rispose lei. - Sono così scombussolata per quel che mi hai appena detto, che mi farebbe bene sedermi un momento.

A quel punto, con voce supplichevole, la sarta si rivolse a me.

- Felì, potresti farmi un grande favore? - disse. - Amily Rose mi ha chiesto di dire alla loro fata di non preoccuparsi, che lei sarebbe tornata presto. Potresti fare un salto a casa loro e portare questo messaggio alla fata Etalì? Non ti dispiace, Dalia, se glielo chiedo?

- No, no, se per Felì non è un disturbo...

Al contrario! Era la più perfetta delle coincidenze!

- No! - esclamai. - Ci vado volentieri. Faccio in un attimo!

Volai via di corsa, felice d'avere una scusa per andare dalla mia nuova amica a parlare di maghi e di streghe, e magari imparare qualcos'altro. Poco dopo, però, stavo già tornando indietro.

- Come faccio a raggiungere il giardino del Vecchio Municipio? - chiesi alle due signore.

- Svolta a destra dopo il fabbro, poi a sinistra prima del ponte e di nuovo a destra, dopo la casa di legno: troverai un vicolo stretto e buio, che corre lungo un muro...

- Eccolo! - dissi finalmente, dopo qualche minuto. - È davvero buio... E anche deserto. E ora? Cosa aveva detto strega Primula?

"Segui il muro. È vecchio e pericolante. I topi ci fanno le tane dentro, smuovono le pietre che poi cadono: non avvicinarti troppo! Seguilo finché troverai una porta: spingila, vedrai, è leggera, entra, stai a destra e arriverai al giardino."

Seguii il muro scrostato e pericolante, in cerca della porta. Le code dei topolini spuntavano dal rampicante avvizzito e sparivano di nuovo facendo frusciare le foglie secche. Sentivo anche i loro versi: *Squiiit! Squiiit!*

A un tratto, cadde una pietra e nel muro si aprì una feritoia: un fascio di luce si proiettò sul selciato. Mi avvicinai per guardare, ma qualcosa mi si parò davanti, un dente, enorme!

- AAAH! - gridai fuggendo via.

In quello stesso momento, una voce rauca imprecò: - Marcio d'un muro schifoso!

La luce, che prima filtrava, si oscurò.

- CHI HA GRIDATO LÀ DIETRO? - berciò l'uomo al di là del muro. - C'È QUALCUNO NEL VICOLO? OHI! HO DETTO, C'È QUALCUNO PER LA VIA? CI SONO FERITI?

Cauta tornai sui miei passi.

- N... no - dissi avvicinandomi piano. Una mano sbucò dalla fessura.

- AAAH! - gridai di nuovo.

- Chi sei?

- Mi... mi chiamo Felì.

- Brava, guarda se ti riesce di passarmi quella pietra, non vorrei dover fare tutto il giro per recuperarla.

- Sono qui da tre mesi... - spiegai, volando vicino al masso.

- Brava. Io da quarant'anni. Passa la pietra.

- Sono una fata, la tata dei Periwinkle.

- Uh? Ah, già, sì, ero stato invitato alla loro festa, ma avevo da fare. La pietra?

- A... arriva, signore, è... è molto... molto pesante per me... Oooh... issaaa!

Con fatica riuscii a sollevarla.

- Ec... cco, prendetela!

- Grazie - disse lui, chiudendo con quella la feritoia.

- NO, ASPETTATE! - gridai. - FATEMI PASSARE!

- Per andare dove? - chiese l'uomo sorpreso.

- Devo andare a casa della strega...

- Qui non ci sono streghe - tagliò corto lui, incastrando il masso.

- VI PREGO, SIGNORE! - implorai. - NON CONOSCO ALTRA VIA PER ANDARE A CASA DI ETALÌ!

- Etalì? La fata dei Rose? Perché non l'hai detto subito? Passa...

OTTO

Nuovi Amici

LA VOCE DIETRO AL MURO

"A Fairy Oak tutti i Magici hanno nomi di fiori. È una tradizione antica, che le famiglie si tramandano di generazione in generazione, da quando un mago, in tempi molto antichi, si accorse che le fate usavano nomi di piante e di fiori per riferirsi agli uomini e quasi mai pronunciavano i loro veri nomi. Chissà perché?"

Fu così che conobbi il Capitano.

Dopo che fui passata, lui riposizionò la pietra e la sigillò nel muro.

- Ogni anno lo sistemo e ogni anno viene giù... - mi disse, ficcando tra le fessure una strana pasta grigia e collosa.

Non era vecchio come la sua voce, né l'espressione del suo viso si sposava col tono brusco.

- Mi chiamo William Talbooth - mi disse - ma tu puoi chiamarmi Capitano.

Il Capitano Talbooth.

- Molto piacere di conoscervi - dissi, e in quel momento seppi che non avrei mai più avuto paura di lui. L'aspetto, bisogna dirlo, era alquanto trasandato: i capelli erano ispidi e spettinati, la pelle del viso bruciata dal sole, aveva pochi denti in bocca, una barbaccia bianca e incolta, e il ventre gonfio come quello della signora Rosie, che aspettava un bambino, mentre lui sembrava averne ingoiato uno. Eppure, quell'uomo in abiti da lavoro, impolverato dal cappello alle scarpe, vi dico, aveva un che di gentiluomo, e ispirava fiducia.

«Chissà Capitano di cosa?» mi chiesi.

- E così sono due femmine... - borbottò lui, lavorando al vecchio muro. - Da qualche anno, in questo villaggio, non facevano che nascere maschi, se non si conta la figlia del Sindaco... Conosci i Corbirock? Quanti sono adesso? Cinque, sei? L'ultimo l'hanno chiamato Thomas... un nome importante per un soldo di cacio. Prima di lui è nato il figlio di Vic, Vic Burdock. Loro li conoscerai, sono molto amici dei tuoi padroni.

- Il signor Vic e la signora Marta? Sì, li conosco, e anche il piccolo Grisam e suo zio, il mago Duff, e la famiglia Corbirock.

- Certo, certo... - fece il Capitano continuando a lavorare. - Anche i Buttercup mi pare abbiano avuto un maschio, gli hanno dato un nome strano... Celastro, che fantasia.

- È un fiore - spiegai.

- Sì, qui si usa così. Dunque, sei la fata di due piccole streghe?

- Noi ci auguriamo che lo siano, signore - dissi. - Il tempo ce lo dirà, è ancora presto. E a proposito di streghe, devo proprio andare ora, la mia missione è molto urgente.

- Ah, che avete voi fate, oggi? Siete agitate come moscerini prima della pioggia. Chi v'insegue?

- Nessuno! - risposi. - È successa una cosa grave a casa dei signori Poppy, e io devo avvertire Etalì.

Il Capitano scosse il capo.

- Eh, lo dicevo io che c'era qualcosa di strano - bofonchiò. - Prendere tutto quel freddo di notte, nelle sue condizioni...

- Di chi parlate, se posso chiederlo?

- Della giovane signora - rispose lui. - Era in cima alla scogliera, stamattina. L'ho vista dalla barca, mentre rientravo. Non era neanche giorno.

- Avete visto la mamma di Shirley???

Il Capitano incurvò un sopracciglio.

- Chi diavolo è Shirley?

- La signora Aberdeen ha dato alla luce una bambina, stanotte.

- Be', allora fammi dire che è ancora più strano. Cosa fa una donna che ha appena partorito in cima a una scogliera, sola, in camicia da notte e con i capelli sciolti al vento?

- Non ne ho idea, signore - dissi. - Certo, avete ragione, è strano.

- Bah! - fece lui aggiustandosi il cappello sulla testa.

- Spero proprio che quella poverina avrà una di voi che baderà a lei, perché sua madre ha la testa nelle nuvole.

Splaf! Una grossa porzione di pasta grigia raggiunse il muro.

- Vado, ora - dissi. - Grazie per avermi fatto passare. Sareste solo ancora così gentile da indicarmi il sentiero che conduce alla casa dei Rose?

- È laggiù - rispose il Capitano. - Vedi quelle vecchie lapidi? Parte proprio da lì dietro.

Lo ringraziai e, senza altre difficoltà, raggiunsi la casa sotto i peschi.

Etalì era in giardino, con una bambina. Giocavano sedute su una coperta stesa sul prato.

- Ciao - dissi avvicinandomi. Lei si voltò e mi sorrise.

- Oh, Felì! Hai notizie? Vieni, ti presento alle altre...

NOVE

Le Ipotesi delle Fate

IL CANE, LA GRU E IL TOPOLINO

"Eccel.mi Stimat.mi Onorevol.mi Membri del Gran Consiglio dei Saggi, con la presente lettera porto alla vostra pregiatissima attenzione la mia richiesta per una fata tata, poiché infatti, trovatami in felice attesa del lieto evento che presto mi vedrà zia..."

A casa di Etalì, conobbi Prud e Sulfior. La prima era buffa e grassottella, la seconda lieve e trasparente come una libellula. Sapendo che portavo notizie delle streghe, furono un po' meno calorose di Etalì nel presentarsi, e più ansiose di sapere.

- È senz'altro un piacere conoscerti, Felì - mi disse fata Prud. - Che cos'hai scoperto?

Raccontai loro di Shirley e della sua mamma.

- Perciò sono tutti in giro a cercarla! Ma perché non ce l'hanno detto? Avremmo aiutato anche noi!

Le fate piegarono tutte la testa da un lato e guardarono Prud con aria di rimprovero.

- Va bene - replicò lei, alzando le braccia al cielo con un gesto d'insofferenza - io non sarei stata molto utile, ma voi che sapete volare... perché non dirlo almeno a voi?! - Le fate si strinsero nelle spalle. - Bisogna che una di noi vada dai Poppy!

- Ma non siamo state invitate! - obiettò Sulfior.

- Non importa - intervenne Etalì. - Prud ha ragione, è un'emergenza! Dobbiamo volare dai Poppy e metterci subito a disposizione. La bambina potrebbe avere bisogno di una fata.

- Ma nessuna di noi è libera!

- Certo che no! - borbottò Prud. - Quando mai una fata è "libera"? Faremo il doppio turno, finché non arriverà la sua tata.

- Per arrivare, bisognerebbe che qualcuno la mandasse a chiamare - fece notare Sulfior.

- Lo farà sua zia, è una strega e, in quanto zia, ne ha tutti i diritti - replicò Etalì.

- Intendi madama Malva Rosa? - fece Sulfior con l'espressione scettica. - Allora non sapete come si richiede una fata: avete idea di quante informazioni, dati e dettagli i Magici siano costretti a fornire al Gran Consiglio per dimostrare d'aver diritto a una fata? È la cosa più complicata del mondo! E la precisione che viene richiesta? Un incubo! Per non parlare del certificato del Capo Assemblea...

- Il documento che attesta la piena facoltà fisica e mentale, nonché gli alti meriti del richiedente? - indovinò Etalì.

- Esatto! Secondo voi, strega Tomelilla, per quanto infinitamente buona e generosa, potrebbe mai concederlo a una persona evanescente e bislacca come strega Malva?

- Tomelilla è il Capo Assemblea? - chiesi stupita.

Lo sguardo delle mie compagne fu una risposta piuttosto eloquente.

- Non credo che la poverina riuscirà mai ad avere uno di quei certificati - sospirò Etalì.

- Certo che no! Strega Malva è una signora molto dolce e gentile, ma come sua sorella Aberdeen...

- ...Non ci sta con la testa.

- PRUD!

- È la verità.

- Be', come lo dici tu sembra un insulto!

- E ora c'è anche questa povera piccina...

- ...Tutta sola al mondo.

- C'è il suo papà - dissi. - E le nostre streghe troveranno presto la sua mamma, voi non credete?

- Edgar Poppy è un brav'uomo, ma è molto avanti negli anni - mi spiegò Etalì. - Deve lavorare, non può occuparsi della bambina.

- Quanto ad Aberdeen... Dove sarà andata, benedetta strega?

- Pensate si sia lanciata dalla scogliera?

- E perché mai? Era strana, ma sembrava felice.

- Magari è caduta.

- Sì, però che ci faceva lassù?

- Insisto, bisogna andare dai Poppy! - ribadì Prud.

E, con rammarico, aggiunse: - Se potessi ci andrei io, ma ora che m'incammino si fa sera.

- Non sai volare? - le chiesi.

- Sto imparando - rispose lei secca.

- Io, lo sapete, ci andrei subito - disse Sulfior - ma se penso che non dovrei neppure essere qui... Diglielo tu, Prud, che hai dovuto insistere per farmi venire. Ho molte responsabilità a casa e...

- Se non avessi Salvia, ci andrei io - intervenne Etalì. - Ma la sua mamma è andata a comprare la farina e in casa non c'è nessuno.

Lo sguardo delle tre fate si concentrò su di me.

- Veramente sarei attesa anch'io - dissi. - Anche se le mie bimbe in realtà sono con la loro mamma... Forse potrei fare un salto veloce. È lontano?

Un attimo dopo volavo sopra ai tetti del villaggio, superando vie e luoghi che non conoscevo: vicoli stretti e tortuosi, strade ampie e luminose, cortili lastricati di pietre bianche, piazzette con disegni di bambini tracciati sul selciato e cani che dormivano al sole. Quando i tetti cominciarono a diradarsi, e oltre le mura apparve la campagna, seguendo le indicazioni delle fate, cercai una casetta gialla... "È in un campo d'erba imbrunita dal gelo dell'inverno e, abbandonato davanti alla porta, c'è un carrozzone, verde e vivacemente addobbato."

- Eccolo! - dissi. Li avevo trovati.

Mi avvicinai, ma all'altezza del muretto basso che

circondava il campo, a ridosso di un giovane albero, mi fermai. Le imposte erano socchiuse e non si vedeva nessuno.

- E ora, cosa faccio?

In quel momento, con la coda dell'occhio, notai che c'era qualcuno accanto a me. Mi voltai e scoprii che non ero sola: seduti poco più in là, c'erano un cane e un topolino. I due insoliti compagni fissavano la casa e non badavano a me. Feci per rivolgere loro la parola, ma un battito d'ali mi costrinse ad alzare lo sguardo: una gru volava sopra di noi. Compì due giri e andò a posarsi accanto al cane, completando la compagnia di amici più stravagante che avessi mai visto.

Sembravano molto concentrati e per nulla inclini alle chiacchiere. Così decisi di non disturbarli e di aspettare. Di tanto in tanto, con la coda dell'occhio davo loro una sbirciatina: non potevo fare a meno di chiedermi cosa stessero facendo.

A un tratto, il cane si alzò sulle quattro zampe e scodinzolò. Mi voltai e scoprii che la porta della casetta s'era aperta e che qualcuno era comparso sull'uscio.

- È Tomelilla! - esclamai. I tre amici sussultarono e finalmente s'accorsero che c'ero anch'io. - È la mia strega - spiegai loro con un sorriso.

Il cane mi salutò con una scodinzolatina e seguì gli altri due verso la casa, dalla quale ora giungeva il pianto di un neonato.

- Aspettatemi - dissi. - Vengo anch'io!

La gru volò sul tetto, il topo s'arrampicò su un gelsomino e s'infilò dentro a una finestra aperta, il cane invece passò baldanzoso sui piedi di Tomelilla e infilò la porta di casa.

- FELÌ! - esclamò la strega sorpresa di vedermi lì. - COSA FAI? PERCHÉ NON SEI A CASA CON LE BAMBINE?

Il suo stupore richiamò l'attenzione dei maghi e delle streghe all'interno della casa. Zia Ortensia fu la prima a uscire.

- È successo qualcosa al villaggio? - mi chiese preoccupata. - Flox sta bene?

- Sì, sì - la rassicurai.

Mago Duff uscì anche lui.

- Non sei qui per Grisam, vero?! - disse.

- No, no - risposi.

Un momento dopo, ero circondata: tutti i Magici, d'un tratto, erano preoccupati per i loro cari, e chiedevano notizie a me.

- Non sarà per Salvia?

- Nooo...

- È Tommy, gli è capitato qualcosa?

- Non credo, no...

- Vieni da casa mia?

- Veramente io non...

- Campanula sta male?

- Spero proprio di no.

- Allora perché sei qui?

Quella domanda fece calare il silenzio.

- Sono venuta per dire al signor Poppy che le fate di Fairy Oak vorrebbero... - In quel momento, un signore coi capelli grigi, il volto scavato e le spalle ricurve comparve sull'uscio.

- Sono io il signor Poppy - disse con voce fievole. Un velo di calma rassegnazione confondeva il colore dei suoi occhi, tristi e stanchi. - Cosa volevi dirmi?

Deglutii e cercai di trovare il fiato.

- Signore, sono qui a nome delle fate del villaggio - risposi, cercando di trasmettergli tutta la mia comprensione. - Col permesso dei nostri Magici, signore, vengo a dirvi che vorremmo esservi di aiuto, che potete contare su di noi, per la bambina...

Lui annuì e mi sorrise. Poi, curvo, rientrò in casa.

- Cosa sapete voi fate di quello che è successo qui? - domandò Tomelilla, seria.

Non capivo niente di quello che stava accadendo, e senza volerlo la mia spiegazione si trasformò in sfogo.

- Vi stavamo cercando - ammisi con passione. - Eravamo in pensiero! Siete usciti così presto, senza dire niente... Poi l'onorevolissima strega Pull ci ha raccontato di madama Aberdeen e di voi, che la state cercando, e io, allora, ho avvertito le altre fate e poi... sono venuta qui.

- Primula... - sospirò Tomelilla, alzando gli occhi

al cielo - Grazie, Sefelicetusaraidircelovorrai, è tutto sotto controllo. Torna al villaggio e di' alle tue compagne che il gesto è stato apprezzato, e che non c'è ragione di preoccuparsi. Noi arriveremo presto.

- Ma...

- Va', ora - disse la strega con un sorriso che poneva fine alla conversazione.

Ubbidii sentendomi a disagio: Tomelilla non era stata contenta di vedermi, e anche gli altri Magici avevano trovato difficile comprendere cosa fossi andata a fare laggiù, eppure sono una tata, e là c'era una bambina...

Avrei voluto che fosse già mezzanotte per parlare di nuovo con Tomelilla. Le avrei chiesto di togliermi i mille dubbi che mi ronzavano nella testa. C'erano tante domande che avrei voluto porle, per esempio: come mai, quando madama Aberdeen è scomparsa, non è stato dato l'allarme al villaggio? Io non avevo sentito suonare campane. E poi, quanto bene ci vede il Capitano? Se la risposta fosse stata "benissimo", avrei chiesto: quante signore Poppy ci sono nella Valle? E, infine, la più importante di tutte: quanto era successo in casa Poppy, quella notte, aveva un nesso con la premonizione del mago? Era quello il segnale dell'evento epocale, il grande stravolgimento, che Tagix sentiva arrivare?

Attesi con ansia il ritorno della mia strega e a quel punto non la persi più di vista. Prima che le ragazze scendessero a cena, scambiò qualche frase con Dalia e Cicero: i toni erano bassi, seri, i sentimenti contenuti, nessuna lacrima, nessuna disperazione: Aberdeen Poppy se n'era andata e, quasi quasi, sembrava un fatto naturale.

Quella sera, durante l'Ora del Racconto, mi fu concessa qualche spiegazione sincera, seppure ancora prudente, e alcune delle mie domande ottennero una risposta.

In tutta la Regione esisteva una sola signora Poppy, ed era madama Aberdeen; non c'era da confondersi: nessuno le somigliava. Era bellissima, la strega più bella che si fosse mai vista. Il Capitano ci vedeva bene. L'allarme non era stato dato perché sarebbe stato inutile.

- Inutile? Perché? - chiesi.

Tomelilla non lo spiegò. Invece...

- Barbo Tagix è un Mago Errante, Felì, e i Maghi Erranti non arrivano mai per caso. - Questo mi disse. - Parlano troppo, spesso esagerano, e la loro idea del pericolo è quanto meno bizzarra! L'eruzione di un vulcano li spaventa tanto quanto uno starnuto, ma se qualcuno starnutisce, fuggono a gambe levate. Temono i batteri più dei lapilli, le pulci più del terremoto. Sono affascinanti e tuttavia instabili, e impossibili da comprendere. È in atto uno stravolgimento epocale? Lui ha detto di sì, cosa significhi, è tutto da verificare. Certo, stanotte è accaduto qualcosa di grande...

- Spariremo tutti, Tomelilla? - chiesi spaventata.

- Spero di no - rispose lei.

- Cosa dobbiamo aspettarci?

- Non lo so, Felì. Teniamo gli occhi aperti e speriamo per il meglio,

Si alzò dal dondolo. Quella sera non aveva lavorato intorno alle piante. Il suo tempo e la sua attenzione li aveva dedicati a me.

- Sta bene la bimba? - chiesi, seguendola fuori dalla serra.

- Sì. Ha i capelli rossi rossi.

- Non ha bisogno di una fata?

- Ha già chi si occupa di lei, cara, suo padre, sua zia e tre amici...

LA SCUOLA

Sei Anni Dopo

DIECI

Il Primo Giorno

IL BENVENUTO AI PRIMINI

"Le famiglie dei bambini che quest'anno frequentano il primo anno di scuola sono invitate a partecipare al tradizionale incontro che si terrà lunedì alle ore 8..."

Il primo giorno di scuola cominciò... presto.

- Ho sognato che papà e mamma ci accompagnavano - sussurrò Vaniglia a Pervinca, infilandosi nel suo letto - ma alla fine io entravo e tu venivi riportata a casa, perché alla Horace prendono un solo fratello per tipo e venivo scelta io.

- La solita ingiustizia - brontolò Vì con la faccia sprofondata nel cuscino. E, seppure fosse più addormentata che sveglia, ebbe la forza di obiettare: - Sono dodici ore più grande di te, sarei dovuta entrare io.

- È quello che ho detto! - spiegò Vaniglia. - Ma sai come sono i grandi, nessuno mi ha dato retta.

- È già ora di alzarsi? Perché io ho un sonno...

- No, no, è presto - disse Babù - dormi pure ancora un po'.

Mentre Pervinca si riaddormentava, Vaniglia, a pancia in su, con le mani incrociate dietro la testa, fissava il soffitto e pensava. A cosa pensava?

Un'epoca si chiudeva e un'altra si apriva: su questo rifletteva? Oppure quello era il mio pensiero?

La osservai: ogni anno, qualcosa in loro era cambiato e, ora, ripensando ai primi giorni, le vedevo così diverse... Addio occhi grigi da latte e benvenuti occhi verdi; addio capelli radi e sottili e benvenuti boccoli; addio tutine e pagliaccetti e benvenute camicie, abiti, gonne; addio morsi e gengive irritate e benvenuti dentini bianchi; addio versetti ridicoli e senza senso e benvenute parole; addio babbucce e benvenute scarpe... quante ne avevamo cambiate in quegli anni!

Tutto sommato, erano stati anni tranquilli.

Dopo la sparizione di madama Aberdeen, al villaggio, per un po', non s'era parlato d'altro. Da una parte, c'era stato chi, come la moglie del Sindaco, s'era divertito ad alimentare pettegolezzi e l'ipotesi che la signora Poppy fosse fuggita per colpa del marito. "Nessuna donna vuole vivere in una stalla!" era andata dicendo in giro. E fra certe signore, la crudele teoria aveva trovato parecchi consensi. Dall'altra parte, cittadini più responsabili e seri, come Dalia e Cicero, si erano adoperati per consolare il signor Edgar e madama Malva Rosa per la perdita dell'amata moglie e sorella.

In quegli stessi giorni, Tomelilla aveva messo al corrente la Somma Assemblea e il Sindaco riguardo alle apocalittiche previsioni di mago Barbo.

L'incontro, nella sala conciliare, era stato piuttosto animato, qualcuno era arrivato a dubitare della lucidità mentale del mago, altri ritenevano possibile che il *Tuber pretiosissimum* gli avesse offuscato il pensiero, ma alla fine su un punto si erano trovati tutti d'accordo: bisognava informare il villaggio, senza seminare il panico.

Con audace senso di responsabilità, il Sindaco si era offerto di redarre, egli stesso, un'informativa, cioè un foglio ufficiale che, privo di toni allarmanti, avrebbe coinvolto la comunità in un'osservazione attenta e responsabile dei fatti che quotidianamente avvenivano intorno a loro.

L'Assemblea lo aveva ringraziato e, il giorno dopo, gli abitanti di Fairy Oak avevano trovato questo foglio appeso in Municipio e sulle porte delle botteghe:

Il Sindaco di Fairy Oak,
Signor Pancrazio Vincernesto Pimpernel,
chiede ***a chiunque sia protagonista o testimone***
di fatti e/o fenomeni particolarmente insoliti
di venirne a riferire in Municipio,
alla signora Elizabeth McCrips
o al sottoscritto,
negli orari sotto indicati...

Ora, in un villaggio come Fairy Oak, chiedere di riferire su fatti "insoliti" era come dare un cestino a un bambino e invitarlo a una caccia al tesoro nel bosco, senza dirgli qual è il tesoro. Cosa potrebbe fare, il poverino, se non riempire il cestino di tutto ciò che trova?

Per sei mesi, i cittadini avevano subissato la povera signora McCrips e il Sindaco di ogni genere di "insolite" banalità: "Il bucato si asciuga dall'alto verso il basso", "Il cappello mi è diventato stretto", "Il mio gatto dorme con un occhio alla volta", "La civetta canta un'ora prima"... intasando il Municipio di così tante lettere e denunce inutili, che presto era diventato impossibile dar seguito a tutte e scoprire se, fra le tante arrivate, vi fosse stata una segnalazione seria e importante. "Le zucchine del mio orto di notte vanno a spasso!" aveva denunciato l'anziana Tulipa Oban, verso la fine di luglio. Elizabeth McCrips, al limite della sopportazione umana, e preda di una fastidiosa reazione cutanea allo stress, era stata sul punto di riferirle il nome dei ragazzi che, da anni, rubavano le zucchine dal suo orto, perdendosene a volte qualcuna per strada. Invece, aveva chiuso l'ufficio e si era messa in malattia.

Con l'arrivo dell'estate, le denunce erano calate e a ottobre nessuno aveva più bussato alla porta del Sindaco.

Per un anno, i fogli erano rimasti appesi alle porte

delle botteghe, il sole ne aveva pian piano sbiadito il messaggio, finché un bel giorno erano spariti.

In casa avevamo tenuto gli occhi aperti, come aveva detto Tomelilla, ma col passare del tempo anche noi avevamo allentato la guardia.

L'inizio della scuola finì col distrarci del tutto. Le nostre attenzioni, adesso, erano concentrate sulle bambine e sulla loro vita che cambiava, come pure la nostra: addio passeggiate mattutine, lunghe colazioni in giardino, dolce sonno del mattino... Sveglia alle sette, si va a imparare!

- Spero di riuscire a usare il pennino senza fare macchie - disse sottovoce Babù fissando il soffitto. Parlava da sola... - E se me lo chiedono, dirò che voglio stare in classe con Vì. Anche se lei non vorrà essere in classe con me, perché ama fare le cose da sola. Chissà, magari c'è una legge che vieta ai fratelli gemelli di stare in classe insieme: "I fratelli gemelli che nascono a dodici ore di distanza l'uno dall'altro non possono sedere allo stesso banco!" Avrei dovuto chiederlo a zia Tomelilla... Flox dice che certi insegnanti sono cattivissimi, strega De Transvall, per esempio, lo è. Io l'avevo capito dai suoi occhi, sono piccoli e troppo vicini. Chissà Flox da cosa lo ha capito, lei non c'è mai andata a scuola... Ecco, se non sarò in classe con Vì, allora spero di essere in classe con Flox, e con Nepeta... No, forse Nepeta è ancora piccola, mi sa che lei a scuola ci va l'anno prossimo, è nata dopo Francis, mi pare... Chissà se io e Vì saremo brave nelle stesse materie... Quale sarà la più difficile? Matematica non mi piace tanto... - Questi erano i suoi pensieri. E di domanda in risposta, di speranza in augurio, di sospiro in sbadiglio, si fece l'ora di alzarsi. Tomelilla mise un piede giù dal letto e una porta si chiuse al piano di sotto: mamma Dalia era già in cucina.

Prevedendo la generale emozione, ogni cosa era stata preparata in anticipo: la colazione, le divise, le cartelle con i quaderni, comprati l'estate passata, e i pennini, le matite colorate, i gessetti, le boccette con l'inchiostro nero, la carta assorbente per assorbire le macchie d'inchiostro, il righello di betulla, dono tradizionale del tagliaboschi McDoc, e gli astucci, ereditati da Cicero e Dalia.

Mentre le bambine si vestivano, Tomelilla mise dentro la testa.

- Siete sveglie? Sì, bene. Accertatevi d'avere tutto e d'essere in ordine. E quando saremo là comportatevi bene, vi prego!

Il primo giorno di scuola, l'intero corpo insegnante, con la Preside, attendeva gli alunni e le loro famiglie nel piazzale antistante la vecchia Horace.

Era un incontro tradizionale, per salutarsi e scambiarsi informazioni utili per l'accudimento dei bambini e il loro apprendimento, e un'occasione per mamme, papà, zii, nonni e fate per sfogarsi e consolarsi a vicenda per quella prima, emozionante separazione. Ciascuno avrebbe raccontato il proprio personale stato d'animo, versando qualche lacrima.

Nel frattempo, i giovani primini avrebbero cercato di scoprire con chi sarebbero stati in classe, qualcuno, piangendo, si sarebbe disperatamente aggrappato al collo dei genitori, nessuno avrebbe ascoltato una sola parola del benvenuto della Preside, molti avrebbero giocato a palla, rompendo magari qualche vetro, e le amiche del cuore si sarebbero tenute strette per mano, nella speranza che nessuno avrebbe avuto il coraggio di separarle: per i prossimi cinque anni avrebbero condiviso lo stesso banco e forse anche la stessa sedia.

Tutto questo era noto a Tomelilla, che infatti...

- Promettimelo, giurami che nessuno di noi farà cose strane! - si raccomandò con Dalia, entrando nella loro camera. - Andare a scuola è un fatto naturale, non c'è alcun bisogno di dare in escandescenze.

- Oh, Lillà, dimmi, tu non sei emozionata? - le chiese Dalia, annodandosi il nastro del cappellino sotto il mento. - Le bambine vanno a scuola! Sembra ieri che le tenevamo in braccio per farle addormentare, non è vero?!... Oh, tu, però, non devi preoccuparti, so anch'io che è una cosa naturale. Prima o poi, tutti i bambini devono staccarsi dalla mamma, e io sono pronta, sai? Non avrai sorprese da me.

Tomelilla le diede un'occhiata e sospirò.

- Stai uscendo in camicia da notte.

- Oh, che sbadata! - Dalia tornò in camera. - Sai - disse da dietro il paravento - mi chiedevo con chi saranno in classe. Io spero con Flox e Nepeta... Ah, no, Nepeta è di un anno più piccola, invece sua sorella Salvia ha un anno più delle nostre, giusto?

- Euforbia mi ha detto che le gemelle non saranno in classe insieme - la informò Tomelilla seduta sul letto.

- Le gemelle, separate? Oh, non so...

- È un bene, credimi. Bisogna che si creino un po' di vita propria, qualche ricordo personale, un po' d'indipendenza l'una dall'altra.

- Più indipendenti di così, Lillà! Se non fossi la loro mamma, e non vedessi la somiglianza, stenterei a credere che siano sorelle. Sono così diverse...

- Tanto meglio, non soffriranno a stare separate per qualche ora al giorno.

- Vì forse no, ma Babù...

- Babù è molto più forte di quanto tu creda, Dalia.

- Sì, sì, lo so. Che ore sono?

- Le sette e mezzo, cara.

- A che ora dobbiamo essere a scuola?

- Alle otto. Forse, se ti togliessi la cuffietta, il vestito passerebbe più facilmente.

- No, no - disse Dalia ansiosa - preferisco tenerla, ho la testa così in aria che potrei dimenticarla. Dov'è Cicero?

- L'ultima volta che l'ho visto era infilato a testa in giù nella cesta della roba sporca che cercava un calzino.

- Oh... Ieri sera ho tirato fuori le divise per le bambine? Non mi ricordo. E gli abiti?

- Sì, Dalia, li hai tirati fuori, ti informo tuttavia che tua figlia Pervinca ha deciso di mettere i calzoni.

- Perché?

- Be', per usare le sue parole, perché con la gonna le si vedono le mutande quando fa la lotta.

Dalia guardò esterrefatta sua sorella da sopra il paravento. Poi si scrollò e disse: - Questa non l'ho sentita.

- Tu credi che riusciremo a non dare spettacolo? Io non so... - Tomelilla scuoteva la testa perplessa. - ...L'anno scorso, per staccare il giovane Hibiscus dal collo di suo nonno ci sono voluti Joe e la Preside. Il povero Ilvis è rimasto col collo storto per un mese. E sai che Ortensia mi ha raccontato che il primo giorno di scuola di suo figlio, Regina Strelizia piangeva tanto che il piccolo Nebis ha dovuto ritardare l'entrata in classe per consolarla? Ora, te lo dico sinceramente, le premesse m'impensieriscono.

- Nooo, Tomelilla, davvero esageri: Pervinca è una bimba vivace e un po' maschiaccio, ma...

- Duff Burdock era un maschiaccio, Bevis Corbirock è un maschiaccio, lei è un fuoco d'artificio.

- Un fuoco d'artificio ben educato, però.

- Sì, sì, ma non è solo per lei...

- Quello che è successo ai Castle non può succedere a noi! - la rassicurò Dalia. - Il piccolo Hibiscus non aveva mai giocato in strada con gli altri bambini, non aveva mai partecipato alle loro piccole scorribande, né alle gare sportive che Duff organizza ogni anno... non aveva neanche mai messo piede nella scuola musicale di McMike! Per sei anni è sempre stato in casa con gli zii, la mamma e il papà: è comprensibile che quell'improvvisa separazione l'abbia sconvolto. Rilassati, sorella cara, andrà tutto bene, vedrai, nessuno di noi ti farà fare brutte figure. Che ore sono adesso?

- Le otto meno venti e tu stai uscendo scalza...

UNDICI

Un Passo Più in Là

LE STRADE SI DIVIDONO

"Il regolamento della Horace - Apertura porte ore 7.30, chiusura ore 8.30; inizio intervallo ore 10.30, fine intervallo ore 11.00; orario di ricevimento parenti: tutti i giorni dalle 15 alle 17..."

Il piazzale della scuola era affollato di cittadini benvestiti e bambini in divisa: a quadretti verdi i più piccoli, tutti verdi i medi, nero lavagna i più grandi.

I genitori parlavano con gli insegnanti e controllavano nelle cartelle dei loro figli che ci fosse tutto il necessario; i ragazzini giocavano, qualcuno strillava, altri chiacchieravano, e tutti aspettavano che la campana suonasse.

DRRRRIIIINNN! fece alle otto e mezzo in punto.

La Preside Euforbia Flumini chiamò gli alunni più grandi e chiese loro di allinearsi su due file, ai lati della porta, per intonare la Canzone di Benvenuto, com'era tradizione. Poi, radunò i primini...

- Mettetevi in coda per due e seguitemi - disse con voce squillante e autorevole.

Dietro alla Preside, i piccoli sfilarono tra i grandi,

che cantavano la Canzone di "Benseduto", storpiando apposta le parole, com'era tradizione.

- E... Un... due! Un... due!... - Più rapidamente di quanto le mamme e i papà avrebbero voluto, i giovani scolari sparirono dentro la scuola.

Dalia, che fino a quel momento si era comportata tanto bene da rendere Tomelilla fiera di sua sorella, non riuscì a trattenere le lacrime e pianse, ma solo un pochino, salutando le sue bimbe, che affrontavano la prima, grande avventura della loro vita.

Nell'ampio corridoio principale, dal pavimento di marmo scuro e le grandi finestre ad arco, che davano sul giardino ombroso... proprio al centro di quel corridoio, che introduceva alle prime classi, alle aule di botanica e di giardinaggio, ai campi da gioco, ai laboratori di chimica e fisica dove, da generazioni, i giovani Magici e Nonmagici si sfidavano in gare di scienza contro magia... in quel corridoio, dal soffitto altissimo, in cui ogni parola rimbombava tanto da far sentire piccoli i grandi... lì, al centro di quel corridoio, in fila per due, i nuovi allievi ricevettero le prime, fondamentali indicazioni.

- Ci siete tutti? - chiese la Preside Flumini. - Bene, ora farò l'appello. Quando sentirete pronunciare il vostro nome alzerete la mano e direte: "Presente!" Poi, dopo il vostro nome dirò la lettera della vostra sezione. Se dirò: "A" resterete al vostro posto, se invece dirò: "B", allora farete un passo verso destra...

Qual è la destra?... Bravi, e vi allineerete davanti al signor Joe.

Joe Shuanmà era il guardiano della scuola da cinquant'anni, e ogni anno, il primo giorno, si commuoveva.

Davanti allo sguardo spaesato dei bambini, ripensava al proprio spaesamento, al timore di sbagliare che lo aveva assalito la prima volta che la porta della Horace si era chiusa alle sue spalle. Per questo, i suoi gesti erano gentili. Joe distribuiva sorrisi ai piccoli alunni pur sapendo che, presto, sarebbe diventato il loro zimbello, il guardiano buono e paziente a cui fare milioni di scherzi.

- Acanti Bugle? - chiamò la Preside.

- Pvesente! - rispose un ragazzino pallido e bruno, tirandosi su gli occhiali.

- Bravo, però dovete alzare anche la mano, quando vi chiamo - gli spiegò la Preside. - Tu, Acanti, sei in prima B. Celastro Buttercup?

- Fefenfe! - bofonchiò un bimbo paffutello con la pelle di burro e i capelli color paprika.

- Cos'hai in bocca, gioia?

- Un faffiffino che ho fofato in fafca.

- Celastro, quel pasticcino era la tua merenda, e la merenda qui si fa alle dieci e mezzo, cioè tra due ore. Da domani vorrei che rispettassi gli orari della scuola. Dunque, dov'ero? Ah, sì, sei in prima B.

Una lettera alla volta, uno studente alla volta, la

fila di destra si allontanava, di un passo, dalla fila di sinistra...

- Dorotea Juniperus?... Sambuco Moore?...

Si avvicinava la lettera "p" e io sentivo il cuore battere sempre più forte.

Le gemelle erano state informate che non sarebbero state nella stessa classe, eppure, quando madama Euforbia chiamò Pervinca, vidi le loro mani stringersi forte.

- Prima B - disse la Preside. - Vaniglia Periwinkle?... Prima A.

Adesso era ufficiale: una parte della loro vita insieme terminava in quel momento, per sempre.

Le sorelle si guardarono, si sorrisero e continuarono a sorridersi mentre si allontanavano.

Avrebbero conosciuto le cose del mondo in modi diversi, in posti diversi, per esperienze diverse. Le avrebbero ascoltate da voci diverse, con compagni di viaggio diversi, che le avrebbero conosciute come singoli individui: non le gemelle Periwinkle, ma Vaniglia Periwinkle e Pervinca Periwinkle.

Da singoli individui avrebbero affrontato una nuova, importante esperienza: sarebbe stato diverso? Che effetto avrebbe fatto non udire, per un po', l'eco della propria voce, non avere davanti il riflesso del proprio viso e, intorno, la seconda ombra? Come sarebbe stata la vita senza l'altra?

La Preside presentò i maestri ai bambini.

- Questa è la signorina Liliflora. - Una delle due figure che, fino a quel momento, erano rimaste in disparte, si fece avanti. - Sarà la vostra insegnante di materie artistiche: disegno, scultura, pittura, bella calligrafia e tutte le amene attività che la vostra giovane fantasia vi suggerirà.

A quelle parole una vocina di bimba sospirò un ammirato "Uao!"

- Gli alunni di prima A seguiranno la signorina Liliflora in quella classe... - La Preside indicò un'aula aperta, dalla quale usciva la luce del sole. Era, infatti, sul lato est dell'edificio. - Gli alunni della prima B, invece - continuò madama Flumini con un leggero sospiro - seguiranno la professoressa De Transvall nell'aula di fronte... - La seconda figura uscì dall'ombra e i bambini ebbero un sussulto. Era una signora alta e solenne, vestita di velluto viola, un abito severo e pesante, che la copriva dal collo alle scarpe. Le sue mani era bianchissime, le dita lunghe e nodose, il viso inclemente, gli occhi scuri e penetranti, appariva incapace di sorridere. E infatti era seria.

- La professoressa De Transvall vi inculch... vi imporr... vi obbligh... - Che parola stava cercando la Preside? Quale che fosse, quell'incertezza non piacque all'austera insegnante: lo sguardo felino di Margherita "Terrore della Scuola" De Transvall scivolò infatti sui bambini e si fermò sulla Preside, sortendo l'effetto desiderato. - La nostra esimia e stimatissima professoressa, qui presente, vi trasmetterà l'amore per la matematica e le scienze. Hip hip-Hurrà! - annunciò madama Flumini tutto d'un fiato. - Il resto lo imparerete strada facendo. Vediamo... sì, mi pare sia tutto. Benvenuti e buone lezioni!

In coda per uno, i bambini seguirono, marciando, le insegnanti dentro le classi. Le due file si separarono. Una a est l'altra a ovest.

Prima di entrare nelle aule, le gemelle si cercarono ancora una volta, e con un lieve gesto della mano si salutarono.

DODICI

Compagni di Banco

UNA SCELTA IMPORTANTE

"Il sottoscritto, dottor Penstemon Chestnut, medico e mago, certifica la nascita della bambina Flox Pollimon, figlia di Bernard e Roslinde Pollimon, venuta al mondo sana e vivace il primo giorno di primavera di quest'anno..."

Come si sceglie il banco di scuola, quello al quale si starà seduti cinque ore al giorno per cinque giorni alla settimana, per i prossimi cinque anni? Vicino alla lavagna, dove si vede e si sente meglio? O lontano il più possibile, così ci si può distrarre e leggere il libro che si ama, scrivere idee urgenti sul diario, sognare a occhi aperti e volare fuori dalla finestra, almeno col pensiero? Vicino al più bravo, o alla più brava, della classe, a quelli che si vede che studieranno, e potranno suggerire quando verrà il momento? Oppure accanto all'amica o all'amico del cuore? Davanti alla finestra, per guardare gli uccellini in primavera e le foglie in autunno, oppure lontano dalla finestra perché, se la luce non t'illumina, forse l'insegnante si dimentica di te e non ti chiama alla lavagna...

Vaniglia lo scelse vicino alla finestra e la sua amica Flox ne fu felice: avrebbe seguito Babù anche dietro alla lavagna, ma vicino alla finestra era davvero perfetto. Seppure discendesse da una famiglia di eccezionali Magici del buio, e perciò fosse destinata a ereditare il potere della distruzione, Flox Pollimon amava la luce, e ciò che la luce creava.

Era nata pochi mesi dopo le gemelle e, come preannunciato da mamma Rosie, si era chiamata Flox. Un nome allegro e simpatico come lei, tanto che zia Ortensia aveva convenuto che Rosa ed Eupharasia non sarebbero stati adatti. No, Flox era proprio un tipo da... Flox.

L'amicizia con le gemelle era venuta naturale e spontanea. Insieme, fin dai primi giorni, in spiaggia, a razzolare nei prati, a casa nostra, a casa dei Pollimon, l'assidua frequentazione aveva permesso alle bambine di conoscersi e di trovarsi simpatiche e, per molti aspetti, anche simili. Pur avendo caratteri molto diversi, Vaniglia, Pervinca e Flox si riconoscevano l'una nell'altra, e tutte insieme si completavano: Vì era la coraggiosa, Babù la saggia e Flox la curiosa; Pervinca era un maschiaccio, Vaniglia dolce e femminile, Flox era buffa, e tutt'e tre erano molto graziose. Pervinca apprezzava la spontaneità di Flox e la sua genuinità; Flox rideva delle battute sarcastiche di Vì, e non si offendeva mai; Babù adorava Flox per tutto ciò che era, e Flox amava Babù per le medesime ragioni: come le loro mamme, condivisero lo stesso banco per tutti gli anni della scuola.

Anche Pervinca scelse un banco vicino alla finestra, ma solo per stare il più lontano possibile da Scarlet Pimpernel. La petulante figlia del Sindaco aveva occupato un posto davanti alla porta della classe, probabilmente perché da quella posizione avrebbe potuto controllare tutti gli altri: chi entrava, chi usciva... A chi stava uscendo avrebbe chiesto dove stava andando e perché, a chi fosse entrato avrebbe domandato dov'era stato, perché e come mai fosse in ritardo. Ogni volta che la porta si fosse aperta, avrebbe controllato il corridoio: chi c'era, cosa faceva, dove andava, con chi... Farsi i fatti degli altri era un lavoro per quella ragazzina.

- È libevo questo posto?

Pervinca, persa con lo sguardo fuori dalla finestra, si voltò stupita. Acanti Bugle tossì, si tirò su gli occhiali e riformulò la domanda: - Posso sedevmi vicino a te?

- S... sì - rispose Vì dopo un istante.

In fondo, perché no? Meglio lui di un altro, dovette pensare Pervinca. Meglio di Cicerbita Blossom, per esempio, che era simpatica, ma non finiva mai di parlare; o di quel pasticcione di Celastro Buttercup, anche lui era un tipo a posto, però mangiava sempre e aveva le mani perennemente impiastricciate di qualcosa, cioccolato, formaggio, marmellata...

Acanti era uno che rispettava gli altri e apprezzava l'ordine; era educato, discreto, puntuale, tranquillo e profumava di lavanda. A sei anni sapeva già leggere e parlava come un adulto, con la erre moscia, come un nobile intellettuale, ma non lo faceva apposta. Non aveva mai imparato dove, e come, bisognasse mettere la lingua per dire "quella stupida *evve*". Un piccolo difetto che lo rendeva simpatico e un po' meno perfetto o... "un po' più umano", come diceva Flox. Sì, Acanti Bugle poteva essere il compagno di banco giusto.

«E se non lo sarà, appena diventerò strega lo "aggiusterò" io» si disse Pervinca, mentre lo guardava disporre, una accanto all'altra, in ordine crescente, le penne sul banco.

Era ancora presto per dire se Vì e Babù sarebbero diventate streghe, bisognava aspettare che i denti da latte cominciassero a cadere e spuntasse almeno il primo premolare, perciò ancora tre o quattro anni: troppi, a sentire Pervinca, necessari stando alle regole. A meno di una dentizione permanente precoce, sulla quale sia Vì sia zia Tomelilla contavano molto: le gemelle, infatti, crescevano in fretta.

A otto mesi Pervinca camminava già, a tre anni conosceva il nome di moltissimi insetti, quelli più strani, a cinque aveva imparato a leggere e a sei aveva già cambiato tutti e otto gli incisivi davanti: davvero presto per una bimba discendente da una famiglia di Magici della luce, più lenti a svilupparsi rispetto ai Magici del buio.

Vaniglia aveva cominciato a camminare subito dopo sua sorella, e a due anni aveva già un portamento da signorina, mangiava senza sporcarsi e curava la sua igiene personale. A quattro anni apparecchiava e sparecchiava la tavola, a cinque riconosceva quasi tutte le piante della Valle e sapeva il nome di tutti gli animali migratori che frequentavano il nostro giardino. A sei anni, leggeva, amava scrivere e aveva già cambiato gli incisivi centrali, e i laterali stavano spuntando.

Questo rendeva Tomelilla speranzosa.

- Non perderle di vista un solo istante, Felì - mi diceva ogni sera, all'Ora del Racconto. - Osservale bene e al primo segno di magia, vola a riferirmi!

- È presto - le dicevo io. - Abbiate pazienza ancora un po'.

Ma come si può avere pazienza quando una legge terribile incombe, come un'incudine appesa, sulle teste delle tue nipotine e sul loro futuro?

- Ti prego, Sefelicetusaraidirmelovorrai, fai come ti dico - insisteva la zia. - Tutto può essere importante, come parlano, come osservano le cose, come muovono le mani o chiudono gli occhi, come camminano... Ricorda: i Magici della luce maturano dopo i Magici del buio, ma di solito imparano a volare prima. Le bimbe, a differenza dei maschietti, tendono ad avere un passo particolarmente leggero quando sono lì lì per volare, e posano appena il tallone quando hanno imparato. E come starnutiscono! Anche questo è molto importante: le giovani streghe starnutiscono in modo diverso dalle giovani non streghe. Lo avrai notato, dal naso a volte escono piccole scintille: sono polveri luminose, cercale! Queste cose tu le sai, vero?

Annuii, per non deluderla, ma poi dovetti ammettere che, in realtà, ne sapevo poco. Tomelilla promise allora di farmi un piccolo ripasso di tutti i segni premonitori: dal passo leggero alle scintille starnutine, dallo schiocco delle dita, che nei Magici fa *snaap!* e nei Nonmagici fa *snap!,* al battito delle palpebre più veloce delle ali della farfalla *Macroglossa stellatarum*; da un impercettibile, e temporaneo, difetto nel pronunciare la *esse*, tipico di chi ha male alle gengive, ai sogni tinti di giallo e verde smeraldino, passando dai polpastrelli sensibili, fino all'olfatto e all'udito, più fini di un gatto e di un cane.

Quella mattina a scuola, per continuare a osservarle, trascorsi un'ora con Vì e un'ora con Babù, volando continuamente da una classe all'altra, finché, alle dieci e mezzo, suonò l'intervallo.

Pervinca aspettò Vaniglia e Flox nel corridoio e, insieme, uscirono in giardino.

TREDICI

Il Giardino della Scuola

PERIWINKLE UNO E DUE

"In giardino era vietato: sporcare, raccogliere fiori, strappare rami e foglie degli alberi, arrampicarsi sui rami, fare incantesimi, scavare buche profonde, fare pipì, dipingere, azzuffarsi..."

Al giardino della scuola si accedeva attraverso una pesante porta di ferro, con la parte superiore vetrata e i vetri colorati. Da qui partiva una piccola scaletta, di ferro anch'essa, che scendeva verso il patio. "Il patio" era una piazzetta con la ghiaia e le panchine di pietra bianca, disposte qua e là.

Intorno alla piazzetta c'era il parco.

Morbidi sentieri si diramavano nel piccolo, antichissimo parco della Horace, all'ombra di giganteschi arbusti e alberi secolari. Alcuni dei sentieri sfociavano in piccole aree aperte alla luce del sole, dove l'erba era bassa e morbida.

L'autunno aveva indorato le foglie degli alberi, e i frutti maturi appesantivano i rami di un melo robusto: Thomas Corbirock, in punta di piedi su una panchina, stava cercando di afferrarne uno.

- Sono buone? - gli chiese Babù, avvicinandosi con Flox. Tommy le regalò la mela che era riuscito a prendere e si allungò per cercarne altre.

Pervinca, intanto, era stata attirata dalle grida di un gruppo di bambini, impegnati in un curioso gioco di abilità con dei sassolini.

- Posso provare? - chiese.

- Prima devi imparare come si fa - le rispose Robin Corbirock. - Siediti là e stai attenta a non toccare lo schema del gioco...

Mi guardai intorno: le fate osservavano i loro protetti dai rami degli alberi o dai davanzali delle finestre, chiacchierando tra loro, senza intromettersi troppo nei giochi dei bambini. Se questa era l'abitudine, l'avrei rispettata anch'io. Cercai le mie compagne e le trovai fra i rami del vecchio melo.

- Spostati, Prud, fai spazio a Felì - disse Ditetù vedendomi arrivare. Prud si alzò e andò a sedersi un po' più in là. Poi ci ripensò.

- Scusa, non potevi alzarti tu? - chiese indispettita.

Ditetù si divertiva a stuzzicare Prud, perché Sentoipollicicheprudono era una fatina simpatica, buffa e brontolona.

La ringraziai e andai a sedermi vicino a lei. Da lì potevo vedere bene le ragazze.

- Rilassati - mi tranquillizzò Etalì - qui non ci sono pericoli, tutt'al più si azzuffano tra loro, o cadono dai rami degli alberi, ma succede solo ai maschi.

- Già, purtroppo è vero - fece Prud sbuffando - lo so bene io, ho aiutato ad allevarne sei! Le femmine sono più tranquille, badare a loro è una vacanza.

- Già - dissi con un sorriso.

Il ramo su cui eravamo sedute sconfinava oltre il muro di cinta della scuola, lasciando pendere i suoi frutti sulla via principale di Fairy Oak, quella che dalla porta Sud attraversava il villaggio fino al porto. A quell'ora era affollata dal quotidiano viavai del mattino: bottegai che andavano ad aprire i negozi, pescatori che tornavano dal porto, mamme con la spesa...

- Arriva il Capitano - avvisai.

Talbooth veniva dal porto, e aveva l'aria torva di un corvo a novembre. Quando fu nei pressi del melo, sollevò appena il cappello, in segno di saluto.

- Salute a te - gli rispose Fidiven. - Notte proficua?

- Il vento non è venuto - borbottò lui, burbero.

Significava che la pesca era andata male.

Il vento, quello buono, sapeva sempre dove si trovava il pesce, e quando soffiava, spingeva le barche nei posti giusti. Quando non veniva, la fatica degli uomini triplicava, perché dovevano remare, e la pesca si dimezzava.

- Coraggio, domani andrà meglio - gli disse la fata facendogli cadere una mela nel palmo della mano. Lei e Talbooth erano legati da una solida amicizia.

Si erano conosciuti durante il primo soggiorno di Soffiododicisofficisof*fidiven*to a Fairy Oak, ai tempi in cui lei era la tata di mamma Rosie e di zia Ortensia e lui un vagabondo portato dal mare. - Flox, e anche gli altri bambini, vorrebbero una nuova storia da te, quando troverai un po' di tempo per loro? - gli disse.

- Neanche un secondo, finché faranno questo baccano - rispose brusco il Capitano passando oltre.

- TI AVVISO, SCARLET - stava giusto gridando in quel momento Pervinca alla giovane Pimpernel, dopo averla sbattuta per terra ed essercisi seduta sopra. - INSULTA ANCORA UNA VOLTA MIA SORELLA, E TI CONSUMO LA FACCIA SULLA GHIAIA!

- LASCIAMI ANDARE! MI FAI MALE! - strillava Scarlet, cercando di liberarsi. - AIUTO, AIUTO!

- Oh, no! - esclamai, volando a separarle. Prud e Fidiven vennero con me, ma prima che potessimo intervenire due figure ci si pararono davanti. Uno afferrò Vì per le spalle, l'altro sollevò Scarlet e la spinse lontano.

Erano Grisam Burdock e Tommy Corbirock.

- Cos'è successo? - chiesi esterrefatta a Pervinca.

- Chiedilo a lei! - sbuffò Vì furibonda.

- Io... io credevo che fosse quell'altra! - piagnucolò Scarlet, asciugandosi le lacrime.

L'imprudente ragazzina s'era confusa, pensando di trovarsi davanti a Vaniglia, aveva fatto l'arrogante e la smorfiosa, come faceva di solito con i bambini più gentili ed educati di lei. Siccome, però, Vaniglia non era Vaniglia, ma Pervinca, si era ritrovata per terra, con i pugni di Vì che la minacciavano.

- DOVREBBERO OBBLIGARVI A PORTARE IL NOME SULLE DIVISE! - gridò la figlia del Sindaco, quando fu ben certa d'essere a distanza di sicurezza. - ANZI, SULLA FRONTE! I vostri stupidi, stupidissimi nomi! A cosa servono se tanto nessuno vi distingue? Basterebbero due numeri! Ecco, da oggi vi chiamerò PERIWINKLE UNO E PERIWINKLE DUE!

- Lasciami che voglio morderla! - ringhiò Pervinca cercando di liberarsi dalla stretta di Grisam.

- Vuoi calmarti? - disse lui. - Dimenticatela quella lì, vuole solo farti arrabbiare, non lo capisci?

- Appena sarò strega, vedrà cosa le apparirà sulla fronte... Anzi, no, la trasformerò in una cosa schifosa, tipo budella di serpente, bava di ramarro o cacca di...

- Va bene, va bene, abbiamo capito - la interruppe Grisam ridendo.

- Cosa ti è successo? - chiese Vaniglia avvicinandosi. - Perché litigavate?

- Lo scoprirai la prima volta che ti incontrerà e ti chiamerà per nome... - rispose Pervinca ancora furiosa. - E tu lasciami andare! - disse poi rivolta a Grisam.

- Se ti lascio, ti calmi?

- Sì.

- Promesso?

- Ho detto di sì!

- Hai una bella forza per essere una femmina.

- Lo so!

- Senti, Simpatia - disse il ragazzo, sempre più divertito - stiamo formando le squadre per i prossimi Giochi Estivi: perché non entri nella nostra?

A quella proposta Vì si voltò verso l'amico e lo squadrò da capo a piedi.

- Dipende - disse pulendosi la divisa. - Siete forti?

- Abbastanza, ma con te lo saremmo di più.

Pervinca non lo diede a intendere, ma quella proposta le aveva cambiato l'umore: i Giochi Estivi erano un'istituzione a Fairy Oak! Li aveva inventati il signor Duff, lo zio di Grisam, molto prima che loro nascessero. Poteva partecipare chiunque avesse fra i tre e i quindici anni. C'erano gare per i piccoli, gare per i medi e gare per i grandi. Ma mentre i piccoli formavano un'unica squadra, governata da un adulto, i medi e i grandi, le squadre, se le potevano fare da sé, e poi le proponevano al capo supremo dei Giochi, cioè il mago Duff, che stabiliva se i gruppi erano equi e ben calibrati per età, forza e abilità.

Da quando avevano compiuto tre anni, le gemelle avevano partecipato a tutte le edizioni dei Giochi, nella squadra dei piccoli. Ma già a quattro anni, Vì fuggiva per assistere alle gare dei ragazzi più grandi. Ora, uno di loro, uno dei più forti, le offriva l'occasione per entrare a far parte di una squadra vera. Pervinca avrebbe voluto gridare dalla gioia e saltare al collo del bellissimo Grisam. Ma non era nel suo stile. E così...

- Che gara dovrei fare? - chiese seria.

- Quella che vuoi - rispose il giovane Burdock - tiro alla fune, corsa coi sacchi, arrampicata sugli alberi... basta che non piangi quando cadi.

- IO NON PIANGO MAI! - esclamò Pervinca.

- È vero - confermò Babù. - Lei non piange mai.

- Bene, allora sei dei nostri.

- Mica ho detto che accetto! Prima devo pensarci.

- Pensaci in fretta perché c'è la fila per entrare nella nostra squadra. Ti do tempo fino alla fine delle lezioni. Se non mi dai una risposta all'uscita, sei fuori.

Vì fece spalluccia e si avviò verso le classi.

- Se volete, voi potete entrare nella mia squadra - disse Tommy a Flox e Babù.

- Volentierrimo! - rispose Flox entusiasta.

- Però io non sono veloce come mia sorella - fece subito sapere Vaniglia - e neppure forte come lei.

Tommy le sorrise.

- Sai risolvere misteri e indovinelli? - le chiese.

- Lei? - fece Flox ironica. - Amico, tu parli con il genio degli indovinelli! - E sottovoce aggiunse: - È intelligentissima! Per questo sono sua amica.

- Allora una delle gare che potreste fare è la Caccia al Tesoro. Vi va?

Babù annuì contenta.

- Niente incantesimi o trucchi di magia, però, il signor Duff non li vuole! - si raccomandò Thomas.

- Oh, ma noi non siamo ancora streghe - gli spiegò Vaniglia. - Siamo piccole. Tu sei già un mago?

- Be', non sono bravo come Grisam, però qualche magia riesco già a farla, guardate qua...

- TOMMY CORBIROCK BADA A TE! - gridò in quel momento la Preside Flumini da una finestra. - NIENTE MAGIE A SCUOLA!

Tommy allargò le braccia e si scusò con le giovani amiche.

- Mi dispiace - disse. - Magari quando siamo fuori...

- Magari - lo rassicurò Flox sorridendo. Poi, rivolta a Vaniglia, aggiunse: - Pensa se la Preside avesse visto Pervinca a cavalcioni di Scarlet, il primo giorno di scuola!

Avevano appena superato la porta a vetri per rientrare in classe, quando Salvia Rose, la sorella maggiore di Nepeta, puntando il dito verso i piedi della giovane Pollimon, esclamò: - Sono i miei!

Flox si guardò le scarpe.

- Sono comodi, vero? - le domandò Salvia avvicinandosi. - Li portavo l'anno scorso, ma mi sono diventati piccoli... vedi? Io ho il piedone grande. Sono i migliori scarponcini che abbia mai avuto, non sapevo che mia mamma li avesse regalati a te, credevo li tenesse per Nepeta, anche se a lei non sono mai piaciuti. Ti stanno bene. Fammi vedere... Sì, sembrano proprio i miei, c'è il graffio che ho fatto cadendo dal pontile.

- Sei caduta in mare con queste scarpe? - chiese Flox stupita all'amica. - Be', non si direbbe proprio, sono ancora belle.

A Fairy Oak era abitudine passarsi scarpe, abiti, giocattoli... Nessuno si sarebbe mai sognato di buttar via qualcosa se poteva essere ancora utile a qualcuno, e delle scarpe in buone condizioni erano sempre utili. Così, capitava che un robusto paio di scarponcini girasse per anni prima da un fratello all'altro, poi da una famiglia all'altra... e tornasse al signor Butomus solo quando ormai era semidistrutto. Il calzolaio recuperava le parti ancora buone e con quelle ne faceva un altro paio.

- Mamma le ha fatte asciugare con la carta dentro e poi le ha spalmate di cera, quella delle api - spiegò Salvia a Flox, che l'ascoltava attenta. - Dopo avevano un buon profumo di miele. Alza una gamba... - La ragazzina avvicinò il naso allo scarponcino che le porgeva l'amica.

- Che schifo! - esclamò Scarlet Pimpernel passando in quel momento. - Si annusano i piedi, *bleah!*

- Non le annusavo i piedi, ma una scarpa - precisò Salvia.

- E perché le annusavi una scarpa?

- Per capire se è mia.

- Se è tua, com'è che ce l'ha indosso lei?

- Perché mia mamma gliel'ha regalata.

- Una sola?

- No, tutt'e due.

- Poveraccia...

L'antipatica proseguì col naso all'insù e l'aria di chi non aveva mai messo un paio di scarpe vecchie.

Flox la seguì con gli occhi finché non girò l'angolo.

- Sbaglio - disse a quel punto - o era tutta vestita d'azzurro?

Salvia e Vaniglia scoppiarono a ridere.

- No, non sbagli - le dissero avviandosi verso le classi. - Aveva le calze azzurre, le scarpe azzurre, la gonna azzurra, il maglioncino azzurro, nastri azzurri nei capelli...

Per Flox, che amava i colori, scegliere di indossarne uno solo era inimmaginabile, inconcepibile, inaccettabile, incredibile! Invece, trovava affascinante che le sue scarpe avessero già camminato con qualcun altro: dov'erano state? Volevano tornarci? Avevano un posto prediletto? Preferivano camminare sull'erba o sul selciato? Amavano le pozzanghere? Che interessante sarebbe stato ascoltare la loro esperienza! Certi magici sapevano parlare con gli oggetti, lei no. Comunque, gli scarponcini di Salvia Rose li avrebbe trattati bene: se un giorno avessero raccontato la loro storia, era meglio che avessero solo cose belle da raccontare. E poi, Flox desiderava conservarli per le bambine che li avrebbero indossati dopo, Sophie Littlewalton o Cecilia Buttercup... Sospirò: chissà se qualcuno aveva mai regalato un paio di scarpe alla bambina che viveva fuori dal villaggio?

QUATTORDICI

Il Diario

LA MEMORIA SCRITTA

"Questo diario è di fata Felì, la tata della famiglia Periwinkle. Se per qualche motivo lo avete tra le mani, significa che l'ho perduto e che sono disperata. Se poteste riconsegnarmelo, vi sarei infinitamente grata. Vivo in via degli Orchi Bassi..."

Da cinque anni, il signor Edgar aveva trasferito la famiglia nella Valle di Aberdur, ad alcuni chilometri dal villaggio. Lui e la cognata Malva Rosa avevano costruito, da soli, un'intera fattoria: la casa, con il tetto di paglia e le finestre azzurre, le stalle, la rimessa per gli attrezzi, le serre... Forse c'era stato anche un tocco di magia da parte di madama Malva, ma la signora era una strega più avvezza alla maglia e al cucito che agli incantesimi, e infatti al villaggio veniva solo lei, una volta all'anno, per comprare il filo e qualche seme per l'orto.

Quanto alla bambina, nessuno l'aveva mai vista.

- A scuola non viene - dissi una sera a Tomelilla, durante l'Ora del Racconto.

- Si vede che suo padre preferisce educarla a casa - rispose la strega, porgendomi un acinino d'uva piccolo abbastanza perché riuscissi a mangiarlo.

- Volete dire che la signorina Liliflora, il professor Dot, la professoressa De Transvall... vanno alla fattoria per fare lezione a Shirley?

- Tu mi stupisci, Felì - disse Tomelilla. - Davvero credi che madama Margherita farebbe una cosa del genere?

- No, per questo chiedevo. Chi le fa lezione, allora?

- Un professore che vive da quelle parti.

- Credevo che la Valle di Aberdur fosse abitata solo dai Poppy e dai loro animali.

- Già, già... - fece la strega impegnata a contare dei semi.

- Avete più avuto notizie di mago Tagix? - chiesi avvicinandomi al cesto dell'uva per cercare un altro acinino.

- Barbo? No.

- Certo che da quella notte, in cui sembrava che il mondo stesse per cambiare, non è successo granché, eh, Tomelilla? Magari il mago si è sbagliato.

- Tagix non sbaglia mai, Felì, te l'ho già detto, ogni tanto esagera, ma non sbaglia mai.

- Allora com'è che, dopo la sparizione di mamma Aberdeen, non è successo nulla? Non c'è stato alcun cambiamento "epocale", mi sembra, nessun evento straordinario. Da sei anni assistiamo al normale scorrere della vita quotidiana, o sbaglio?

- No, è come dici tu.

Poc! fece in quel momento l'acino, cedendo sotto i miei denti.

- Uhm... mi piace l'uva... - dissi, assaporandone il succo zuccherino. - E se fosse una cosa bella?

- Che cosa? - chiese Tomelilla.

- L'evento previsto dal mago: se fosse uno stravolgimento in meglio, qualcosa che migliorerà le nostre vite in un modo che non possiamo neanche immaginare?

La strega mi guardò e sorrise.

- Sai che hai appena detto una cosa molto intelligente?! Chissà perché abbiamo sempre pensato al peggio?

- E cercato il peggio! - aggiunsi. - Da allora ci aspettiamo tempeste, catastrofi, morte e devastazione, e perché, invece, non strepintusiasmanti novità?

- Per esempio, cosa ti piacerebbe, Felì?

- A me?

- Sì, che "miglioramento" vorresti? Che riguardasse tutti, però.

- Be', vediamo... la Valle è già molto bella così, non saprei cosa aggiungere e neppure cosa togliere... Il villaggio mi piace e mi sembra che le persone ci vivano bene, ogni tanto piove e fa un freddo da brividi, ma se non piovesse mai e non facesse freddo non potremmo apprezzare il sole e la bella stagione... I fiumi sono pieni d'acqua, il mare è ricco di pesci, nei boschi ci sono tanti animali, i bambini stanno bene... Urka, è difficile! Adesso che mi fate pensare, abbiamo già tutto quello che ci serve.

- E questo spiega perché abbiamo pensato al peggio - concluse Tomelilla. - Siamo terrorizzati che qualcosa venga a turbare il nostro amatissimo mondo, e per questo abbiamo attribuito alla parola "stravolgimento" il significato di "catastrofe". In realtà, tu hai ragione: nessuno ci vieta di pensare che possa essere una "cosa bella", quella che Barbo ha previsto per noi.

- E che è già in atto! - le ricordai.

- Già, lui ha detto così. Chissà cos'è...

Mentre ci pensavamo, addentai un acino e un altro ancora...

- Forse l'ho trovato, Tomelilla - dissi con gli occhi chiusi per godere ancora di più di quel sapore delizioso. - Pensate se un giorno l'acqua sapesse d'uva?!

- Non toglierebbe la sete e il bucato finirebbe per sapere di vino - obiettò la strega sorridendo.

- Sì, però sai che goduria!

- Mangiala tutta e goditela adesso, non è detto che l'anno prossimo sarà altrettanto buona. Così come non era buona l'anno scorso, ricordi?

- Non era buona? - Giù, un altro acinino. - Da cofa vifenfe? Oh, fcufate... ho la voffa fiena.

- Be', dipende da tante cose - mi spiegò Tomelilla

piantando in un vasetto i semini che aveva finito di contare - dalla stagione, dal clima, da quando e quanto piove... - S'interruppe e mi fissò con gli occhi spalancati.

- Che fuffede? - chiesi allarmata.

- Un diario! - esclamò lei. - Ecco cosa non abbiamo mai fatto! Dobbiamo tenere un diario, Felì! Te la sentiresti? Vorresti annotare i fatti di ogni giorno su un quaderno?

Ingoiai l'acino quasi intero.

- Come li racconto a voi, ogni sera, Tomelilla? - chiesi, tossendo per non strozzarmi.

- Come li racconti a me ogni sera, Felì.

- Lo faccio volentieri, ma perché pensate che possa essere utile?

- Fatina mia, hai appena detto che da un anno con l'altro non ricordi il sapore del frutto che ami più al mondo... Sapresti allora dirmi quando sono fioriti i nostri mandorli?

- Veramente no.

- E quando abbiamo raccolto il primo fungo?

- No.

- Ed è successo meno di un mese fa!

- Dovrei annotare queste cose, Tomelilla?

- Ogni cosa, fatina! - rise lei. - E anche quanti centimetri crescono le ragazze di settimana in settimana; a che ora, minuto, secondo cala il sole e sorge la luna; la variazione delle maree; la data di maturazione dei frutti del nostro giardino... cominciamo da quelli, poi vedremo; le previsioni del tempo, soprattutto dovrai constatare la loro esattezza, e poi...

Tomelilla mi fece un luuungo elenco.

- Vedi, Felì - disse alla fine - se scriveremo tutti i dati, potremo metterli a confronto e scoprire se ci sono state importanti variazioni. Inoltre, rileggendo ciò che abbiamo scritto, scopriremo fatti della nostra vita che non ricorderemo neppure d'aver vissuto, perché saranno stati tanti e troppo veloci, sovrapposti ad altri mille fatti quotidiani. Immagina se scoprissimo che le gemelle sono cresciute molto più dell'anno scorso, o se una crescesse in altezza molto più velocemente dell'altra...

- Cosa potrebbe voler dire?

- Non ne ho la minima idea, ma avremmo qualcosa da cui cominciare, capisci, Felì? Misureremo il ciclo delle stagioni e scopriremo se si ripete sempre uguale, seguiremo le variazioni del clima e delle fioriture, controlleremo l'attività delle lumache e dei porcospini, dal risveglio fino al letargo, e verificheremo la loro dieta...

- Per vedere se un porcospino si mangia una lumaca o viceversa? - chiesi con un lieve sospiro.

- È un bell' impegno, lo so, Felì - cercò di consolarmi Tomelilla - dovrai prendere molti appunti, e questo ti porterà via del tempo, ma io ti aiuterò. Prenderò appunti anch'io e ogni sera te li consegnerò in modo che tu possa trascriverli sul diario.

- Va bene - dissi. - Adesso spero che qualunque cosa sia il Grande Evento previsto da mago Barbo sia davvero in atto, o questo diario mi andrà di traverso.

- Vuoi un altro acino d'uva? - fece Tomelilla sorridendo.

QUINDICI

Le Regole del Gioco

SI FORMANO LE SQUADRE

"Il loro primo giorno di scuola io c'ero! È stato molto emozionante, per tutti, e per loro lo è stato di più..."

Grisam aspettò la risposta di Pervinca tre giorni!

- Sì - gli disse lei il quarto giorno, fuori dalla scuola.

- Sì cosa? - fece lui corrucciato.

- Sì, entro nella squadra.

- Ora non c'è più posto.

- Allora chiedo a Tommy Corbirock se posso entrare nella sua.

- Se ti lascio entrare dovrai partecipare agli allenamenti - l'ammonì Grisam.

- Quali allenamenti?

- Quelli che iniziano a marzo. Saranno ogni giovedì pomeriggio, al campo della scuola.

- Anche la squadra di Tommy si allena?

- Certo, tutte le squadre si allenano.

- Dovrò chiederlo ai miei genitori, mia mamma dirà di sì, ma papà e zia Tomelilla...

- Un altro impegno?- protestò, infatti, Tomelilla

a tavola, più tardi. - Non vi allenate già per fare baccano?

- Sono lezioni di musica, zia! - le ricordò Vaniglia. - Il signor McMike dice che Vì è portata per il tamburo e io per il pianoforte. Suoneremo alla parata di primavera.

- E le piroette? - insistette la strega.

- Prego, lei piroetta - precisò Pervinca - io danzo.

- Quelle sono le lezioni di ballo - rispose Babù, preoccupata che non gliele facessero più fare. - Avevate detto voi che potevamo andarci. La signora Peonia dice che siamo brave.

Tomelilla scosse la testa.

- Va bene, ma allenarsi anche per imparare a giocare... il mondo è sottosopra, dico io. E per studiare? Quando troverete il tempo per i libri?

Mamma Dalia condivideva il timore della sorella: le bambine avevano appena cominciato la scuola e avevano già molte attività da seguire, la danza, la musica... In un momento così delicato non sembrava giusto che si dedicassero anche ad altro. Guardò suo marito e gli sorrise, lasciando a lui la decisione.

- Vedremo come andranno questi mesi di scuola - disse Cicero infine. - Se non avrete troppi compiti, e otterrete buoni voti, ne riparleremo.

- Mi sembra una buona idea - convenne Dalia.

- Davvero? - fece Pervinca stupita. - Allora siamo davvero nei guai, io ero sicura che almeno tu saresti stata dalla nostra parte. Ho detto a Grisam che accettavo di entrare nella sua squadra, se adesso mi tirerò indietro, darà il mio posto a un altro. Perché non possiamo andare agli allenamenti? Gli altri ci vanno.

- Lo so, tesoro - disse mamma Dalia - ma voi siete ancora piccole e dovete imparare tante cose a scuola e studiare...

- Anche gli altri studiano! Grisam Burdock va benissimo a scuola, eppure viene alle lezioni di musica, gioca a calcio e va anche a lezione di magia da suo zio.

- Tommy Corbirock uguale - fece eco Vaniglia. - Fa le stesse cose di Grisam ed è sempre stato promosso.

- Sì, però lui non va a lezione dal signor Duff - la corresse Pervinca sottovoce.

- Va be', però fa altre cose.

- Hai ragione - ammise Vì, e rivolta ai genitori con le mani giunte implorò: - Per favore, dite di sì. Saremo brave, vero che saremo brave, Babù?

Vaniglia annuì energicamente.

- Siamo troppo grandi per entrare nella squadra dei piccoli - spiegò. - Se perdiamo questa occasione saremo fuori dai giochi.

- E sarà un vero peccato - incalzò sua sorella - perché le regole sono molto educative. Ai partecipanti più piccoli non vengono applicate, perché tanto non le capirebbero, e infatti noi le abbiamo scoperte oggi, quando Grisam ci ha consegnato il regolamento di suo zio. Volete che ve lo legga?

Cicero accennò un rassegnato sì con la testa, e Vì corse a prendere la pergamena che aveva nella tasca della mantella. La srotolò e...

- Leggo, eh? Siete pronti?

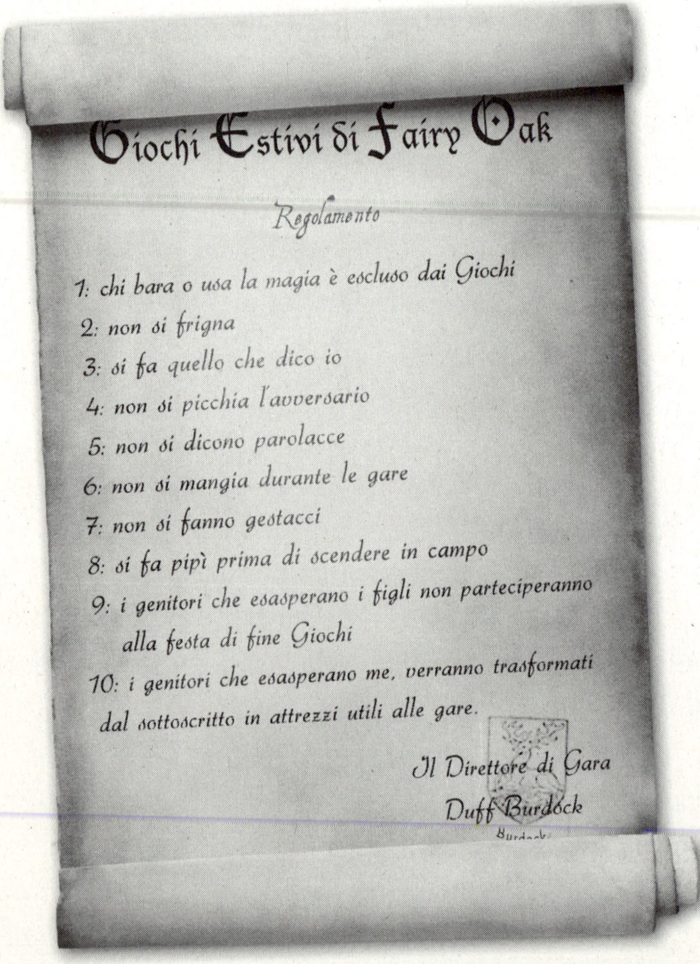

Giochi Estivi di Fairy Oak

Regolamento

1: chi bara o usa la magia è escluso dai Giochi

2: non si frigna

3: si fa quello che dico io

4: non si picchia l'avversario

5: non si dicono parolacce

6: non si mangia durante le gare

7: non si fanno gestacci

8: si fa pipì prima di scendere in campo

9: i genitori che esasperano i figli non parteciperanno alla festa di fine Giochi

10: i genitori che esasperano me, verranno trasformati dal sottoscritto in attrezzi utili alle gare.

Il Direttore di Gara
Duff Burdock

Una frase, in calce, chiudeva la lista: "*Non si obbliga nessuno a vincere, ma si spera di vedere qualcuno imparare a perdere*".

- Certo, sono regole molto belle - concordò mamma Dalia alla fine, e con un sospiro si volse verso sua sorella. - Tu cosa dici, Tomelilla?

È un fatto abbastanza noto che le streghe, anche quelle della luce sagge come Tomelilla, stentino ad ammettere d'essersi sbagliate o d'aver cambiato idea.

- Siete voi i genitori - disse infatti svignandosela.

- Ha assolutamente ragione - sussurrò Cicero a sua moglie. - Perché lo chiedi a lei? Siamo noi i genitori!

- Ma, tesoro - gli rispose Dalia dolcemente e a voce bassa - Lillà fa parte della famiglia e ha preso molto a cuore l'educazione delle ragazze. Dimentichi poi che presto sarà la loro insegnante di magia e...

- Quando? - chiese Pervinca, che aveva sentito tutto ed era ansiosa di cominciare.

- Quando avrai imparato a farti i fatti tuoi e il tuo piatto sarà vuoto - le rispose suo padre.

- Davvero, caro - continuò mamma Dalia abbassando ancora di più il tono della voce - non possiamo ignorare il parere di Lillà, dopotutto, la sua autorevolezza e la sua severità ci hanno salvato molte volte, e siamo ricorsi a lei per domare i capricci di... - Con la testa fece un cauto accenno a Vì.

- Io facevo i capricci? - chiese la bimba divertita.

- E li fai ancora! - la rimproverò suo padre. - Se non

mangi e non smetti di ascoltare i discorsi degli altri, ti cadranno le orecchie! Felì, diglielo anche tu che ai bambini che s'impicciano cadono le orecchie.

Sorrisi.

- Se fosse davvero così, Scarlet Pimpernel sarebbe sorda da un pezzo - scherzarono le gemelle.

Alla fine, ottennero il permesso di entrare nelle squadre e di partecipare agli allenamenti, ma solo se impegni più importanti non lo avessero impedito.

Sei mesi passarono in fretta.

Le bambine si applicarono e i bei voti non si fecero attendere: Vì rivelò un'insospettata predisposizione per i numeri e, a differenza di molti altri giovani studenti, non tremava quando la professoressa De Transvall la chiamava alla lavagna; Babù andava bene in scrittura e lettura. I suoi pensierini ricevevano giudizi esaltanti dal professor Dot. "*La bambina rivela una sensibilità squisita*" scriveva. Oppure: "*Vaniglia mostra di possedere un delizioso spirito d'osservazione*" e anche "*...una regale gentilezza d'animo*"; una volta l'insegnante scrisse che Babù aveva "*tanto buon senso quanto senno, rare virtù*".

Tomelilla sospirava davanti a quei giudizi, avrebbe preferito fossero più sobri, con meno aggettivi e più stimoli a fare meglio. Ma, intanto, i giudizi e i voti del primo quadrimestre assicurarono alle bambine la partecipazione agli allenamenti, e poiché altri impegni non s'erano messi di mezzo, il primo giovedì di marzo eravamo al campo della scuola, sotto un'acqua che il cielo la mandava.

SEDICI

Gli Allenamenti

TUTTI UGUALI IN CAMPO

"Le prime magie che imparano gli apprendisti maghi e le apprendiste streghe sono quelle che risolvono i piccoli fastidi: far apparire un ombrello quando piove, far sparire un brufolo quando si è invitati a una festa, reggere un libro e voltare le pagine tenendo le braccia sotto le coperte quando d'inverno fa freddo..."

Il signor Duff, con un cappello inzuppato di pioggia calato sulla testa, e un fischietto appeso al collo, fece allineare i ragazzi sul campo e li passò in rassegna uno per uno.

- Etciù! - starnutì la ragazzina Nonmagica Ruth Biggerwalton.

- Salute - le disse il mago. Poi, con un gesto della mano, fece scomparire gli ombrelli che alcuni giovani Magici della luce avevano fatto comparire sopra le loro teste con un incantesimo, per non bagnarsi... *Puf!*

- Se avete letto il regolamento, sapete che la magia è bandita dai Giochi - disse camminando avanti e indietro - e dunque anche dagli allenamenti. Qui, signori miei, si gioca ad armi pari! Se loro - intesi i Nonmagici - non possono proteggersi dalla pioggia, non lo faremo neanche noi. Compreso?

- COMPRESO, CAPO! - risposero in coro i ragazzi, fermi sull'attenti, cercando di non ridere, e di non annegare: l'acqua scorreva abbondante sui loro capelli, bagnando occhi, guance, nasi, bocche.

- Uhm... - fece il Capo, scrutandoli dalla testa ai piedi con occhi severi.

- Tacchi bassi, lacci stretti e suola forte! - disse, tastando con un bastone gli scarponcini di Robin Windflower. - Sì, questi vanno bene.

Poi si fermò davanti a Flox.

- Braccialetti, collanine, ciondoli, orecchini, toglietevi tutto, e vuotate le tasche! - ordinò, indicando la collana di palline di lana che la ragazzina aveva al collo. - Qui, dateli a me... Francis Corbirock, cos'è questo coltellino? È troppo grosso per te. Chi te lo ha dato?

- Mio fratello Bevis.

- Te lo ha dato o gliel'hai preso tu?

Il giovane Francis fece spallucce e disse addio al coltellino che aveva preso di nascosto a suo fratello maggiore.

Il mago fischiò e gli allenamenti, finalmente, ebbero inizio.

Ogni squadra era libera di organizzarsi come voleva: poteva partecipare alle prove del signor Burdock oppure fare di testa propria e inventarsi altri esercizi. L'istinto a fare da soli, al principio, prevalse quasi in tutti, ma poi, osservando come si divertivano i pochi che avevano scelto di stare con il mago, anche gli altri si unirono.

Il signor Duff ci sapeva fare coi ragazzi, e si divertiva in loro compagnia. In ogni azione metteva passione, entusiasmo, umorismo e autorità, e otteneva il meglio. Quel giorno, sotto la pioggia, li spinse a correre più veloce di quanto avessero mai corso, a saltare più in alto, li convinse a tuffarsi nel fango, a rotolarsi nell'erba bagnata, mise alla prova la loro tenacia, la loro forza e il loro coraggio, tastò la loro lealtà e la capacità di ciascuno di fare squadra.

Noi fate assistevamo e facevamo il tifo.

- È commovente - sospirò fata Sulfior. - Voi non trovate che sia commovente? Guardate come si divertono, come si aiutano... Intrecciano le loro manine sporche di fango per essere più forti e si incitano gli uni con gli altri...

- Stanotte dormiranno come sassi - commentò fata Prud.

- Quelli che sopravviveranno - precisò Ditetù.

- Oh, non sentono mica freddo, sai? Corrono, si muovono...

- Non lo sentono, ma fa freddo! Io ho le ossa gelate.

- Per una volta concordo con Ditetù - bofonchiò Etalì. - Non è la giornata giusta.

- Bah, un bagno caldo e passa tutto - disse Prud.

- Già, certo, tu hai solo maschietti, è facile per te. Se avessi delle femminucce, cara Prud, ti assicuro che saresti preoccupata tanto quanto noi, perché loro sono più delicate, capisci?

- Maschietti, femminucce... ma come parli?

- Ah, è inutile con te - brontolò Etalì. - Piuttosto, che ore si sono fatte?

Erano trascorse circa due ore, quando il "Capo", come ormai lo chiamavano i ragazzi, guardò l'orologio e con un fischio decretò che per quel giorno poteva bastare.

- Tutti nelle docce! - ordinò.

I giovani atleti entrarono nella scuola infangati e orgogliosi.

- FANNNTASSSTICO! - esclamò Pervinca, mentre si cambiava negli spogliatoi con le ragazze. - Mai divertita tanto!

- È vero! - disse Flox, spuntando con la testa dallo scollo della sua maglietta pulita.

- E quando Celastro è caduto nella pozzanghera e non riusciva più a uscire? - fece Salvia Rose, scoppiando a ridere.

- Il signor Duff ha dovuto tirarlo su per un piede! - ricordò Ruth Biggerwalton. Risero tutte insieme.

- Chi è quello che è caduto dal ramo? - chiese Vaniglia, voltandosi perché sua sorella le allacciasse il vestito. - Stavo correndo e non ho visto.

- Acanti - rispose Pervinca. - Poverino, ha rotto di nuovo gli occhiali. I suoi lo uccideranno. Però è coraggioso, eh? Non l'avrei detto.

- E quando mago Duff ha provato a fischiare il via alla gara di salto del tronco - rievocò l'altissima Rhiannon Biggerwalton, sorella di Ruth - e il fischietto pieno d'acqua ha fatto *prrt*?

Risero di nuovo, tutte insieme.

- Sembrava la pipa di Barbo Tagix quando comincia a suonarla - dissi.

Le ragazze si voltarono a guardarmi.

- Chi è Barbo Tagix? - chiese Babù.

Le fissai sorridendo, senza rispondere.

«Brava, Felì-lingua-lunga-testa-vuota» mi dissi da sola. «E ora?»

L'ignoranza può essere una benedizione in certi momenti, pensai, meno cose sai e meno ne riveli, soprattutto quando non dovresti.

- Perché non glielo dici, Felì? - intervenne fata Etalì. - Non è un segreto. Tagix è un Mago Errante, il Mago dei ricordi. - Lo aveva conosciuto o ne aveva solo sentito parlare? - Barbo viaggia su un grande carro bianco - continuò Etalì - sul quale trasporta piccole ampolle di vetro soffiato, sottili come pensieri, e fischiotti di terracotta. Nelle ampolle di vetro c'è l'acqua del tempo, in quelle di terracotta il ricordo di ciò che è stato. Come tutti i Maghi Erranti, Tagix non viene mai per caso...

Etalì doveva aver ricevuto dalla sua strega la stessa, identica lezione che avevo avuto io da Tomelilla, ma Barbo non l'aveva conosciuto, altrimenti avrebbe saputo che il carro non era bianco e i fischiotti servivano solo a far gorgogliare l'acqua. Se non che, alla fine del suo racconto, disse qualcosa che io non sapevo, ma che aveva decisamente un senso.

- Quando Barbo arriva in un luogo - disse - viene per dare il benvenuto a una persona attesa, che giunge per restare, e per dire addio a una persona che, compiuto il proprio dovere, va per non tornare.

Immediatamente mi tornò alla mente il racconto di Primula Pull, la frase che aveva sussurrato all'orecchio di Dalia: "Poco prima che sparisse, Edgar ha visto Aberdeen parlare con Barbo Tagix".

Lei non era più tornata.

- Come mai noi non l'abbiamo mai visto? - chiese Flox.

- Be' - dissi - perché...

- Lo conoscerete prima o poi, state sicure! - s'intromise di nuovo Etalì. - È difficile che non venga per un'intera generazione, voglio dire, ci tiene troppo a mostrare i suoi fischiotti e le sue ampolle. Pare che ogni volta che giunge in una piazza, il suo carro venga circondato e preso d'assalto: chi gli chiede di udire il grido del drago dei ghiacci eterni, chi spera che abbia conservato in un'ampolla la voce di un caro estinto, chi sogna di udire il suono delle cascate del Gogoniant, quelle che non esistono più, e chi...

- Scusa, Etalì - la interruppi io - ma come fai a sapere tutte queste cose?

- Le ho lette - rispose lei.

- Dove?

- Su un libro di strega Rose. S'intitola *Storie di Maghi Erranti - Viaggi ai confini del Tempo*. È un tomo così, però si legge in fretta. I nomi dei maghi sono in ordine alfabetico: cerchi sotto la T, di Tagix, e trovi la storia di mago Barbo, dalla lana del suo strano berretto alla dieta del suo asino.

- Possiamo leggerlo stasera? - mi chiese Vì.

- Dobbiamo domandare a zia Tomelilla - risposi - non so se lei ha quel libro, io non l'ho mai visto.

- Ricordiamoci di chiederglielo, allora, sembra interessante.

- Già - sospirai - molto interessante.

DICIASSETTE

Il Desiderio di Vì

INDIZI INSPIEGABILI

"È noto che Magici della luce e Magici del buio abbiano poteri del tutto contrapposti, ma quanti di voi sanno che anche i loro sogni e le loro abitudini spesso si contrappongono, e i loro desideri, le loro passioni nonché il taglio dei capelli?"

Speravo che fosse tra i pochi ordinati sulle mensole, ma non c'era; lessi tutti i titoli sui dorsi dei libri impilati sul pavimento della Stanza degli Incantesimi, e ci impiegai un po', perché erano centinaia, sparsi dappertutto, però non lo trovai. Quel libro in casa nostra non c'era. A meno che... Mi guardai intorno: rimanevano i bauli e la scrivania di Tomelilla, ma non avrei mai aperto né casse né cassetti senza il suo permesso, perciò decisi di aspettare che tornasse per chiederglielo.

- È andata a trovare Ortensia - mi aveva detto mamma Dalia. Sarebbe tornata per cena.

Salii a prendere il diario e alcuni appunti che avevo buttato giù durante la mattina; trovai anche due foglietti di Tomelilla, le sue note: le infilai tra le mie e scesi di nuovo nella Stanza.

Le braci nel camino sfrigolavano ancora e mandavano un piacevole calore. Volai a sedermi su un cuscino e cominciai a scrivere le mie considerazioni riguardo al giorno appena trascorso...

Giovedì, 6 marzo

Vaniglia fatica a destarsi. Appena apre gli occhi,
tuttavia, è subito vispa e vivace.
Oggi ho avuto conferma che il suo umore
va di pari passo con la radiosità del giorno: quanta
più luce invade la stanza al mattino,
tanto più gaio è il buon giorno di Babù.
Stamattina, che il cielo prometteva pioggia, si è
svegliata con due rughette di sconforto sulla fronte.
Non ha cantato e non ha scrollato il letto di sua
sorella per svegliarla, come fa sempre.
Lieve come una fogliolina trasportata dal vento,
si è lavata, vestita e si è preparata per la scuola.

Più cresce e più sembra essere immune alla forza
di gravità: i suoi passi non si odono, la testa è
morbida sul collo e sempre bella alta,
le mani leggere, i gesti aggraziati.

A colazione ha spiluzzicato la torta e non ha finito

il suo latte: un'improvvisa inappetenza dovuta quasi per certo all'emozione per gli allenamenti di oggi. Pervinca, invece, ha mangiato come un lupo, nonostante una parte di lei dormisse ancora, e al contrario di Babù, dorme poco e spesso male. Il suo sonno è sempre più leggero: un fruscio nell'erba e lei si sveglia. Stanotte ha chiesto di uscire in giardino, a fare due passi. L'ho accompagnata. Abbiamo passeggiato, lei era felice e serena, voleva sapere delle prede e dei predatori notturni; conosceva il nome delle costellazioni, ma avrebbe voluto sapere quello di tutte le stelle; nascoste dal canneto, abbiamo assistito alla caccia di un gufo, e alla triste fine di un topolino.
Fosse stato per Pervinca non saremmo più tornate a letto.
Le piaceva stare fuori, tra gli alberi che incombevano come giganti neri, ad ascoltare le voci della notte, ad ammirare il cielo tracciato dal volo buio dei pipistrelli, ed era dispiaciuta di non poter volare come loro. "Presto" ha sussurrato "presto, o muoio."

- Oh, eccoti - disse Tomelilla entrando nella stanza. - Le ragazze mi hanno detto che mi cercavi.

- È così - risposi. - Vi aspettavo, e intanto ho approfittato per aggiornare il diario.

- Ci sono novità? Ti ho lasciato alcuni appunti

sul tavolo, di sopra... ah, vedo che li hai trovati. Tu cos'hai scoperto di bello, oggi?

Le passai il diario.

- Volevo chiedervi se per caso possedete un libro che s'intitola *Storie di Maghi Erranti* - dissi mentre lei, attraverso gli occhiali a lunetta, scorreva la mia scrittura.

- Sì - rispose subito. - È quello aperto sulla scrivania. *"Presto, o muoio"*? Che frase è?

- Sono le sue parole - dissi, dando un'occhiata al libro. - Ma quando le ha pronunciate, Vì sorrideva. Forse avrei dovuto scrivere anche questo. Credo intendesse dire che è molto ansiosa di imparare a volare.

- Con i pipistrelli? Di notte? Avrà una bella delusione, povera cara: la nostra è una famiglia di Magici della luce, l'unico potere che è destinata, speriamo, a ereditare, è quello che nasce dal sole e dal giorno! Le giovani Streghe della luce nelle tenebre sono cieche e ancorate come alberi alla terra. Se la nostra Vì desidera volare di notte, doveva chiedere di nascere nella famiglia Pollimon, o dai Burdock, in una famiglia di Magici del buio.

- Pervinca questo lo sa? - chiesi.

- Sa quello che vedono e sentono tutti i bambini che vivono al villaggio - rispose Tomelilla. - Ora, poi, i particolari... di solito si affrontano dopo che i poteri si sono rivelati. Perché, insomma, non è un fatto certo, voglio dire scontato, che i bambini ereditino la magia. E in questo caso, mai vorrei creare delle aspettative, quando ben sappiamo che...

- La legge dei gemelli - dissi. - Certo, avete ragione, è meglio aspettare.

- Speriamo solo di non dover aspettare troppo - sospirò la strega, andando a ravvivare il fuoco. - Hanno dato qualche segnale, oggi? Hai notato qualche differenza rispetto a ieri, cara Felì?

- Non più di quello che ho scritto, temo.

- La leggerezza di Babù è una bella cosa - commentò accomodandosi sull'antico scranno dei Magici di famiglia. - Può essere importante, sai? Invece l'insonnia di Pervinca non saprei interpretarla, nessuno di noi ne ha mai sofferto, siamo sempre stati dei gran dormiglioni: nostra madre diceva che gli anziani dei Sentieri, dopo le dieci di sera, non sentivano neanche il rumore della battaglia che infuriava fuori della porta di casa.

- Oh, se la battaglia infuriasse qui fuori, Tomelilla - dissi ridendo - la nostra Vì ci tormenterebbe per partecipare.

La strega sgranò gli occhi e mi guardò allibita.

- Non so perché l'ho detto - mi scusai. - Forse perché lei vuole partecipare a tutto. Eh, già, sarà così, è talmente curiosa e battagliera! Avreste dovuto vederla, oggi, agli allenamenti, una forza della natura, Tomelilla, davvero!

- Nel diario non ne accenni.

- Non c'ero ancora arrivata. Vedete, mancano anche le vostre note, e le mie, e manca anche un certo racconto che abbiamo udito oggi da fata Etalì. Come mai avete un libro sui Maghi Erranti e non me ne avete mai parlato? Lo avrei letto volentieri, tra un aggiornamento di diario e l'altro...

- È soprattutto un libro di leggende, Felì! Quello che tu cerchi non lo troverai lì dentro. Tu vuoi la storia, la verità: in quel volume tutto è mescolato, storia, mito, leggenda. Leggilo pure, se vuoi, ma è bene che ti avvisi: ti confonderà le idee e forse ti spaventerà.

- Se è così, posso chiedervi perché voi lo state leggendo?

Tomelilla chiuse il grosso volume polveroso e lo spinse verso di me.

- Non lo stavo leggendo - disse. - Facevo solo un veloce ripasso.

DICIOTTO

Il Libro dei Maghi Erranti

VIAGGI AI CONFINI DEL TEMPO

"Cose che ho imparato a Fairy Oak - I Maghi Erranti si dividono in tre categorie: Maghi Erranti ai confini del Tempo, Maghi Erranti per Terre e per Mari e Maghi Erranti stabili, che viaggiano solo col pensiero."

I mesi passarono in fretta, la scuola era impegnativa, e nonostante questo le gemelle riuscirono a trovare il tempo per gli allenamenti, senza toglierne allo studio.

Gli insegnanti erano entusiasti di entrambe.

Anche il signor Duff era fiero della loro costanza, e ancora di più era soddisfatto dei loro risultati: Pervinca eccelleva nelle sfide individuali, e nelle gare di velocità e di resistenza batteva diversi maschi della sua età; Vaniglia era il miglior compagno di squadra che si potesse desiderare: dava fiducia, era generosa, sapeva esaltare le doti dei propri compagni e traeva forza dal gruppo. In più, come aveva detto Flox, era lucida e rapidissima nel risolvere enigmi e indovinelli sotto pressione.

Tommy era contento di lei, e Grisam era felice d'aver quella belvetta di Pervinca in squadra con loro. Andavano d'accordo, lui e Vì, anche se si punzecchiavano dal mattino alla sera.

- Mi sembra che Pervinca, da un po' di tempo sia meno permalosa - confidò, un giorno, Tomelilla a mamma Dalia. - È sempre ribelle e vivace come un pipistrello, e fa cose strane: te l'ha detto Felì che ha adottato un ragno? L'ha portato a casa e l'ha chiamato Rex, come il pupazzetto che le avevi regalato tu, quando era piccola. Spero che non ciuccerà le zampe anche di questo... Ad ogni modo, mi sembra che quei giochi le stiano facendo bene.

- Starà crescendo - disse Dalia, tastando la piastra del ferro per sentire se era abbastanza calda per stirare.

- Sì, sì, sono la prima a sperare che la ragione sia questa - replicò Tomelilla - tuttavia sono convinta che fare parte di una squadra l'abbia aiutata a "smussare gli spigoli".

- E pensare che eri contraria agli allenamenti.

- Mai stata! Ero, e sono, contraria alle perdite di tempo, ma questa si è rivelata tutt'altro che una perdita di tempo. E poi Grisam: quel ragazzo ha un influsso straordinario su di lei. Trovo commovente il tempo che le dedica.

- Commovente? Io lo trovo romantico.

- Chi? - domandò Babù entrando all'improvviso.

- Nessuno, cara - rispose Tomelilla. - Piuttosto, come vanno i dentini dietro, ballano? Se ballano, dillo a Felì che lo annota sul diario.

- È giù di sotto che scrive - confermò Babù, parlando di me. - Adesso ci va tutte le sere. Non credevo che amasse quella stanza, pensavo che la sua zona preferita fosse la serra.

E infatti era così. La serra era luminosa e piena di fiori e di piante bellissime. La Stanza degli Incantesimi era buia, senza finestre, e c'erano cose, dimenticate negli angoli bui, che mettevano i brividi: vecchi strumenti e gabbie di ferro, che i Magici di un tempo usavano per i loro intrugli e per fare oscuri esperimenti. Da secoli giacevano inutilizzati, ma la loro presenza, da sola, bastava a farmi sentire a disagio.

Se stavo là sotto, avevo i miei buoni motivi. E quel motivo s'intitolava *Storie di Maghi Erranti - Viaggi ai confini del Tempo*. Avevo preso l'abitudine di leggere qualche pagina tutti i giorni. E così, tra leggende e realtà, avevo scoperto che mago Barbo era stato presente ai momenti più drammatici e straordinari della nostra Regione: guerre, esodi, capovolgimenti di poteri e firme di pace, nascite, morti, sparizioni, eclissi e terremoti. Era presente quando la prima pietra di Fairy Oak fu deposta ai piedi di Quercia; presente alla firma del primo Codice che avrebbe regolato per secoli, millenni, la convivenza dei due popoli,

Magici e Nonmagici, tra le mura del villaggio che stava sorgendo; presente alla nomina del primo Sindaco, e alla sua morte, e alla nascita e alla morte di tutti gli eroi che avevano segnato la storia della Valle. Non aveva mai combattuto al fianco di nessuno, ma dei loro nomi e delle loro gesta aveva conservato il ricordo. Doveva avere più di mille anni.

Veniva da ogni dove e andava in ogni luogo, solo col suo asino. Impossibile prevederne l'arrivo su un calendario, lo si udiva giungere da lontano, poiché le ruote del suo carro, grandi, vecchie e stanche, cigolavano sotto il peso del tempo.

Gli anziani lo attendevano per risentire i suoni della loro gioventù. I giovani strabiliavano ascoltando i suoni del passato che si liberavano dalla sua pipa. Lo circondavano e gli tendevano la mano col soldino: una moneta per un fischiotto e un suono a scelta.

A me aveva detto che sarebbe tornato, che ci saremmo rivisti. Che suono gli avrei chiesto di udire allora? E soprattutto, quale persona "molto attesa" sarebbe arrivata, quel giorno? E chi, compiuto il proprio dovere, sarebbe sparito, o partito per sempre? A chi, Barbo sarebbe venuto a dire addio?

DICIANNOVE

I Giochi Estivi

E UN ALTRO DENTE SE NE VA

"Prometto sul mio onore che non barerò, non mentirò, non userò le mani altro che per giocare e la voce solo per incitare i miei compagni. Sarò leale e per amor della mia squadra darò il meglio di me..."
Da 'La promessa del Giovane Atleta di Fairy Oak'

Il primo giorno di luglio, come da tradizione, ebbero inizio i Giochi Estivi di Fairy Oak.

- Cos'hanno le tue gambe, che non riescono a stare ferme? - chiese Cicero a Pervinca, a colazione. - Stai facendo tremare il tavolo.

- Ho fretta - rispose lei, vuotando in un sorso la sua tazza. - Devo andare al campo. Posso alzarmi?

- Sono le dieci di mattina, i Giochi cominciano alle due del pomeriggio - le fece notare Vaniglia. - Cosa ci vai a fare adesso?

- Sono solo le dieci???

- Stai bevendo il latte, Vì, pensavi fosse il pranzo?

- Cosa faccio fino alle due???

- Canti.

- No, lo so io cosa faccio! - Pervinca si alzò e, dopo aver lavato e asciugato in fretta tazza e cucchiaino, ci fece ciao ciao con la manina. - Vado a preparare la borsa con le scarpe, le magliette di ricambio e... UHI! - gridò premendosi la bocca.

- Che c'è? - chiesi volandole accanto. Lei mi guardò con gli occhi sofferenti e le labbra strette. Quando riaprì la bocca, c'era del sangue sul labbro inferiore.

- Ho peffo un venfe - disse.

- Cosa?

Invece di ripetere, mi prese le mani e ci sputò dentro il canino che le era caduto.

- Ah, fantastico... - constatai.

- Fanfaffico un covno! - replicò lei a denti stretti. - Non foffo fefentavmi ai Vochi cofì.

- Oh, tesoro, un sacco di altri giovani che partecipano ai Giochi sono nelle tue condizioni - risposi.

- E anche peggio! - disse Vaniglia. - Un canino che manca non si nota. Tu non sorridere e nessuno se ne accorgerà.

Pervinca guardò suo sorella senza commentare, ma quel che pensava era chiarissimo.

- Non sanguina più - le annunciai. - Bevi un po' di acqua fresca, così passa anche il brutto sapore. Io, intanto, vado a chiamare zia Tomelilla.

- Bvava - mi rispose lei - cofì me lo fa vifonfavive.

Dubitavo che Tomelilla avrebbe fatto ricomparire il dente a Vì, non era nel suo stile usare la magia per

Fairy Oak
Ricordi di una fata felice

Diario di una fata felice

L'inizio

ricamo 2
ricamo 3
ricamo 1
Applicazione per pantofoline
3
1
2

Frittillaria
Tonalità
di verdi
e di aranci
I colori di Babù
Tinta applicazione 1
Tinta applicazione 2
Applicazione per
pantofoline

Vaniglia e Pervinca
a 6 anni

La Scuola

g

u

La Horace McCrips

Compagni di banco

Applicazione per nastri

Ricamo per sacca porta pigiama

Giochi e monellerie

Modelli per Pervinca

blusa di ciniglia
girocollo
senza maniche

filo di cotone n. 70

tessuti per applicazioni

mantella
di ciniglia
con inserti

a.

b.

c.

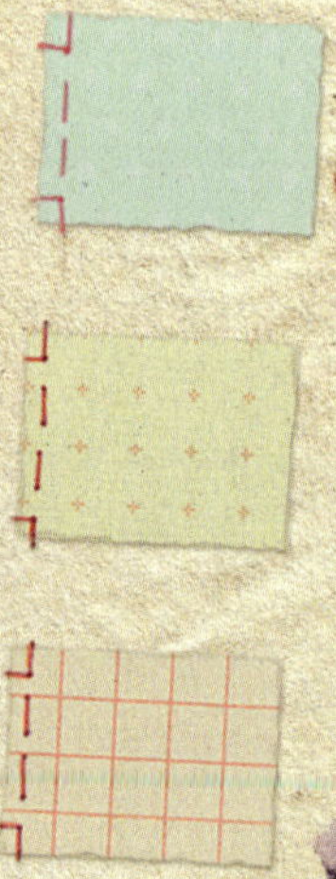

passamaneria azzurra

Periwinkle Uno e Due

Primo Volo

Primo Libro

Il Segreto

Acanti Bugle

Shirley Poppy

Gli Amici della Banda
Flox Pollimon
Grisam Burdock
Robin Windflower Scricciolo

Giorno...

Luce e Buio

...*Notte*

A lezione da zia Ortensia

modello sacca e borsellino Vaniglia

Lezioni di Magia

L'Addio

Il Diario per Jim

Sacca porta pigiama di Vi

Con Babù a guardare la mareggiata

Ultimi Giorni a Fairy Oak

ultimi lavoretti: le babbucce per Pervinca

A guardare le stelle con Pervinca

Barbo Tagix
Il Mago del Tempo

...viene per dare il benvenuto

a una persona attesa, che giunge per restare,

e per dire addio a una persona che,

compiuto il proprio dovere,

va per non tornare.

Nel lungo viaggio verso casa
diventammo amici.

Grande amica Quercia

motivi futili o vanità, ma non dissi niente.

- Mi paffi un viffieve, pev favove? - chiese Vì a Babù.

- Perché parli come Acanti?

- Perché se parlo normalmente, la lingua batte contro la gengiva e sento il buco... ecco, come adesso! Aaah, che impressione! - Pervinca si portò di nuovo le mani alla bocca.

- Fa' vedere - disse suo padre con dolcezza. - Alza un pochino la testa...

Vaniglia si avvicinò per guardare anche lei.

- *Iiish!* - fece, ritraendosi impressionata. - È proprio profondo!

Diede un bacino svelto sulla guancia di Pervinca e si voltò per non guardare più.

- E così la belva perde le zanne - disse Tomelilla entrando in cucina. - Bene, bene, bene.

- Non posso andare ai Giochi così, zia, ho bisogno di un dente nuovo - la pregò Pervinca. - Anche provvisorio, ma che resti su fino alla fine delle gare. Poi di notte me lo tolgo.

- Ma che schifo! - commentò Babù con una smorfia.

- Credevo saresti stata contenta - rispose stupita Tomelilla. - Ogni dente che perdi è un passo verso la tua trasformazione. Non sei ansiosa di sapere se sarai una strega? Non sei tu quella che non vede l'ora d'avere i poteri?

- Sì, ma...

- Considera quel buchetto tra i denti un piccolo

sacrificio per una grande conquista, e lascia quelli finti a noi vecchi.

Pervinca sospirò e Cicero le ricordò di mettere il dente sotto il cuscino, prima di andare a dormire.

Lei lo infilò nella tasca e salì in camera.

Alle due di quel pomeriggio, il campo della scuola era affollato di gente: genitori, zii, amici, parenti, nonni, fate, fratelli, sorelle... Il comitato organizzativo era in fermento: chi indicava alle famiglie la via per raggiungere gli spalti, chi indirizzava i ragazzi nei luoghi dove era possibile cambiarsi, dentro alla scuola oppure in una zona del campo riservata agli atleti; chi portava dentro casse di bibite fresche, spremute, frullati, sciroppi, e vassoi colmi di dolcetti, salatini e bruschette, la passione dei bambini, e chi portava fuori il cane del signor McMike, Fiddle, detto Rosicchio, o anche Muffa, perché oltre a mangiare le bruschette, i dolcetti e i salatini, masticava scarpe, rubava magliette e trasformava tutto ciò che capitava sotto le sue mascelle in un impasto melmoso di polvere, saliva e miseri resti.

La confusione era tanta, e le gemelle impiegarono un po' per trovare i loro compagni di squadra.

- VÌÌÌ! - chiamò a un certo punto una voce di ragazzo, dall'altra parte delle transenne. - SIAMO QUIII!

- È Grisam! - disse Pervinca. - Vieni, Babù, devono essere laggiù.

- Io non sono in squadra con voi - le ricordò Vaniglia. - Devo trovare Flox, Tommy e gli altri.

- Saranno tutti là dietro. Vieni.

Salutammo Dalia, Cicero e Tomelilla e, con un po' di fatica, riuscimmo a superare il groviglio di mamme che s'attardavano a dare le ultime raccomandazioni ai figli, raccogliendo catenine e finendo di legare trecce e code di cavallo.

Come Grisam ci vide, ci venne incontro e prese Pervinca sotto la sua ala, separandola da Vaniglia, che rimase sola.

- Vedi gli altri? - mi chiese Babù, un po' imbarazzata, guardandosi intorno.

Un attimo e una mano la afferrò.

- Eccoti! - squillò Flox sbucando all'improvviso. - Dov'eri? Tommy non fa che chiedere: "Dov'è Babù? Dov'è Babù?" Meno male che sei arrivata, o lo uccidevamo. Io sono un po' emozionata. E tu?

Ci condusse alla squadra degli Scoiattoli, la loro squadra. Pervinca, invece, era in quella dei Castori.

- Dove possiamo cambiarci? - chiese Vaniglia. - Là dietro va bene?

- Io mi sono già cambiata - le fece notare Flox. - Non vedi?

Indossava un vastobislacco paio di calzoni, larghi in alto e stretti in fondo, a scacchi rossi, gialli, lilla e violetto, e una maglietta, che un lavaggio troppo energico aveva sfumato nelle gradazioni dei calzoni.

La treccia era avvolta sulla nuca, in un foulard blu a fiori gialli.

Babù le sorrise.

- Sei molto carina, però il mago Duff ha detto che dobbiamo indossare la divisa dei Giochi - le ricordò, quasi dispiaciuta. - Ciascuna squadra ha la propria, e la nostra è gialla.

- Lo so - rispose Flox, gaia come un uccellino. - Ma nessuno ha detto che dobbiamo mettere la divisa al posto dei vestiti. La indosserò sopra a questi.

- E il pettorale?

- Quale pettorale?

- Quello col tuo numero, Flox, ce li hanno dati la settimana scorsa.

- Urka! Forse ci ho disegnato sopra un drago verde. Dev'essere appeso in camera mia.

- Brava! Hai un fazzoletto bianco?

La ragazzina scosse la testa. - L'unica cosa bianca che ho non posso levarmela, non qui - disse.

Vaniglia allora le prestò il suo fazzoletto e su quello Flox scrisse "11", il suo numero.

Alle due e mezzo, il fischio del mago Burdock richiamò l'attenzione delle squadre.

- Andiamo! - disse Tommy, prendendo Babù per mano.

Il caposquadra reggeva lo stemma degli Scoiattoli, lo aveva fatto lui, con suo fratello Francis: su una bandiera sfilacciata, di tela bianca, dono del Capitano, avevano disegnato due scoiattoli che, saltando, s'incrociavano nel mezzo.

Entrarono in campo per primi, seguiti dai Castori, poi dai Caprioli e infine dalle Lontre.

I giovani si allinearono davanti al palco dove il Sindaco Pimpernel li aspettava per inaugurare ufficialmente i Giochi Estivi.

Prima di lui, però, parlò l'organizzatore dei Giochi, l'esimio mago Duff, che lesse il calendario delle gare per i prossimi dieci giorni, spiegò dove e come si sarebbero svolte, ricordò le regole, soprattutto quella che impediva ai genitori d'intromettersi nelle sfide, e di invadere le zone di gara, e illustrò come funzionava il grande cartellone dei punti.

Il Sindaco si complimentò con lui.

- ...Ed è con immenso piacere e onore che dichiaro ufficialmente aperta questa tred... quattor... sedicesima? Di già? Come passa il tempo... Questa sedicesima edizione dei Giochi Estivi di Fairy Oak! - esclamò. I ragazzi gridarono "EVVIVA!" e le gare ebbero inizio.

VENTI

Il Sospetto

UNA DIFFICILE DECISIONE

"Non importa dove si riunivano per decidere, purché il luogo deciso per la riunione avesse una porta."

Baciati dal sole o bagnati dalla pioggia, i Giochi Estivi duravano dieci giorni, durante i quali non esisteva altro.

Di giorno si seguivano le gare, le sfide si svolgevano in giro per tutta la Valle: caccia al tesoro nel villaggio, arrampicata sugli alberi nei boschi, pesca del tappo di sughero nei laghetti, cavalcata dei tronchi nel fiume, tuffi dagli scogli nella baia, battaglie di barchette nei torrenti... Alle cinque, le campane del Vecchio Municipio suonavano un motivetto che decretava la fine delle gare, per quella giornata, e l'autorizzazione a correre alla baia a fare il bagno, e a raccontarsi vittorie e sconfitte.

Alla sera, si mangiava nelle verande o nei giardini, intorno a grandi tavolate.

I papà stappavano bottiglie raccontando aneddoti, le mamme si scambiavano ricette, e i ragazzi si davano consigli per il giorno seguente, oppure si mostravano orgogliosi graffi, lividi e bendaggi, come fossero stati trofei, e ridevano evocando cadute e brutte figure.

- Bella gara, Flox! - si complimentò quella sera Francis Corbirock, ridendo come un matto. - Così si fa!

Flox aveva partecipato, come lui, alla gara dei sacchi. Le gemelle, a bordo campo, avevano assistito e fatto il tifo, ciascuna per il proprio compagno di squadra...

- FORZA, FLOX! FORZA, FLOX! - avevano gridato Tommy, Vaniglia e tutti gli Scoiattoli.

- FORZA, SCRICCIOLO, CHE SEI PRIMO! - avevano esultato i Castori, tutti, tranne Pervinca che, per non mostrare la finestrella nei denti, aveva tenuto la bocca chiusa, o semichiusa, per tutto il giorno. In quell'occasione s'era limitata a battere le mani e ad agitare il pugno in alto.

Alla partenza, Flox era caduta. Poi, però, s'era rialzata e aveva superato tutti, mancava solo Scricciolo, cioè Robin Windflower, che era più piccolo, ma saltava come un ranocchio. Flox era a un soffio da lui, lo aveva quasi preso quando... s'era fermata.

- Ma che fa? - aveva detto Tommy incredulo.

La ragazzina era in mezzo alla pista, dritta e immobile come una vanga piantata nel fango, a due metri dal traguardo, e guardava per terra.

- FORZA, FLOOOX! - le aveva urlato Babù.

Lei non si era mossa.

Poi, a un tratto, s'era voltata verso la squadra e con un dito aveva indicato qualcosa davanti a lei.

Tommy aveva chiesto il permesso al Capo Duff di raggiungere la sua concorrente, tanto ormai gli altri partecipanti avevano già tagliato tutti il traguardo.

Lo avevamo visto avvicinarsi a Flox, guardare dove indicava lei e stropicciarsi la faccia.

- Allora? - gli avevano chiesto i compagni, quando era tornato.

- C'era un formicaio e Flox non se l'è sentita di saltarci sopra - aveva tagliato corto Tommy, sconcertato.

- Hip-hip per Flox e le formiche! - aveva riso Babù andando ad aiutare l'amica a uscire dal sacco.

- Al tuo posto avrei fatto la stessa cosa, sai? - le disse, quella sera, davanti a tutti. - Forse è per questo che ti voglio bene.

Flox si voltò verso Francis, che prima l'aveva presa in giro, e lo guardò gongolando.

- Che amica, eh?

Francis scosse la testa e passò a evocare altri momenti: la vittoria di Grisam nella cavalcata dei tronchi, quella di Pervinca nei tuffi...

- È... è stato lì che hai perso il dente? - le chiese Scricciolo. Vì lo fissò ammutolita e poi fece no con la testa. Risultò che la sua finestrella l'avevano notata tutti e a nessuno era importato.

I ragazzi si complimentarono anche con Acanti, che aveva fatto vincere la caccia al tesoro alle Lontre.

- Non ti facevo così coraggioso - gli disse Tommy. - Sei stato l'unico che ha avuto il fegato di calarsi da solo, al buio, nella grotta, per prendere l'ultimo bigliettino. Davvero bravo. Babù invece ha avuto un po' di paura, vero? - Tommy lo disse sorridendo e fece una carezza a Vaniglia, per consolarla.

Lei gli rispose facendo il faccino dispiaciuto.

- Era molto buio - disse.

- Già, credo che avrei avuto paura anch'io.

Risero, giocarono e presto furono stanchi.

- Forza, che domani è un'altra bella giornata - disse il signor Cicero raccogliendo le gemelle.

L'Ora del Racconto fu rimandata, poiché anche Tomelilla era stanca. E così, dopo aver messo il soldino sotto il cuscino di Pervinca e aver preso il suo dentino, presi ad aggiornare il mio diario.

Sabato, 1 luglio

Oggi Pervinca ha perso il primo canino...

Il giorno dopo, avvenne un fatto che turbò l'atmosfera tra i ragazzi.

Pioveva, le gare erano finite, quasi tutte. Nepeta aveva vinto la pesca delle monete, i maschi della squadra delle Lontre avevano vinto nel tiro alla fune, Grisam era in semifinale nella gara a ostacoli, Tommy s'era stortato una caviglia, suo fratello Francis s'era classificato terzo nella lotta nel fango, e il più grande di loro, Bevis, era stato eliminato dai Giochi perché durante la gara di nuoto s'era fatto crescere le pinne.

- Cosa vi mettete stasera? - chiese Salvia Rose a Babù mentre lasciavano il campo della scuola. - C'è la cena a casa dei Pollimon.

Vaniglia non ci aveva pensato e, se ci aveva pensato, comunque non poteva esserne sicura. Salvia era più grande, sceglieva da sé i vestiti da indossare. Loro, invece, potevano esprimere delle preferenze, ma alla fine era mamma Dalia a decidere, soprattutto per le occasioni importanti, quando erano invitate, o la mattina, per andare a scuola.

Negli ultimi tempi... sì, c'era stata qualche ribellione da parte di Pervinca, che rifiutava di mettere le gonne. Dalia, allora, sceglieva i calzoni per lei e glieli lasciava pronti sulla sedia.

- Qualunque cosa che non tenga troppo caldo - rispose Babù all'amica. - Ho una sete - aggiunse poi, per cambiare discorso.

- Hai visto Flox? - le chiese mamma Rosie, fuori dal campo.

- È andata a fare pipì - rispose Vaniglia. - Ha detto che non ce la faceva a tenerla fino a casa.

- Davvero? Non l'ho vista passare. Ma quanto tempo fa è successo?

- In effetti, è già un po'. Fidiven non è con lei?

- No, è a casa ad aiutare zia Ortensia, qui c'ero io...

- Vieni, Felì, andiamo a chiamarla.

La signora Rosie ci ringraziò. - Ditele di muoversi, che devo ancora preparare la cena - si raccomandò.

La Horace era aperta, per permettere ai ragazzi di usare gli spogliatoi.

- Flooox, tua mamma ti cerca - chiamò Vaniglia, incamminandosi lungo il corridoio. Era stranamente vuoto. Dov'erano finiti tutti quanti?

- FLOOOX! - gridò ancora Vaniglia. L'eco amplificò, e prolungò, la sua voce, ma nessuno rispose.

Percorremmo l'ala fino ai bagni delle femmine.

- SEI QUIII?

Babù aprì la porta e in quell'istante si sentì afferrare.

- C'è una riunione, entra, presto! - disse Francis Corbirock, tirandola dentro.

- Abbiamo un problema - spiegò Flox a Vaniglia. - Francis sospetta che Celastro abbia barato al tiro alla fune, pensa un po'!

- E perché ne parlate nei nostri bagni?

- Be'... be', perché qui Celastro non può entrare, no?! - disse Robin Windflower.

C'erano tutti. Magari non proprio tutti, però erano tanti, di una squadra e dell'altra, stretti tra i lavandini e le porte dei gabinetti.

- Sei sicuro, Francis? - chiese Grisam. - Guarda che la tua è un'accusa grave: barare è la peggior cosa che si possa fare ai Giochi. Hai visto cos'è successo a tuo fratello Bevis...

- Secondo me, hai preso un abbaglio - disse Nepeta Rose, scuotendo la testa. - È impossibile!

- Anche secondo me - convenne Acanti Bugle. - Io non sono un luminave della psiche, pevciò la mia è solo una puva deduzione, che nasce da una pevsonale pevcezione del cavatteve dell'amico, ma Celastvo una pevsona incline al dolo, stento sincevamente a cvedevlo.

- Cos'ha detto? - chiese Francis, confuso, a Grisam, che a dieci anni si trovava a essere il più anziano di quella singolare assemblea.

- Che, secondo lui, Celastro non è tipo da barare, credo - rispose il ragazzo. - Senti, ne hai parlato con mio zio? Chi era l'arbitro in quel momento?

- Tuo zio! - confermò Francis. - E gliene abbiamo parlato, gli abbiamo anche mostrato la corda! Lui ha detto che era impossibile che qualcuno avesse unto la nostra estremità con dell'olio, perché al campo olio non ce n'è, e che tutti gli attrezzi delle gare sono controllati a vista da Joe, che è l'unico ad avere le chiavi del magazzino. Secondo lui la colpa era nostra che avevamo le mani sporche e sudate.

- Avete parlato anche con Joe?

- Certo! Giura che le corde nel magazzino erano

pulite e dice di non pensarci neanche ad accusare qualcuno, senza avere delle prove.

- E di prove non ne avete - concluse Grisam.

- Invece sì! - replicò Francis. - Scusa, se la corda nel magazzino era pulita e quando l'abbiamo presa noi era sporca, e l'unico che l'ha toccata nel frattempo è stato Celastro, chi può averla unta?

- Ma era unta tutta o solo...

- Solo la nostra parte! La loro era perfetta, e infatti hanno vinto, vero? - Il ragazzino chiese conferma ad Acanti, che era in squadra con Celastro e aveva partecipato alla stessa gara.

Acanti annuì.

- È vevo che la nostva pavte di covda eva pulita - precisò.

Seguì un lungo scambio di sguardi.

Celastro era uno del gruppo, uno con cui avevano sempre giocato, un tipo a posto...

- A lui l'hai chiesto? - disse Vaniglia.

- A lui chi?

- A Celastro.

- Sì - rispose Francis.

- E?

- Prima ha fatto finta di non capire e poi si è offeso.

La porta si spalancò di colpo.

- Che succede? - chiese Vì entrando. - Credevo che la festa fosse a casa dei Pollimon.

Flox le prese una mano e le confidò il problema.

- Francis sospetta che Celastro abbia barato nella gara del tiro alla fune, pensa un po'!

- E tua mamma ha detto che, se non esci subito, viene lei e te le suona, pensa un po'! - confidò a sua volta Pervinca, all'amica. - E anche voi due - disse rivolta a Vaniglia e a me - dobbiamo andare, mamma e papà sono qui fuori che aspettano.

D'istinto, buttai un occhio all'orologio appeso alla parete del bagno e vidi Grisam fare lo stesso.

- Le cinque e mezzo?! - esclamò. - Sono nei guai! Avevo promesso a mio zio che l'avrei aiutato a spostare il podio. Devo andare.

- E Celastro? Se ha barato bisogna che qualcuno lo denunci - protestò Francis.

- Fallo tu. La gara era la tua, e sei tu che hai dei sospetti - gli disse Grisam. Francis storse il naso, ma il nipote di Duff Burdock non si lasciò commuovere. - Io non lo faccio - disse chiaro - non ho visto Celastro ungere la corda e non ho prove che l'abbia fatto, perciò... - il giovane caposquadra si caricò la borsa sulla spalla - ...non posso denunciarlo. Ci vediamo stasera.

Salutò tutti e uscì di corsa.

- Posso raccontarlo in giro? - domandò Nepeta agli altri, che erano rimasti in silenzio.

- Guai a te se parli! - l'ammonì Francis. - Grisam ha ragione, dobbiamo prima avere delle prove. Non voglio che Celastro venga eliminato dai Giochi, se è innocente. Hai capito, Nepeta? Devi stare zitta. E anche voi!

- E... e dove pensi di trovarle le prove? - gli chiese Scricciolo.

- Non lo so.

Uscirono tutti, tranne Flox.

- Che fai ancora lì??? - le chiese Babù tornando dentro.

- Pipì - rispose lei.

- Non l'hai ancora fatta???

- E come facevo con tutti i Castori, gli Scoiattoli, le Lontre, i Fagiani... che c'erano nel nostro bagno?!

VENTUNO

Finalmente una Storia

L'IMBARAZZO DELLA BANDA

"Colpevole o innocente? Mente e cuore non riuscivano a mettersi d'accordo: la prima guardava ai fatti, e i fatti lo accusavano, il secondo vedeva l'amico, e gli amici non tradiscono. Attesero un giorno, e un altro ancora, nel dubbio e nell'angoscia. Poi, il Capitano scese dal Santuomo per raccontare una storia..."

Quella sera, dai Pollimon, i ragazzi erano strani. Rispondevano a versi: "Uhm", "Ehm", "Sì", "No", "Forse"... e stavano vicino ai genitori, invece di fare gruppo.

- Voglio vedere cosa succederà quando sarà l'ora di sedersi - sussurrò fata Fidiven.

La signora Rosie aveva organizzato due tavoli: uno per gli adulti e uno per i giovani, ma sembrava che i ragazzi non avessero fame.

- Che c'è? - chiese loro la signora Marta, vedendoli muti e un po' imbronciati. - Avete litigato?

- Non abbiamo niente - le rispose suo figlio Grisam. - Adesso ci sediamo.

Figuriamoci: piuttosto che rischiare di finire seduto accanto a Celastro o a sua sorella Cecilia, o a Nepeta, che di sicuro avrebbe parlato e gli avrebbe fatto fare una brutta figura, Francis Corbirock si accovacciò col piatto in mezzo alle salvie dell'orto e rimase lì tutta la sera. Celastro, invece, mangiò in piedi, tra sua mamma e sua zia; Grisam, Pervinca, Vaniglia, Flox, Salvia e Tommy sedettero su delle pietre, che casualmente erano disposte in cerchio, vicino al muro del giardino, e poco dopo Nepeta li raggiunse; Scricciolo trovò uno spazietto vicino a suo padre e al mago Duff e si appassionò ai loro discorsi di pesca. A mezzanotte, posò la testa sulla spalla del signor Windflower e si addormentò, mentre Celastro tirava sua mamma per un braccio per andare a casa, e gli altri sbadigliavano con le teste pesanti.

- È ora di andare! - annunciò, sazio e soddisfatto, il signor Cicero, alzandosi da tavola. - Su, salutatevi che è tardi...

Di solito, a questo punto, i ragazzi si svegliavano e di colpo ricordavano d'avere mille altre cose urgenti da dirsi. Quella sera si salutarono a stento: il dubbio che uno di loro avesse barato pesava come un macigno sull'amicizia che li legava, spegneva gli entusiasmi e incupiva i morali.

Il giorno seguente le cose non migliorarono. Francis non cercò prove per incastrare Celastro né lo fece qualcun altro. Però non si parlavano e si tenevano a distanza. Solo Babù e Tommy, di tanto in tanto, se incontravano il presunto traditore, gli chiedevano come andavano le gare, e quando la campana del Municipio suonò le cinque, trovandolo solo davanti al tavolo del rinfresco nel campo della scuola, Vì lo invitò ad andare alla baia.

- No - disse il ragazzino mogio. - Non ci vengo. Preferisco stare qui e finire tutte le bruschette che sono avanzate nei vassoi, così è la volta che muoio e vi liberate di me.

Pervinca alzò le spalle.

- Secondo me sbagli, ma fa' come vuoi - gli disse venendo via.

Arrivarono alla spicciolata: Flox, Tommy, Grisam e Vì. Scesero dalle dune con le magliette buttate sulle spalle, stanchi e accaldati, desiderosi di un bagno fresco. A metà cominciarono a correre e, correndo, finirono di spogliarsi, buttarono i vestiti sulla sabbia e finalmente si tuffarono.

Il mare era particolarmente calmo, i ragazzi nuotarono e giocarono a lungo in acqua, e dopo vennero a riposarsi sulla sabbia tiepida. Tranquilli, se ne stavano seduti o sdraiati a prendere gli ultimi raggi di sole, o cercavano conchiglie sulla battigia indorata dal tramonto.

Talbooth, ormeggiato col *Santuomo* nella baia, sollevò gli occhi e decise che poteva essere un buon momento per venire a terra. Remò fino a dove l'acqua arrivava ai polpacci, saltò giù e trascinò la barca a riva.

I ragazzi gli andarono incontro.

- Hai una storia per noi? - gli chiese Francis.

- No - rispose lui, fingendo d'essere indaffarato.

- Allora perché sei venuto qui? Potevi restartene in mare.

- Taci, soldo di cacio! - lo rimbrottò il Capitano. - Conserva il fiato per le gare di domani. Di' un po', ti sei battuto come ti ho detto o gli hai tirato i capelli come una signorina?

- Sono arrivato secondo! - annunciò fiero il ragazzino. - È stato fortissimo, ci rotolavamo nel fango e ne ho ingoiato un bel po', però ho fatto le mosse che mi hai insegnato e alla fine l'ho messo con la schiena a terra.

- Già... già... gran bella disciplina la lotta nel fango, molto divertente. E voialtri? Che gara hai fatto, oggi, tu? - Il Capitano aveva puntato il dito contro Grisam.

- Canoa tra le rapide!

- E chi è arrivato prima, tu o le rapide?

- Io!

- E in quale pozzanghera hai gareggiato?

Risero.

- Bah - fece Talbooth sedendosi su un tronco portato dalle mareggiate - quando ero giovane io, non c'era tempo per i giochi, i muscoli ce li facevamo lavorando, su e giù dai pennoni, a ingabbiare e sgabbiare vele sui...

- ...sui Reali Velieri della Reale Marina di Sua Maestà, lo sappiamo - conclusero in coro i ragazzi.

- Ce l'hai detto mille volte - aggiunse Pervinca.

Il Capitano alzò un sopracciglio e la squadrò con aria perplessa.

- Ai miei tempi, le bambine si vestivano da bambine - borbottò poi, volgendo altrove lo sguardo - e quelle camicione senza forme le lasciavano ai corsari.

- Ai tempi miei, invece - replicò Vì - i vecchi non si facevano pregare per raccontare storie ai bambini!

Lui fece uno scatto in avanti e lei fuggì via ridendo.

Era un gioco che facevano spesso.

- Fiato sprecato - commentò con tono acido Scarlet Pimpernel, seduta accanto a Talbooth. - A lei piace essere un maschio. Chi l'ha mai vista con una gonna? O forse ha le gambe storte.

Babù le rivolse uno sguardo di rimprovero, come per dirle: "Te le vai proprio a cercare, eh?" Scarlet fece spallucce e si girò dall'altra parte.

- Allora, che storia stai per raccontarci? - domandò Pervinca tornando a sedersi. Per fortuna non aveva sentito quello che aveva detto Scarlet.

- Uh? - fece lui. - Ah, già... Mah, non so, una bella ce l'avrei, ma non si adatta a gambe molli come voi. Servono cuori saldi e nervi d'acciaio.

- Fa... fa così paura? - chiese Scricciolo.

- PAURA? - berciò il Capitano. - Tu neanche te lo immagini!

Il povero Robin, che a sei anni pesava come un uccellino, sgranò gli occhi e si fece venire il singhiozzo.

- Era una notte di tempesta - attaccò Talbooth - e noi solcavamo il mare scuro di Bahal. Non era una rotta che avremmo scelto, non ci piaceva, ma eravamo stati costretti, capite... i pirati!

- Ci sono i pirati anche in questa storia? - chiese Nepeta, un po' delusa.

- Ci sono sempre pirati nelle sue storie - le rispose sua sorella Salvia, rassegnata.

- Ci sono sempre, perché li ho incontrati spesso! - replicò il Capitano piccato. - E, comunque, in questa storia non ci sono solo loro!

- Ci sono anche delle fanciulle? - fece la piccola Rose, speranzosa. - Ballerine? Principesse?

- Meglio ancora - disse Vì - piratesse!

Il Capitano non rispose e si grattò la pancia.

- Volete delle fanciulle, eh?... - Era pensieroso. A un tratto schioccò le dita. - Ce l'ho! - esclamò, contento d'essersene ricordato.

- Evviva! - esultò Nepeta. - Come si chiama?

- Isabella!

- Che bel nome. E cosa fa?

- Fa... be', lasciami raccontare questa storia e lo scoprirai. Allora... Un momento! Perché quel soldo di cacio se ne sta laggiù tutto da solo?

Il Capitano aveva visto Celastro.

Era appena arrivato e si era seduto a venti metri da noi, mangiava qualcosa e guardava il mare.

- Chiamatelo, ditegli di venire anche lui qui. È il giovane Buttercup, no? Che gli è capitato?

- Francis dice che è un baro - annunciò Nepeta, col candore di cui solo lei era capace.

- Non è vero! - esclamò Francis. - Stai zitta!

- Bah - fece il Capitano - non m'interessano le vostre beghe... - Con un gesto deciso della mano, fece segno a Celastro di avvicinarsi, e continuò il suo racconto. - Dov'ero rimasto?

- Che... fuggivate dai pirati - gli ricordò Tommy, spostandosi per far posto al nuovo arrivato.

- Già, per sfuggire a quei cani randagi, come altri prima di noi, ci cacciammo in guai ancora peggiori.

- Che tipo di guai? - chiese Flox.

- MOSTRI! - ruggì il Capitano.

I ragazzi fecero un salto e lui scoppiò a ridere.

- AHR! AHR! AHR!

- Che tipo di mostri? - domandò Francis sfidando la paura.

- Mostri marini! Lunghi dieci volte la mia barca! Uno solo di loro avrebbe occupato tutta la baia. E con enormi bocche, affamate di sangue umano.

- *Bleah!* - fecero le bambine storcendo la faccia.

I maschi, invece, erano interessatissimi.

- Vivono nell'oscurità degli abissi - continuò Talbooth

- sempre in agguato di una nave da divorare. Già a miglia di distanza, odono il rumore delle prue che solcano i flutti, e al buio scorgono l'ombra di un veliero che i raggi della luna proiettano sul fondo. E allora risalgono, su su, verso la luce. Quando sotto la nave vedi apparire un'enorme macchia nera, sai che un Lunghitentacoli è venuto a prenderti.

- Lunghitentacoli?!

- Li chiamavamo così, per via di quei due tentacoli, molto più lunghi degli altri, con cui afferrano le navi e le stritolano in una morsa mortale. Mi sembra ancora di sentire i muscoli delle mie mani serrate intorno al timone...

- I... i Capitani non stanno quasi mai al timone - gli fece notare Scricciolo. Lui lo guardò di sbieco.

- In quei momenti ero l'unico a bordo che non si pisciasse nei calzoni - gli spiegò.

- Capitano! - sussurrai.

- Uhm? Oh, sì, sì, ci sono delle signorine qui, è giusto... Però è la verità! Gli uomini sapevano la fine che presto avrebbero fatto e correvano a mettersi in salvo come potevano. Mentre io, da solo, tentavo di salvare noi tutti e la nave.

- E Isabella? - chiese a quel punto Nepeta. - Anche lei aveva paura?

- Chi? - fece il Capitano.

- Isabella, la fanciulla.

- Oh, no, lei infondeva coraggio a tutti noi.

- Una... una ragazza? - osservò Robin scettico.

- Isabella era l'anima della nostra nave! - spiegò il Capitano. - La nostra guida, la nostra protettrice!

- Ma era reale - disse Nepeta.

- Lo era e... non lo era.

- Cosa significa? - protestò Francis, che voleva che i racconti fossero precisi. - Insomma, era reale oppure non lo era, Capitano?

- Diciamo che un tempo lo era stata.

- Non è chiaro per niente.

- Volete sapere la sua storia invece di sentire quale terribile avventura ci toccò in sorte nel mare di Bahal? Va bene, allora vi racconterò di Isabella - disse Talbooth - tanto per me non fa differenza, una o l'altra... Dunque, Isabella era una fanciulla di rara bellezza e infinite virtù...

VENTIDUE

Il Mozzo e la Fanciulla

L'ULTIMO VIAGGIO DI ISABELLA DIDEROUS

"Fate attenzione, perché questa è una storia di spaventi, ma anche di grandi sentimenti. Ha come protagonista una fanciulla di rara bellezza e infinite virtù..."

Le bambine si avvicinarono per sentire meglio.

- Isabella Diderous era la figlia di un nobile esploratore - spiegò il Capitano. - Da lui aveva ereditato l'amore per il mare, il desiderio di viaggiare, il coraggio e lo spirito di abnegazione.

- Che cos'è lo spirito di annegazione? - domandò Celastro.

- Abnegazione - lo corresse il Capitano - è il contrario dell'egoismo. Un gran bel sentimento, raro, che spinge a sacrificarsi per il bene degli altri. Per quanto - aggiunse Talbooth - anche "annegazione", se esistesse, avrebbe un senso, in questo caso: Isabella annegò per salvare suo padre.

- Oooh - fece la piccola Rose conquistata. - Come successe?

- Durante uno dei viaggi che il Barone Diderous

compiva spesso verso le Terre dell'Est...

Isabella, anche quella volta, lo aveva implorato di portarla, ma lui, anche quella volta, le aveva risposto che era impossibile: troppo presto, troppo giovane, troppi pericoli, troppa fatica, troppi uomini a bordo. La fanciulla era scoppiata in lacrime, e il padre gliele aveva asciugate teneramente con il suo fazzoletto di seta bianca, come faceva sempre. E poi era partito, lasciando Isabella disperata nella sua stanza, nel bel palazzo di Ilperief, al sicuro tra i servi fedeli e le balie, che l'accudivano da quando era nata. Ma lei non voleva stare al sicuro, voleva viaggiare, conoscere il mondo, e voleva farlo per mare. Lo aveva avuto sempre negli occhi, l'odore nelle narici. Ora voleva viverlo! Desiderava sentire le onde sotto i piedi, assecondare il dondolio della nave, viaggiare con suo padre. Aveva imparato a salutarlo portando la mano alla fronte, come fanno gli uomini quando salutano i loro superiori. Quel giorno non era riuscita a farlo, troppo arrabbiata con lui per aver voglia di scherzare.

Mandò via le balie e si chiuse a chiave nella sua stanza. In silenzio si spogliò degli abiti sontuosi, tagliò una camicia da notte all'altezza della vita e le aprì degli strappi nelle maniche per farla sembrare una vecchia camicia da marinaio. Tagliò anche i suoi calzoni da cavallerizza, appena sotto il ginocchio, e li macchiò con la frutta che le balie le lasciavano ogni mattina sul comodino. Poi si sedette allo specchio, si afferrò una ciocca di capelli, erano bruni, folti, lunghi e lucenti, ma lei li vedeva solo come un impiccio alla sua felicità, e così, con le forbici che aveva in mano, li tagliò tutti, finché nello specchio vide un ragazzo coi capelli rasati, la camicia strappata e gli occhi pesti dal pianto. Però, a differenza di prima, adesso, erano vivi e luminosi.

Aprì la finestra e saltò di sotto. Nessun ordine l'avrebbe fermata, né il timore delle tempeste, né lo sguardo degli uomini. Determinata, corse verso il porto.

Un giovane mozzo trova presto un imbarco, costa poco e mangia meno. Per lei, che sembrava un mezzo mozzo, tanto era esile e giovane, fu facile convincere il nostromo della nave di suo padre a lasciarla salire. S'imbarcò, e poiché era meno di niente, fu mandata a dormire con gli altri giovani mozzi nella stiva. All'alba, quando udì il rumore delle cime che tornavano a bordo e la voce del Capitano che ordinava di liberare le vele, come un topino uscì sul ponte della nave. Una raffica di vento salato le schiaffeggiò la faccia. "Sono un marinaio!" gridò Isabella per la gioia.

Uno degli uomini le lanciò addosso un'enorme matassa di canapa aggrovigliata.

"Taci e lavora, pidocchio!" gli disse sputando per terra. "Servono corde."

La nave prese il largo, dando inizio al primo e ultimo viaggio di Isabella Diderous.

Suo padre la credeva a casa, e se l'avesse vista, non l'avrebbe riconosciuta: non somigliava più alla fanciulla che aveva lasciato in lacrime, tra pizzi e merletti. Inoltre, si sa, i mozzi sono esseri invisibili agli occhi dei nobili. La giovane si sentiva tranquilla. Nessuno la conosceva e a nessuno serviva sapere il suo nome: i mozzi non hanno nome.

"Ehi, ragazzo, devi pelare le patate!" le dicevano.

"Ohi, acciuga! Prendi spazzole e sapone e pulisci il ponte!"

Lei pelava patate e puliva il ponte, sorridendo felice, poiché a misero prezzo le stavano vendendo libertà e avventura.

Dopo giorni e giorni di dura navigazione, lavori sporchi e sfibranti e notti all'umido, la sua volontà e il suo umore non erano mutati.

Quello della ciurma invece non faceva che peggiorare. Sembrava che la fortuna avesse scelto d'imbarcarsi su un'altra barca, e che quella fosse stata lasciata alla mercé della malasorte. Il vento non veniva o veniva tutto insieme, e faceva alzare onde alte come case; qualcuno aveva caricato barili di rum al posto dei barili con l'acqua potabile, e questo rappresentava un grave problema; il medico aveva la rogna. Se tanto non bastava, da quando avevano doppiato Capo Imbrum, una nave, battente bandiera nera, s'era messa nella loro scia.

"Va' a chiamare il Capitano, ragazzo" le ordinò il nostromo, abbassando il binocolo. "Muoviti, pergiove! Vuoi forse conoscere le lame dei pirati?!"

Isabella si precipitò di corsa verso il castello di poppa, dove vivevano gli ufficiali. Ma un piede, allungato non per caso, la fece inciampare e cadere, giù dalle scale, addosso al Barone, che saliva in quel momento.

"Acciperbacco!" esclamò l'uomo toccandosi il labbro che sanguinava. "Un po' di attenzione! Cos'è tutta questa fretta? Che fai qui tu?" Tirò fuori dal taschino il fazzoletto di seta bianca, lo stesso con cui le aveva asciugato le lacrime prima di partire, e si tamponò il labbro ferito.

La giovane dovette fare appello a tutte le forze per non saltargli al collo e baciarlo, e dirgli quanto fosse felice di essere lì, anche con i pirati alle calcagna. Abbassò lo sguardo e si morse la lingua.

"Ti ho fatto una domanda, esigo una risposta!" protestò il Barone.

"Mi manda il nostromo, Signore: una barca ci segue" rispose allora Isabella con un filo di voce.

"Va bene, non c'è bisogno di ammazzarmi per dirmelo. Stavo già salendo."

Il vascello che li seguiva era lento e malridotto, ma Diderous diede lo stesso ordine di andare a cercare il vento.

"ROTTA NORD-NORD EST!" gridò.

Il mare burrascoso di Bahal.

Là il vento non mancava mai, e infatti ne trovarono in abbondanza: il vento li spinse lontano dai pirati, ma anche lontano dalla loro rotta originale.

Poi, un mattino, sparì.

"È una maledizione!" sussurravano gli uomini a bordo, terrorizzati da quella calma surreale. "Non è possibile!"

Per tre giorni, e tre notti, scrutarono l'orizzonte in cerca di un segno: una lieve increspatura sulla superficie dell'acqua, il flebile schiocco di una vela...

A bordo la poca acqua che c'era cominciò a scarseggiare. Isabella rinunciò a parte della sua razione in favore di chi ne aveva più bisogno. Si mise ai remi e remò con gli altri, con le mani che le sanguinavano, la gola secca e la pancia vuota, ma invece di piangere cantava: non voleva che il suo spirito si piegasse sotto il peso delle avversità, e desiderava incoraggiare i compagni.

Ahimè, i marinai sono gente strana e superstiziosa, temono ciò che non capiscono, e loro non capivano quel giovane mozzo: che aveva da essere allegro? Forse era contento perché le cose andavano male? Non era lui che aveva ferito il Barone?

"È la malasorte in persona!" si dicevano. "Se l'è portata appresso quando è salito a bordo. Pensateci, da quando c'è lui non ci capitano che guai: il rum al posto dell'acqua, la rogna del medico, i pirati, e ora... questa calma mortale!" ...Eh, povera Isabella... - fece il Capitano scuotendo la testa - quando una ciurma comincia a ragionare così, sono grane serie: se hanno deciso che uno di loro porta sventura, il poveretto è spacciato.

E, infatti, il quarto giorno Isabella capì di essere in pericolo. Lo sguardo dei suoi compagni era cambiato, adesso non la perdevano mai di vista, la guardavano in cagnesco e le sussurravano parole crudeli.

"Sei tu che porti iella" le ringhiavano alle spalle. "Dovremmo darti in pasto ai pesci e allora il vento tornerebbe."

Il quinto giorno, la ragazza si trovò accerchiata.

Avevano deciso, l'avrebbero buttata a mare.

- Anche se non avevano le prove? - chiese Babù meravigliata.

- Oh, le prove le avevano, almeno secondo loro: s'erano contati, e uno solo era nuovo a bordo. Gli altri si conoscevano tutti, avevano già navigato insieme, e in quelle occasioni non era mai capitato niente di male. Di lui, invece, non sapevano un accidenti. "Mai visto prima!" dicevano. "Nemmeno al porto!", "È la malasorte in persona!"

Isabella sentì le mani ruvide e callose degli uomini afferrarle i polsi, e i piedi sollevarsi. In un attimo si trovò issata sopra la balaustra: "Uno... due... e... Guardate!" esclamò uno degli uomini.

Il mare, intorno alla nave, ribolliva come brodo sul fuoco.

Isabella fu mollata e, come un sacco, cadde sul ponte.

Le vele presero a sbattere e la nave si piegò su un lato. Una gigantesca macchia nera ora circondava il veliero, quattro volte più lunga dello scafo.

- Il Lunghitentacoli! - indovinò Francis.

Spuntarono oltre il bordo del vascello. Due tentacoli larghi quanto il tronco di Quercia e sei volte più alti di lei. Gli uomini li videro salire, salire, salire, oltre l'albero maestro, e col terrore negli occhi capirono che presto sarebbero precipitati su di loro... *CACRASSSH!* fecero infatti, poco dopo, i legni dei ponti, sfasciandosi sotto quel violento peso. Non era che l'inizio: i possenti tentacoli afferrarono ciò che rimaneva degli alberi e li strapparono via come spighe spezzate. Il grande veliero adesso era un misero guscio nelle mani di un mostro che, se non li vedeva, di certo sentiva la paura degli uomini e l'odore del loro sangue. E li cercava.

Diderous diede ordine ai superstiti di mettersi in salvo sulle scialuppe.

Isabella corse verso la barca più vicina, ma poi si fermò: voleva vedere su quale sarebbe salito suo padre. L'uomo era immobile sul castello di poppa, o ciò che ne rimaneva. E non dava segno di volersi muovere.

"PRESTO, SIGNORE!" gli gridò. "METTETEVI IN SALVO!"

Lui si voltò solo per rivolgerle uno sguardo indignato: come si permetteva quel mozzo di parlargli così?!

Fece un brusco no con la testa e le ordinò di andarsene. Isabella, allora, capì: suo padre aveva deciso di sacrificarsi: se il mostro aveva fame di sangue umano, avrebbe avuto il suo.

"State facendo un grosso sbaglio, Signore" gli disse avvicinandosi. "Se voi morirete, i vostri uomini non sapranno cosa fare, litigheranno, si perderanno, e sarà la fine anche per loro. Dovete portarli in salvo, Signore."

L'uomo riconobbe il giovane che gli era ruzzolato addosso e gli aveva fatto sanguinare il labbro: allora, però, non s'era accorto che fosse così giovane.

"Chi sei?" chiese. "Sei magro e hai il viso sporco, eppure i tuoi lineamenti mi sono familiari... non hai l'aria di un marinaio. Ti conosco?"

Isabella sorrise.

"No, Signore" disse. "Come potrebbe, un'Eccellenza come voi, conoscere un nessuno come me? Guardatemi... non ho che la mia pelle per ricchezza, e questi quattro cenci che la coprono."

- E lui non la riconobbe??? - chiese Nepeta, stupita che un padre non riconoscesse la propria figlia.

- Ascolta il racconto! - protestò il Capitano. - Cosa

stavo dicendo? Ah, sì, delle grida giunsero dal mare...

"Sentite?" disse Isabella. "I vostri uomini vi chiamano, aspettano voi per fuggire. Salvateli!"

"Io... non posso" rispose Diderous volgendo altrove lo sguardo. "Se il mostro non avrà la sua preda, inseguirà la barche e saremo spacciati comunque. Qualcuno deve saziarlo. Siccome la spedizione è mia, mia la nave e mio il suo equipaggio, decido io chi resta e muore. E oggi muoio io."

I legni scricchiolarono e la prua s'innalzò violentemente sopra l'acqua: sembrava che il mostro avesse deciso di ingoiare la nave dalla poppa. Il Barone cadde e rotolò fino alla balaustra.

"SALTATE!" gli gridò il mozzo. "LASCIATE CHE SIA IL MIO CORPO A SFAMARLO, E NON IL VOSTRO!" La nave cominciò ad affondare. "IO SONO SOLO CARNE E SANGUE, SIGNORE" continuò la giovane "VOI, INVECE, SIETE LA SPERANZA DEI VOSTRI UOMINI. SALVATELI! A COSA POTREI SERVIRE IO?"

L'uomo cercò d'istinto le scialuppe con lo sguardo: erano ancora vicine, se avesse nuotato velocemente avrebbe potuto raggiungerle.

"SALTATE ORA!" gli gridava il ragazzo. "GUIDATE I VOSTRI UOMINI VERSO CASA E LASCIATE CHE IO SIA APPREZZATO PER QUEL CHE SONO, POVERI CENCI E PELLE, E PER UNA VOLTA FATEMI ESSERE UTILE!"

- E il Bavone saltò? - chiese Acanti da dietro gli occhiali, appannati per l'emozione. I ragazzi attendevano con ansia la risposta.

- Tentennò qualche istante - disse il Capitano. - Poi comprese che il mozzo aveva ragione: se il suo equipaggio aveva ancora una speranza, lui solo poteva provare a tenerla in vita. Ringraziò il valoroso giovane e gli promise che il suo gesto non sarebbe mai stato dimenticato. Saltò oltre la battagliola, nuotò verso la scialuppa più vicina e ordinò agli uomini di allontanarsi veloci.

Isabella corse ad arrampicarsi sul pennone di prua che ora svettava come un'asta sul mare e lentamente affondava. Poco prima di sparire, portò la mano destra alla fronte e salutò come salutava sempre suo padre, prima di un viaggio.

Fu allora che lui la riconobbe.

"NOOO!" gridò saltando in piedi. "NOOO! TORNATE INDIETRO! È MIA FIGLIAAA!"

- E tornarono indietro? - chiese Celastro.

- No, figuriamoci, avevano troppa paura, e comunque ormai era tardi - spiegò il Capitano. - Isabella s'inabissò con la nave e il mare si richiuse sopra di lei. Un attimo dopo non c'era più. L'acqua era di nuovo calma e soffiava una brezza gentile.

VENTITRÉ

Accuse Ingiuste

L'OLIO E LA MACCHIA

"Cose che ho imparato a Fairy Oak - Esistono diversi modi di scivolare: si può scivolare dalle scale, o scivolare sul sapone, su una macchia d'olio, sul ghiaccio o sulle pietre bagnate dalla pioggia, si può scivolare sul vento, e qualche volta può capitare di scivolare in basso..."

Tra i ragazzi calò il silenzio.

- Ma quando padre e figlia si sono parlati - chiese Nepeta tornando su quel punto che non riusciva proprio a comprendere - erano vicini?

- Sì - rispose il Capitano.

- Com'è possibile che lui non l'abbia riconosciuta?

- Perché a volte è più facile vedere ciò che si vuole vedere, e credere ciò che si è deciso di credere, piuttosto che riconoscere la realtà. L'ultima cosa che il Barone si sarebbe aspettato di vedere lì, in quel momento, era sua figlia vestita da mozzo, sporca e cenciosa, coi capelli rasati, che gli parlava come uno dei suoi uomini. Non lo considerava possibile, e dunque non lo considerava affatto. Per lui Isabella era a casa, e quello che aveva davanti era un ragazzo, ardito e coraggioso.

- Perciò, se lei non gli avesse fatto quel gesto familiare, il Barone non l'avrebbe mai scoperto? - domandò Pervinca.

- Probabilmente no.

- Che storia!

- Chissà gli uomini come si sono sentiti in colpa per averla accusata ingiustamente - disse Babù.

- Eh, già - sospirò il Capitano.

- Una persona così buona e generosa.

- ...Lo spirito d'annegazione - sussurrò Celastro.

- Povera Isabella - si commossero i ragazzi. - Beato te che l'hai conosciuta, Capitano.

- Io? No, no, io sono nato molto, molto dopo, un secolo più tardi.

- Ma come? Hai detto che Isabella era sulla tua nave!

- Ho detto che era lo spirito della nostra nave! Vedete, Diderous soffrì molto per la morte di quella figlia, ma ricordò la promessa che aveva fatto al giovane mozzo e la mantenne: ordinò la costruzione di un nuovo veliero, forte ed elegante, com'era la sua Isabella. Gli diede il suo nome, infatti, e a prua fece mettere una polena che la raffigurava: una fanciulla bellissima, vestita da mozzo, con i capelli a spazzola e gli occhi fieri.

La prima *Isabella* affondò al largo di Capo Ombra, durante una tempesta, ma gli uomini salvarono la polena, e quando una seconda *Isabella*, identica alla prima, fu varata, molti anni dopo, lei era a prua, pronta a guidare me e i miei uomini nelle pericolose rotte verso est.

- Fu lo spirito di Isabella a salvarvi dal mostro, nel mare di Bahal? - chiese Tommy.

- Io credo di sì, anzi, ne sono sicuro.

- Ci racconti anche quella storia?

- Ora è tardi - fece Talbooth alzandosi. - Un'altra volta.

- Forse... forse il mostro che ha attaccato voi era... era lo stesso che aveva mangiato Isabella - balbettò Scricciolo. - Lei... lei doveva essergli andata di traverso... magari... magari prima di morire gli aveva bucato lo stomaco e... e quando l'ha vista a prua e l'ha riconosciuta, il... il mostro se l'è data a gambe, eh, Capitano?

- È andata sicuramente così, Robin.

- Grazie - disse Nepeta stringendo una manona al vecchio Talbooth. - Questa storia mi è piaciuta molto, devi inventarne altre uguali, con fanciulle, mostri e velieri. E magari anche dei prìncipi, se puoi.

Talbooth spinse la barca dove l'acqua era più alta.

- Snodami la cima, per favore - disse a Celastro, che ancora masticava qualcosa. Poi, con un balzo salì a bordo. - Me ne ricorderò - promise a Nepeta.

Con una mano afferrò i remi e con l'altra prese al volo la cima che il giovane Buttercup gli lanciava.

- Mannaggia a te! - esclamò, lasciandola cadere sul fondo della barca. - È tutta unta...

- È l'olio della bruschetta, ce l'ho nelle tasche! - gli gridò Celastro, mentre il Capitano si allontanava con la barca. - AVEVO FAME! HO SEMPRE FAME QUANDO SONO NERVOSO! - Era arrabbiato, ma non ce l'aveva con Talbooth... - E ADESSO POTETE ANCHE DENUNCIARMI SE VOLETE! - ruggì ai compagni che lo fissavano allibiti. - HO MANGIATO DURANTE LE GARE, VA BENE?! CONFESSO! ERO TESO, HO VISTO IL VASSOIO CON LE BRUSCHETTE E NE HO MANGIATE QUINDICI!!!

- Prima del tiro alla fune? - gli chiese Tommy.

- SÌ, PRIMA DEL TIRO ALLA FUNE! - rispose lui, con una vocetta odiosa che voleva dire: "Bravo, bella scoperta!"

Non lo avevano mai visto così. Celastro era un ragazzino allegro, spassoso, gentile. I sospetti che i suoi amici avevano su di lui lo avevano ridotto in uno stato tremendo.

- Hai preso la corda della gara con le mani unte di bruschetta? - gli chiese Francis serio.

Celastro si arrese, lasciò cadere le spalle, abbassò la testa e annuì.

- Ma, cavolo, Celo, non potevi pulirtele?

- L'ho fatto - disse lui. - Sulla corda.

I ragazzi scoppiarono a ridere, mentre Francis scuoteva la testa. Che sollievo era sapere di poter contare sugli amici. Alle prossime gare si sarebbe ricordato di portare un tovagliolo per il suo amico.

- Posso fare un ultimo bagno, Felì? - chiese Pervinca mentre ci preparavamo per andare a casa.

- Ecco, brava - le disse Scarlet - così ti lavi quella macchia.

- Non è una macchia, tonta, è una voglia! - le rispose Vì. - Vedi? - Si bagnò le dita in mare e provò a strofinare il piccolo segno, color pervinca, che aveva sulla pancia. - Non viene via, perché non è sporco!

- Ce l'ha da quando è nata - confermò Vaniglia. - Davvero non l'avevi mai vista?

Scarlet fece una smorfia.

- Ho sempre pensato che ci fosse un piccolo mostro dentro di te, Periwinkle Uno, che scalpita per uscire - disse - e quella macchia è il segno che ho ragione: l'ombra del mostro che sale dagli abissi del tuo pessimo carattere!

Vì la fissò con occhi gelidi e le sorrise, un sorriso che metteva paura.

- Augurati che non sia vero - le disse. Poi si tuffò.

Scarlet adesso non rideva più.

- Non ti aveva fatto niente - la rimproverò Vaniglia amareggiata. - Avevamo ascoltato una bella storia, eravamo tutti contenti, perché hai dovuto rovinare tutto? Non ti capisco proprio, Scarlet Pimpernel.

La ragazzina fece spallucce.

- Tra qualche anno Pervinca avrà dei poteri magici - aggiunse Grisam, pensando che magari Scarlet non aveva compreso fino in fondo la minaccia di Vì. - Potrebbe fartela pagare seriamente. Fossi in te la lascerei stare.

- Uuuh, che paura, Burdock, guarda! Tremo tutta - replicò lei, con un tono insopportabile. - Credi che non conosca la differenza? Pervinca è destinata a essere una Strega della luce, e le streghe di quel tipo non possono ferire, non possono distruggere, non possono far scomparire, né uccidere, non possono farmi proprio niente!

- Sempre che non ci sia un MOSTRO nascosto dentro di loro... - canticchiò Grisam ironico.

Il Lunghitentacoli
Tommy Corbirock

VENTIQUATTRO

Segreti fra Sorelle

QUEL MOSTRO DI VÌ

"Quando erano piccole Vì e Babù si divertivano a 'ingannare lo specchio'. Una si metteva davanti allo specchio, l'altra doveva nascondersi perfettamente dietro alla prima in modo che lo specchio vedesse una sola bambina. A quel punto chi si specchiava doveva improvvisare dei movimenti che la sorella nascosta doveva seguire simultaneamente, altrimenti lo specchio si sarebbe accorto che le bambine erano due."

In pubblico faceva la dura, ma poi, quando le sorelle erano sole, Pervinca si sfogava con Vaniglia.

- È vero che sembro un maschio? - le chiese quella sera, guardandosi nello specchio dell'armadio mentre si preparavano per la cena.

- No - rispose Babù.

- Allora perché il Capitano continua a dirmi che sembro un corsaro? Anche Grisam mi prende in giro, ogni tanto per farmi arrabbiare mi chiama Vic, come suo padre.

- Lo fa per giocare, sciocchina. Se fosse vero non te

lo direbbe, no? Lo conosci, Grisam è un amico, ed è una persona educata e gentile, non scherzerebbe mai su un vero difetto. Lo hai mai sentito prendere in giro Scricciolo perché balbetta? O Celastro perché è grasso o Acanti perché non dice la erre?

- Be', Acanti ogni tanto lo prende in giro...

- Ma non per la pronuncia. Lo imita quando fa il precisino o il super preoccupato, ma questi non sono veri difetti, è il modo di fare del vecchio Acanti. E lui non si offende. Tu invece...

- Appunto! - esclamò Pervinca. - Io mi offendo, perciò Grisam dovrebbe smetterla! Invece insiste. Non è gentile come dici.

- Sì che lo è. Ed è più furbo di te, perché ha capito che non t'arrabbi sul serio. Fai apposta e, in fondo, ti diverti.

- Non è vero.

- Invece sì.

- No.

- Sì.

- Ho detto di no.

- Va bene, allora dillo a lui! Prendilo in disparte e digli: "Grisam, amico mio, smetti di prendermi in giro perché io ci soffro". Vedrai che smette subito.

- Farò così - disse Pervinca.

- Mi mangio le scarpe se lo fai.

- Buon appetito, lo faccio domani!

- Non ci credo.

- Che nervi, Babù, perché non devi crederci?

- Perché secondo me hai una cotta per Grisam e ti piace che lui scherzi e giochi con te. Magari lo facesse con me...

Vì guardò sua sorella stupita.

- Credevo ti piacesse Tommy - disse.

- Tommy?

- Be', lui è innamorato di te, si vede lontano un miglio, e voi due andate così d'accordo. Vi somigliate perfino, come carattere, intendo: siete due buoni, sempre tranquilli, perdonate tutti...

Thomas Corbirock, Tommy, come lo chiamavano gli amici, aveva un anno meno di Grisam ed era alto come lui, nella famiglia Corbirock erano tutti molto alti. Aveva preso la carnagione scura del padre, gli occhi giallo-nocciola della madre, ed era un bel ragazzino, buono e gentile. "Troppo!" gli diceva Talbooth. "Le ragazze, quelli come te, se li mangiano!"

Babù era buona come lui, e non se lo sarebbe mai mangiato. Però non ricambiava l'affetto, specialissimo, che il giovane provava per lei. Certo, si accorgeva che ogni volta che chiedeva: "Chi viene con me a dare da mangiare ai granchi?", Tommy alzava la mano; se diceva: "Chi mi aiuta a fare una capanna?", lui correva a procurarsi i rami e le corde; se cadeva, lui l'aiutava a rialzarsi; se era pensierosa, le chiedeva cos'avesse; se si sbucciava un ginocchio, la riaccompagnava a casa a medicarsi; ogni 31 di ottobre sapeva che si sarebbe presentato alla nostra porta con un regalino romantico, pensato apposta per lei: una matita speciale per la collezione, un nido vuoto ancora intatto, un vasetto di fiori fatto con le sue mani... le faceva piacere, e molto anche, ma finiva lì.

- Sarebbe un marito perfetto - sospirava Dalia in quei momenti. - S'intendono così bene...

- Vi somigliate di più voi due che noi due! - disse, quella sera, Pervinca a sua sorella. - Io sono bisbetica, attaccabrighe, ribelle, litigo con tutti... - S'interruppe e, davanti allo specchio, si sfiorò la voglia che aveva sulla pancia. - Secondo te c'è davvero un mostro dentro di me? - chiese preoccupata.

- Sì - rispose Vaniglia avvicinandosi per prendere una cintura dall'armadio. E dandole un pizzicotto, aggiunse: - C'è un mostriciattolo che, se non si veste in fretta, arriverà in ritardo a cena e farà infuriare il mostro nostro padre.

- No, dai, sono seria - protestò Vì. - Tu lo sai perché siamo così diverse? Io sono l'insofferenza in persona, tu la regina della pazienza. Io ho questa macchia, tu no, perché?

- Non lo so - rispose Babù. - Nessuno lo sa, ma una cosa è certa: quella macchia non è l'ombra di un mostro.

- Come fai a saperlo?

- Perché l'ha detto Scarlet, perciò non può essere vero!

Pervinca non sorrideva e Babù capì che doveva parlare seriamente.

- C'è anche un'altra ragione per cui sono sicura che non ci sia nessun mostro dentro di te - disse mettendosi davanti allo specchio accanto a sua sorella. - Sei tu. Qualche volta sei insopportabile, diventi una peste, troppo vivace, pignola, orgogliosa... però non come farebbe un mostro. Se mai come Isabella! Mentre il Capitano raccontava la sua storia, io immaginavo te al suo posto. Sai perché? Perché sei buona, Vì. Sei generosa con le persone che lo meritano, non tolleri le ingiustizie e di te ci si può fidare, sempre! I mostri sono diversi. Non avrei potuto avere una sorella migliore. Anche se ogni tanto mi fai arrabbiare, e mi metti a disagio.

- Quando ti metto a disagio? - chiese Pervinca stupita.

- Quando rispondi male e quando salti addosso alla gente che ti fa arrabbiare.

- Non lo faccio più da un po'. Guarda oggi come sono stata brava con Scarlet.

- È vero, sei migliorata, e spero che continuerai, perché in quei momenti, Vì, non sembri mia sorella, ma un vero maschiaccio. Credo sia per questo che Grisam ti prende in giro, s'imbarazza anche lui. Ti vuole bene e vorrebbe che ti comportassi meglio.

- Sei innamorata di lui, Babù? - chiese Vì.

- Io? No... E tu?

- Iooo??? - fece Pervinca cacciando la testa dentro a una camicia da corsaro. - Innamorata di Grisam??? Nooo, figurati! Non so neanche che significhi.

Mentre finivano di vestirsi, presi il mio diario e buttai giù alcuni pensieri.

La frase di Scarlet non aveva impressionato solo Pervinca. Da un po' di tempo non pensavo più alle parole di Barbo, tanto che credevo d'averle dimenticate. Quella sera mi tornarono alla mente: "La prima porta addosso una macchia..." Le scrissi rapidamente sulla pagina bianca e subito mi sentii meglio. Era stato come strapparle dal mio cuore e affidarle a un amico, che le avrebbe conservate e protette, qualunque cosa avessero voluto significare.

VENTICINQUE

Diventare Grandi

UN ANNO SORPRENDENTE

"Nepeta Rose trovava autentico divertimento nel creare quelle che lei chiamava 'le coppie perfette'. Aveva perfino un quaderno nel quale segnava i nomi di coloro che, lei ci giurava, da grandi si sarebbero fidanzati e poi forse anche sposati..."

Il dieci di luglio mentre, in giro per la Valle, si svolgevano le ultime gare dell'anno, in Piazza fervevano i preparativi per la festa. Si preparavano i tavoli, si stendevano le tovaglie, si portavano sedie e sdraio e si montava il podio per la squadra vincitrice dei Giochi e per i singoli vincitori dei premi speciali.

Il *Trofeo dei Giochi Estivi di Fairy Oak*, il più ambito, veniva scolpito ogni anno nel ferro dal signor Martagon, il fabbro maniscalco: rappresentava Quercia sopra a un piedistallo, nel quale, la sera della festa, lo stesso Martagon incideva il nome della squadra che se l'era aggiudicato. Sarebbero stati i Castori, gli Scoiattoli, le Lontre o i Caprioli?

- Tu hai finito? - chiese Babù a Nepeta, sedendosi accanto a lei sugli spalti, al campo della scuola.

- No, ho ancora la finale dei salti bendati - rispose la ragazzina.

- E come mai te ne stai qui da sola?

- Pensavo...

- Alla gara?

- No - disse Nepeta.

Stava osservando Flox e Acanti, che parlavano in mezzo al campo, mentre intorno a loro si svolgeva la staffetta.

- Secondo te? - chiese a Vaniglia.

- Secondo me cosa?

- Si sposeranno?

- Chi?

- Loro due.

- Non lo so, non ci ho mai pensato.

- Secondo me sì, stanno troppo bene insieme.

- Trovi davvero?

Vaniglia non era molto d'accordo, così, quando Flox le raggiunse, la piccola Rose pensò di chiederlo a lei direttamente.

- Ti piace Acanti? - le domandò a bruciapelo.

- Da mangiare?

- No, da sposare.

Flox chinò la testa da un lato e guardò l'amico che cercava di allacciarsi una scarpa mentre gli occhiali gli cadevano continuamente.

- Uhm... Quando devo darti una risposta? - chiese.

- Quando vuoi, non ho fretta - rispose Nepeta. - Ora c'è la vostra finale di salto della corda, siete pronte?

Babù fece no con la testa.

- Mi fanno male le scarpe - disse, tastandosele - mi sa che mi sono diventate piccole...

Quella sera, il Sindaco Pimpernel disse che i nostri ragazzi erano cresciuti. Non sapeva quanto! Le scarpe di Vaniglia, all'inizio degli allenamenti le andavano bene, e ora erano strette!

Però lui lo diceva in un altro senso: percepiva un cambiamento nel carattere dei ragazzi, una maturazione, una maggiore indipendenza. Erano cresciuti... in meglio.

Doveva essersene accorta anche mamma Dalia, perché lasciò libere le gemelle di scegliere gli abiti da indossare alla festa.

Quell'inattesa responsabilità suggerì un po' di prudenza a Vì, che al posto dei soliti bragoni e della camiciola da corsaro, tirò fuori dall'armadio un abito di cotone azzurro, senza maniche, senza balze, senza arricciature, senza fronzoli... insomma, semplice, fresco, pulito e comodo.

Babù, sapendo che a sua sorella non piaceva che si vestissero uguali, si orientò su un completo che le aveva fatto mamma Dalia ai ferri, gonna e magliettina girocollo, color sabbia, con i bordi azzurri e due grandi fiori color cielo, che avevo ricamato io.

- Mi pettini tu? - chiese Pervinca a Vaniglia. A quel tempo portava ancora i capelli lunghi e le piaceva quando sua sorella glieli spazzolava; guardarle era un vero piacere. I gesti di Babù erano lenti e profondi; a volte le gemelle parlavano, a volte invece Vaniglia raccontava brevi storie, che inventava sul momento, e Pervinca si addormentava.

Erano belle insieme, interessanti, divertenti...

Fu un bell'anno, quello, l'anno in cui le ragazze allargarono i loro orizzonti. Merito delle gare, senza dubbio, dei giochi di squadra, del sostegno dei compagni. Ma c'era anche qualcos'altro, qualcosa che spingeva le gemelle ad allungare le loro passeggiate, a perlustrare luoghi nuovi, impervi e lontani, a sfidare i propri limiti e le proprie paure.

Fu l'anno in cui la prudenza e il timore lasciarono il passo alla curiosità e alla voglia d'avventura, l'anno in cui gli amici entrarono nella lista delle cose senza le quali non si può vivere, l'anno delle prime, grandi conquiste e delle prove di coraggio, quelle che gli adulti non capiscono e chiamano "guai".

Fu l'anno in cui Vì ottenne il permesso di toccare il cannocchiale anche quando suo padre non c'era, e Babù vinse la paura del buio; l'anno in cui Scricciolo mise per la prima volta piede sul *Santuomo*, la barca del Capitano, e Bevis Corbirock, per dimostrare d'essere coraggioso, incollò il sedile della bicicletta del terribile postino Pizzighip al contrario; l'anno in cui Flox Pollimon scoprì le sfumature del bianco, che insieme alle sfumature degli altri mille colori, che già conosceva, la resero immensamente felice; l'anno in cui Grisam ottenne il diploma della prima classe di Magia, e Billy Corbirock si costruì la sua prima fionda. Provò la mira contro un vecchio quadro abbandonato in soffitta: Emeraldo Pimpernel, decimo Sindaco di Fairy Oak, vissuto alcune centinaia d'anni prima, fu colpito in piena fronte, il sasso passò la tela da parte a parte, creando un buco perfetto e lasciando Billy molto soddisfatto.

Il "guaio" fu scoperto da zia Tremestina che, a centodue anni, faceva le scale della soffitta due volte al giorno, per andare a trovare i tesori di un tempo.

Il suo grido lacerò l'aria del tramonto: "HANNO COLPITO IL SINDACO! HANNO COLPITO IL SINDACO!"

La gente si riversò nelle strade e corse alla casa dei Pimpernel. Richiamato dal gran trambusto, il Sindaco Pancrazio comparve sulla porta, col tovagliolo ancora infilato nel maglione e l'aria di chi era lì lì per digerire. Vedendolo sazio e decisamente in buona salute, i cittadini si arrabbiarono con zia Tremestina per aver lanciato un allarme così grave e così falso. Lei si disperò, ma alla fine riuscì a spiegare l'equivoco.

Il quadro venne mandato in riparazione, e Billy fu messo in punizione: quindici giorni di lavori in giardino, a zappare l'orto e a innaffiare i fiori di zia Tremestina.

Fu l'anno in cui i ragazzi scoprirono che le gare sono mooolto più divertenti delle premiazioni, che a volte durano troppo e sono tutte uguali.

- Quante ce ne sono ancora? - chiese Pervinca annoiata. Erano andati a sedersi ai piedi di Quercia, lei, Babù, Flox e Celastro.

Il Sindaco aveva già premiato i concorrenti più giovani e quelli che avevano partecipato per l'ultima volta; chi aveva segnato nuovi record, chi era arrivato ultimo in tutto, chi si era ferito in gara, chi era stato molto creativo, chi aveva compiuto gesti nobili e chi, per fortuna uno solo, aveva preso il morbillo il giorno prima dei Giochi.

- Io non ne posso più - disse Vì, alzandosi e stirandosi come un gatto. - Oh, arriva un po' di gente, per fortuna...

Grisam, Tommy, Francis e Billy Corbirock stavano entrando in Piazza in quel momento. Si guardarono intorno e Pervinca, in punta di piedi, fece loro segno di raggiungerle.

Poco dopo arrivarono Nepeta e sua sorella Salvia. Poi Acanti con Scricciolo, e infine, ahimè, anche Scarlet con le sue amiche.

Si ritrovarono tutti sotto i rami del Grande Albero, a parlare, e a far passare il tempo in qualche modo. Finché arrivò l'ora della consegna del *Trofeo*.

- LE SQUADRE SI RICOMPONGANO, PER FAVORE! - gridò il signor Duff.

Chi si era arrampicato su Quercia, per raccontarle quei giorni di gare, saltò giù, chi mangiava smise di mangiare, chi giocava a palla lanciò via il pallone, e per alcuni istanti in Piazza si scatenò un po' di trambusto. I capo-squadra chiamavano a raccolta i propri compagni.

- ROBIN WINDFLOWEEER! DI CORSA DAI CASTORIII!

- CELASTROOO BUTTERCUUUP! DALLE LONTREEE!

- NEPETA ROOOSE, QUIII, DAI CAPRIOLIII!

Mago Duff attese che nessuno corresse più da una parte all'altra della Piazza e che gli stendardi delle squadre sventolassero in mano ai loro rappresentanti. A quel punto si schiarì la voce e diede l'atteso annuncio...

- Vince la sedicesima edizione dei Giochi Estivi di Fairy Oak la squadra... dei Castori!

- URRÀÀÀ! - gridarono i castorini.

- Te l'avevo detto che con te avremmo vinto! - disse Grisam a Pervinca sollevandola in aria.

- VIVA I GIOCHI DI DUFF! - gridò qualcuno tra la folla. Il signor Burdock alzò il bicchiere in segno di ringraziamento e la festa ebbe ufficialmente inizio.

- VIVA FAIRY OAK!

La banda, diretta dal signor McMike, attaccò a suonare musiche tradizionali. Coppie di ballerini, adulti e bambini, si diedero a danzare in mezzo ai tavoli, mentre i giovani mostravano fieri alle famiglie il diploma di partecipazione e le medaglie che avevano vinto. Oro, argento, bronzo, per premiare velocità, costanza, tenacia, fatica, lealtà, fantasia e audacia.

- Balli? - chiese Grisam a Pervinca. Lei sgranò gli occhi, ma prima di mandarlo a quel paese, s'accorse che lui rideva.

- Sto scherzando, Simpatia - le disse. - Che ne dici, invece, di una sfida a scacchi?

- Hai rischiato grosso, Burdock - mormorò Vì scuotendo la testa e seguendolo verso il tavolo con la scacchiera.

Tommy girò intorno a Babù per un po', ma poi non ebbe il coraggio di chiederle niente.

- Povera Cicerbita - disse Flox scuotendo tristemente la testa - pensando che fosse di cioccolato, ha dato un morso alla sua medaglia d'oro e si è rotta un dente da latte.

Lei e gli altri s'erano ritrovati davanti al tavolo dei dolci.

- Stai scherzando? - disse Vaniglia.

- No, no, l'ho vista anch'io - confermò Acanti, prendendo una fetta di torta ai lamponi.

- Be', poverina, è piccola...

- Scarlet invece è grande, ma avete visto come ha reagito quando ha scoperto che non c'erano medaglie per lei? - rise Nepeta.

- Già, è l'unica che può permettersi di fare una sfuriata così al Sindaco: è suo padre!

- La... la prossima volta, se... se vuole vincere qualcosa, dovrà chiedere al signor Duff di partecipare alla gara delle più permalose. Vince... vince di sicuro! - disse Scricciolo.

Francis lo corresse.

- Vuoi dire delle galline starnazzanti! - Mentre lo diceva scoppiò a ridere e diede una pacca così forte sulle spalle di Acanti che gli fece cadere la torta sulla camicia.

- Perché ridete? Cos'è successo? - chiesero Grisam e Pervinca unendosi al gruppo. Flox raccontò loro di Scarlet e anche di Cicerbita, che aveva morso la medaglia.

- In effetti, una leccatina gliel'ho data anch'io - confessò Celastro, cercando di pulirsi la scarpa dai resti della torta di Acanti che aveva calpestato.

- Cosa facciamo? - chiese Tommy.

- Boh... - risposero gli altri guardandosi intorno. Adesso quasi tutta la Piazza era diventata una pista da ballo.

- Andiamo in spiaggia? - propose Grisam.

- No... No... - gli fece Scricciolo. - Ci... ci sono gli incantesimi di luce di mago Martagon fra poco. E...

e poi tanto a mezzanotte dovremmo tornare qui...

- Scusa, ma devi fare pipì? - gli domandò Salvia Rose sottovoce.

- No... no.

- Allora perché continui a saltellare?

- Devo... devo andare.

- Dove?

- Non... non lo so. A... a vedere gli incantesimi.

Robin aveva ragione, dovunque andassero, a mezzanotte avrebbero dovuto comunque essere di nuovo in Piazza, perché la tradizione voleva così.

A quell'ora, la musica avrebbe taciuto e in silenzio, senza che nessuno lo chiedesse, i ragazzi avrebbero affidato a Quercia le loro medaglie e i loro diplomi: sarebbero rimasti appesi ai rami per tre giorni e tre notti, tintinnando e frusciando nel vento.

Si poteva tenere un diario, per ricordare la propria storia. Oppure la si poteva affidare agli alberi e consegnare alla loro memoria le belle avventure che ci avevano visto protagonisti.

A me, quel gesto dei ragazzi, piaceva un vastosacco.

IL SEGRETO

Tre Anni Dopo

VENTISEI

Streghe o Non Streghe

L'ULTIMA OCCASIONE

"Quasi tutti i denti premolari sono spuntati, eppure Vaniglia e Pervinca continuano a comportarsi come bambine Nonmagiche: si alzano in ritardo per la scuola, soprattutto Pervinca, fanno capricci per vestirsi e danno sempre un bacio a tutti prima di uscire..."

- Allora, Felì, hanno fatto qualche magia?

Ogni notte, a mezzanotte, Tomelilla mi aspettava nella serra attaccata alla casa, e con gli occhi a forma di punto di domanda, e le mani giunte, mi poneva la stessa domanda.

Da quando le bambine avevano compiuto dieci anni, non riusciva più a nascondere la sua ansia di sapere - di scoprire finalmente! - se Vì e Babù avevano ereditato il suo formidabile potere.

- Il tempo si esaurisce - andava disperandosi. - La speranza si assottiglia...

L'ottavo premolare di Pervinca stava facendo capolino sotto la gengiva, e a Vaniglia era spuntato il settimo.

Crescevano in fretta, tanto che a me sembrava quella, la loro magia. Non lo era, naturalmente, Tomelilla me lo aveva spiegato: “Un giorno sono piccoli e indifesi, in balia del mondo e ignari delle sue complicazioni, e il giorno dopo esprimono idee e difendono ideali, consci d’avere un corpo, un carattere, una personalità e il diritto a un posto nel mondo. Così crescono i bambini”.

In mezzo io dovevo aver dormito.

Come si giustificava, altrimenti, un tale cambiamento in un tempo così breve?!

Dieci anni erano volati. Cinque ancora ne rimanevano alla mia partenza, ma mi ero ripromessa di non pensarci. Ero felice a Fairy Oak: tutto era perfetto, Tomelilla, le gemelle, Dalia, Cicero, gli amici... Non avrei cambiato un’ala di fata, niente. Adoravo quel mondo così com’era, ed ero stracontenta che le previsioni del mago Barbo non si fossero avverate: in dieci anni non era successo niente, niente di epocale, voglio dire.

Una notte, però, invece che nella serra, trovai la mia strega nella Stanza degli Incantesimi, e non era sulla porta ad aspettarmi con la solita domanda. Se ne stava sprofondata in una vecchia poltrona, con un gigantesco volume in grembo e altri erano sparsi tutt’attorno.

Come mi udì entrare, si batté sulla spalla perché andassi a sedermi lì, e continuò a leggere. Da quella posizione avrei potuto farlo anch'io, se solo i segni che annerivano la fragile carta di cui erano fatte le pagine, mi fossero stati appena familiari. Invece non lo erano affatto. Me lo avessero chiesto, avrei detto che una chioccia coi pulcini aveva camminato sul libro aperto dopo aver sporcato le zampe con l'inchiostro. Solo i numeri erano riconoscibili, e Tomelilla me li stava giusto indicando in quel momento con il dito. Lo batteva sotto una certa cifra, nervosamente: 121. Che a me non diceva niente, ma a lei dava pensiero, perché rimase lì a guardarlo per un bel po'.

- Desiderate che lo annoti sul diario? - le chiesi.

- Sì - rispose.

- Cosa ci devo scrivere accanto? Che cos'è questo numero?

Rimase in silenzio qualche secondo e poi disse: - Scrivi... "Pessima Ricorrenza".

- Ricorrenza di cosa? - domandai allarmata. Lei, però, stava già correndo col suo ragionamento.

- Vuoi vedere - disse, chiudendo il libro e alzandosi - che Barbo aveva già fatto i suoi conti e intendeva avvisarci proprio di questo?

- Di questo? - chiesi, aggrappandomi allo scialle per non cadere dalla sua spalla.

- Oh, poveri noi, che il cielo non lo voglia, saremmo perduti... - fece la strega portandosi le mani ai capelli.

- Perduti???

- Aspetta, fammi contare di nuovo, forse mi sbaglio... cos'è questo rumore?

- È la pioggia - dissi. - Ha ricominciato poco dopo che siete scesa.

- Che razza di giugno! Sarei curiosa di sapere se anche le altre volte era stato così piovoso...

«Quali altre volte?» mi dissi.

Tomelilla cercò tra i volumi che aveva sulla libreria e ne afferrò uno molto antico, che s'intitolava *Libro Antico*, appunto. Lo aprì, ma proprio in quel momento qualcuno bussò alla porta della Stanza.

- Chi è? - chiese Tomelilla seccata d'essere stata interrotta, e stupita che qualcuno venisse a disturbare a quell'ora tarda della notte.

La porticina si aprì e spuntò il visino stanco e stropicciato di Pervinca.

- Posso entrare? - disse. - Ho fatto un brutto sogno.

- Oh, cara, entra, entra - disse la zia. - Vieni, siediti qui nella poltrona, è ancora tiepidina, ci sono stata seduta io fino a poco fa... - La strega ravvivò il fuoco nel camino e io volai da Vì.

- Cos'hai sognato? - le chiesi. - Vuoi raccontarcelo?

- Non lo so - fece lei, stirandosi e allungandosi, più per togliersi di dosso la brutta sensazione, che per svegliarsi del tutto. - Non ricordo bene, sentivo una voce strana...

- Vaniglia s'è svegliata?

Pervinca fece no con la testa.

- Figurati! Dorme come un ghiro - rispose con un po' d'invidia - Cosa fate?

- Calcoli e studi che non troveresti affatto divertenti - rispose zia Tomelilla. - Vorresti una tisana?

- Perché invece non usciamo? - propose la bimba, ormai completamente sveglia.

- A quest'ora? - fece la zia sorpresa. - E per andare dove, cara?

- Fuori!

- Ma sta piovendo - dissi io.

- Lo so! E sul mare c'è una tempesta di fulmini che è la fine del mondo! Potremmo andare a vederla dal molo, che ne dite?

Tomelilla si voltò verso di me per capire se doveva preoccuparsi sul serio, o se si trattava di uno scherzo di sua nipote.

- Va bene - concluse infine. - Ti faccio una tisana e poi ritorni a letto.

- Non ho sonno, davvero, zia - protestò Vì. - Se non posso uscire, posso stare qui con voi? Leggo un libro... Questo, per esempio, *Tragici Presagi*, uhm, sembra interessante.

Tomelilla glielo sfilò dalle mani e gliene diede in cambio un altro.

- Puoi portartelo in camera, se vuoi.

- *Geografia della Valle*? Non m'interessa.

- Fidati, descrive molti luoghi oscuri e pericolosi, ti piacerà.

- In questo caso lo prendo, grazie.

La strega accompagnò l'insonne nipotina fino alla porta e fece segno a me di avvicinarmi.

- Stalle vicino fin quando si sarà addormentata - mi disse sottovoce, mentre seguivo Pervinca fuori dalla stanza.

Due ore dopo le scale scricchiolarono, qualcuno stava salendo. Si fermò al nostro piano. La porta della camera si aprì e Tomelilla entrò. Mi fece un cenno di saluto e si avvicinò a Pervinca: si era riaddormentata, ma il suo sonno continuava a essere agitato. Tomelilla si accomodò sulla sedia accanto al letto e rimase a osservare Vì fino a quando i fremiti del suo corpicino si acquietarono. Una o due volte le accarezzò la mano, come per rassicurarla.

Poi, in silenzio com'era venuta, lasciò la nostra stanza e salì nella sua.

Stavo per chiudere gli occhi, quando udii il suo tacco fare piano *toc! toc!* sul pavimento: mi aveva detto buonanotte.

VENTISETTE

Le Magie del Calzolaio

SCARPE NUOVE PER BABÙ

"Le magie che ho amato di più a Fairy Oak: le ginestre che si accendono come tante lanternine, i sassi bianchi e i sassi neri che suonano come un pianoforte, le giostrine di luce di mago Martagon, i cucchiai che mescolano la minestra, le scarpette che ballano..."

Il mattino dopo, Vaniglia comparve in cucina con l'aria di chi ha un dolorino da qualche parte.

- Oh, ciao, tesoro - la salutò mamma Dalia. - Non ti abbiamo sentito scendere. Stai bene?

- Per caso hai dormito male anche tu? - chiese zia Tomelilla.

- No, no, ho dormito benissimo - rispose Babù andando a sedersi al suo posto. - Ho fatto un sacco di sogni...

- Belli o brutti?

- Non me li ricordo. Belli, mi pare.

- Allora perché sembri scontenta, amore mio? C'è qualcosa che non va? - domandò mamma Dalia.

Vaniglia mostrò le scarpe che aveva ai piedi.

- Mi sa che non mi vanno più bene - disse. - Se cammino, mi fanno male.

- Allora è arrivato il momento di comprarne un paio nuovo, non ne hai altre.

- Quando andiamo? - chiese Vaniglia entusiasta.

- Oggi pomeriggio, sperando che smetta un po' di piovere. Tu vieni con noi, Lillà?

- No, andate voi. Io ho delle cose da fare.

- Volete che resti con voi? - chiesi, quando fummo sole. Tomelilla sorrise e fece no con la testa.

- Vi lascio il diario da leggere, allora, è da un po' che non lo guardate.

- Sei gentile, fatina - disse la strega - hai fatto un bel lavoro, molto ben scritto, preciso e coscienzioso, e se non avessi ansia di sapere, se quella legge così insensata non tormentasse le mie notti, mi divertirei molto a leggere la descrizione delle nostre giornate. A quanto pare siamo una buffa famiglia in un buffo villaggio. Ma... ahimè, Felì, sono in pena, e in quelle pagine non trovo pace né risposte, né tanto meno conferme. Tra poco, pochissimo tempo, qualche mese, tutti e otto i premolari delle gemelle saranno al loro posto, e allora cosa faremo? Le bambine non avranno più speranza di diventare streghe, non sentiranno vibrare in loro il meraviglioso potere della luce, non conosceranno l'euforia del primo incantesimo, l'ebbrezza della magia che crea, trasforma e migliora... Da millenni ce lo tramandiamo di zio in nipote, possibile che ora vada perduto? La nostra conoscenza, il nostro sapere, l'esperienza che abbiamo accumulato sono forse vanificati per sempre? È così difficile crederlo, sapessi.

- C'è ancora tempo - dissi. - Non disperate, siete sempre stata forte, pazientate ancora un po'...

- Sì, hai ragione, Felì. Sarà che ho anche un altro pensiero, adesso, il 21 giugno si avvicina e...

- Felì? - chiamò mamma Dalia da sotto.

- Vai, cara - disse Tomelilla. - Ci vediamo dopo.

- Siete sicura? Se volete resto volentieri.

- Va', non vorrai perderti gli incantesimi del vecchio Butomus...

Radunate sotto un unico ombrello, Dalia, le bambine e io, ci avviammo verso via delle Botteghe.

Di solito c'era la coda fuori dal laboratorio del signor Butomus, e non solo perché il mago era un superbo calzolaio, né perché i piedi dei bambini crescevano in fretta, le suole si consumavano, le stringhe si strappavano e i tacchi si rompevano. La vera ragione per cui a tutti piaceva passare da quel negozio, erano le magie del mago, che facevano sbellicare i più piccoli, e divertivano i grandi. Fra i ragazzi Nonmagici c'era addirittura chi arrivava a rompersi un tacco apposta, pur di vedere uno scarpone parlare o delle scarpette eleganti ballare sulle punte.

Inoltre, aggiungo io, il calzolaio conosceva molti

aneddoti e indovinelli davvero esilaranti, di cui, personalmente, andavo matta.

Quel giorno, davanti alla sua porta non c'era nessuno, forse perché pioveva.

Il calzolaio lavorava dietro alla finestra, quando ci vide, ci salutò con la mano e lasciò il tavolo per venire ad aprirci.

- Che bella sorpresa - disse, facendoci accomodare. - Cosa fanno tre belle signore, e una fata, a zonzo in questa giornata da lupi?

- È un aneddoto? - chiesi eccitata.

- No - rispose lui un po' stranito. - È una domanda onesta. Io ho perfino un po' di freddo. Tu che hai?

- Un po' di freddo anch'io - dissi entrando. L'odore della colla e del cuoio mi fece starnutire.

- Et-ciù! - feci, seguendo Dalia e le gemelle verso uno spazietto libero fra le montagne di scarpe.

- Et-ciù! - feci altre dieci volte.

- Fa pizzicare il naso, vero? Poi ci si abitua - disse il signor Butomus liberando uno sgabello per far accomodare Dalia. - Cosa posso fare per voi?

Le ragazze si guardarono intorno: scarpe, scarpine, scarponi, zoccoli, stivali, coi lacci o coi bottoni, occupavano ogni angolo di quell'angusto bugigattolo.

- Ho bisogno di un paio di scarpe nuove - disse Vaniglia sorridendo.

- Che modello desideri? Hai già un'idea?

- Veramente...

- Ho capito, hai bisogno di ispirazione. Vediamo... Ti servono per ballare?

A quella domanda, una fila di scarpine di vari colori cominciò a danzare su un ripiano, battendo un ritmo allegro e scanzonato.

Le gemelle si misero a ridere.

- Oppure vuoi scarpe per la scuola?

Il mago fece segno a Vaniglia di guardare sul ripiano più in basso: altre scarpe, questa volta coi lacci e di un severo blu scuro, scesero e marciarono dritte spedite verso la porta del negozio, tornarono indietro e di nuovo marciarono verso la porta, indietro e verso la porta...

Vì e Babù erano a bocca aperta.

- Ho capito - disse il signor Butomus - ti serve un paio di scarpe con cui correre e giocare...

Nemmeno aveva finito di parlare, che un gruppo di scarponcini cominciò a saltare per tutto il negozio, cantando, gridando e chiamandosi l'un l'altro: "Dove seiii?", "Sono quiii!"...

Uno scarponcino calpestò un mocassino da uomo, che se ne stava tranquillo, sopra a un mobiletto.

- Attento! - s'arrabbiò il mocassino. - Perché non guardi dove vai?

Lo scarponcino era troppo preso dai salti e dai giochi per fermarsi, e così finì col calpestare anche l'altro mocassino.

- AHIA! - gridò l'altro mocassino.

I due mocassini presero a inseguire gli scarponcini, minacciando castighi e menando calcioni.

Intanto le scarpette danzavano, e le scarpe coi lacci marciavano avanti e indietro, attraversando il negozio.

- Che succede là sotto? C'è una festa, per caso?

Una pantofola s'era affacciata da un ripiano per protestare. Alla parola "festa", certe paia di scarpe da ragazzi corsero a corteggiare le scarpette ballerine. Un paio inciampò nei piedi di Vaniglia.

- *Ops*, scusate tanto - dissero, arretrando impacciate e vergognose. Pervinca ne fermò una e lesse il foglietto all'interno: "Tommy Corbirock".

- Non c'è da stupirsi - commentò ridendo - sono timide come il loro padrone.

- Allora, cara, hai scelto? - chiese il calzolaio a Babù.

- Stivaletti! - rispose lei sicura.

- Come?

Tra danze, giochi, salti, marce e proteste non si capiva più niente, la confusione era tale che Vaniglia dovette urlare per farsi sentire.

- Basta! Grazie, basta così! - ordinò il mago alle scarpe. Ma quelle sembravano avere altre intenzioni.

Il signor Butomus, allora, prese in mano un grosso martello e diede un colpo forte sul banco da lavoro, Dalia fece un balzo per lo spavento e nella bottega calò il silenzio.

- Gli dai un'asola e si prendono tutta la stringa... - borbottò il calzolaio posando l'attrezzo. - Dunque, mia cara, dicevamo?

- Stivaletti! - ripeté Babù.

Li sognava da tanto e finalmente aveva raggiunto l'età per possederne un paio: alti, fino al polpaccio, di cuoio, con i ganci e i lacci lunghi e sottili, da signorina.

VENTOTTO

I Piedi di Legno

CRATEGUS OBAN, LO ZOPPO

"Cose che ho imparato a Fairy Oak - Esistono diversi tipi di piedi: piedi piatti, piedi alti, piedi pollicioni, piedi a triangolo, piedi quadrati, piedi corti e larghi, piedi lunghi e stretti e piedi sporchi."

Le ragazze osservarono il calzolaio aprire l'armadio e scorrere, a una a una, le forme di legno allineate sui ripiani. Assomigliavano a dei piedi, solo che erano di legno. Le forme erano lisce e lucide, e ciascuna portava inciso un nome, a volte due o anche tre, se le stesse andavano bene a più cittadini.

I bambini le chiamavano i "piedi di legno": su quelli, il calzolaio forgiava le nuove scarpe.

- Oh, ecco i vostri - disse tirandone fuori un paio che portava il nome delle gemelle e quello di...

- Abbiamo le stesse misure della figlia del signor Poppy! - esclamò Babù, piacevolmente sorpresa di trovare il nome di Shirley inciso accanto al loro.

- Avevate le stesse misure - disse il mago: dopo aver appoggiato la pianta del piede di legno contro la pianta del piede di Vaniglia, si era accorto che la ragazzina era cresciuta.

- Un centimetro e mezzo! Bambina mia, lo credo che le tue scarpe ti stanno strette. Mi chiedo come sei arrivata fin qui.

- Ho cercato di non posare troppo i piedi, faccio passi leggeri...

- Certo, certo, è ovvio, povera cara. Allora, abbiamo detto stivaletti, giusto?

- Esatto! - confermò Vaniglia.

Emozionata, vide il calzolaio prendere due pezzi di legno grezzi, cioè ancora da intagliare con la forma del suo piede.

- Punta-tallone... diciannove virgola sette centimetri - misurò il signor Butomus, e lo scrisse direttamente sul legno.

Mentre Babù si faceva misurare, Pervinca leggeva i cartellini delle scarpe già pronte per essere consegnate.

- Mago Duff ha il piede più grosso di tutti - commentò, passando davanti a un enorme paio di scarponi. - Invece, scommetto che queste con i fiocchi azzurri e le perline d'oro sono di... "Scarlet Pimpernel", ci avrei giurato... Ahi, qui mi sa che ti sei sbagliato, Butomus - disse fermandosi davanti a un paio di scarpe da uomo, due sinistre.

- Cerca le destre, saranno da qualche parte lì intorno... - disse il calzolaio.

Pervinca lesse il nome sul cartellino.

- Che sciocca, sono di Crategus Oban.

Il signor Oban aveva un piede solo, il sinistro.

- Perché si fa fare due scarpe? Potrebbe risparmiare e farsene fare una sola.

- Non è proprio così - spiegò il signor Butomus. - Il suo corpo, pesando su un piede solo, fa consumare più in fretta la scarpa. Per questo se ne fa fare due, una è di scorta.

- Forse è anche un modo per sentirsi normale - suggerì Vaniglia. - Uguale a tutti gli altri.

- Probabilmente - confermò il mago con un sorriso.

- Ha un piede in meno, mica è un mostro con le corna - replicò Pervinca. - Anche il Capitano ha un dente solo in bocca, e al tagliaboschi McDoc mancano due dita, da quando le ha lasciate sotto l'accetta. E Acanti Bugle ci vede meno di una talpa, e...

- E basta così! - la interruppe Dalia. - Non è gentile né rispettoso quello che stai dicendo.

- Non intendevo offendere nessuno - si difese Vì. - Penso solo che avere un piede, invece di due, non sia una grande stranezza. Fra l'altro, non so se l'avete mai notato, ma il signor Oban cammina meglio di noi, con quella sua stampella. Ci va dappertutto, perfino sugli scogli! L'ho visto io raccogliere i ricci per... va be', non importa.

- Per? - incalzò sua sorella.

- Guardarli - rispose Pervinca mentendo. Se avesse

detto la verità, e cioè che il signor Oban mangiava i "loro" bellissimi ricci blu-violacei, Babù forse si sarebbe messa a piangere.

Il signor Oban avrebbe voluto fare il pescatore, ma in barca, su una gamba sola, è complicato. Così si era accontentato di pescare da terra, e spesso andava a fare ricci tra gli scogli. Il suo piede destro lo aveva perso a sedici anni, schiacciato tra due barche. Il padre del dottor Chestnut aveva cercato di salvarglielo, ma poi era intervenuta la cancrena e si era dovuto amputargli la gamba fino al ginocchio. Il nonno del tagliaboschi McDoc gli aveva creato subito due belle stampelle, in legno di faggio, che lo sorreggevano sotto le braccia. Poi una si era rotta e lui non ne aveva volute altre.

Da allora erano passati quarant'anni e il signor Crategus aveva imparato a camminare con una stampella sola. Però, d'aver un piede solo non gli andava giù. "Fra tutti i cittadini di Fairy Oak, l'unico che dovrebbe poter volare di giorno sono io!" diceva, quando era di umore particolarmente misero, o aveva passato la notte al pub. "E invece, sfortuna su sfortuna, mi capita d'essere un Mago del buio!"

Era successo che, in uno di quei momenti, qualcuno se ne fosse uscito con frasi del tipo: "Che mal di piedi!", oppure: "C'è puzza di piedi!", e per questo s'era preso un cazzotto.

Per non dire di quando gli si calpestava l'unico

piede che aveva: Oban diventava una belva e ti faceva inseguire dalla sua stampella.

In genere, comunque, era una persona abbastanza simpatica.

- Due scarpe sinistre... - sorrise Pervinca - è geniale.

Il calzolaio disse a Babù di tornare il giorno dopo, per fare la prova.

- E dopodomani, se tutto va bene, te li porti a casa. Nel frattempo, passo leggero, e se puoi tieni i piedi sollevati da terra! - le consigliò, mentre uscivamo dalla bottega.

Lei sorrise e annuì.

VENTINOVE

Dispersi in Mare
LA BURRASCA

"Cose che mi hanno sempre spaventato a Fairy Oak - I rumori forti e improvvisi, i millepiedi, i coperchi che saltano via dalle pentole, gli oggetti che spariscono senza che un incantesimo li abbia fatti sparire, certe pustole rosse, gli incubi di Pervinca, il grido di un bambino, le burrasche..."

Avevamo appena superato l'arco che introduceva in via degli Orchi Bassi, quando udimmo dei passi sopraggiungere di corsa, alle nostre spalle. Qualcuno correva e presto ci raggiunse.

- Ciao, dove andate? - chiese Grisam voltandosi e camminando per un po' all'indietro davanti a noi.

- A casa, e tu? - gli fece Pervinca.

- Da Scricciolo. Passo a prenderlo e poi usciamo in barca col Capitano.

- Con questo tempo?

Il ragazzo sorrise e fece spallucce.

Lui e Robin amavano andare in barca con Talbooth: il Capitano era un pescatore formidabile, il più abile dei marinai! C'era sempre qualcosa da imparare.

- FATE ATTENZIONE AI LUNGHITENTACOLI! - gli gridarono le ragazze ridendo, mentre Grisam correva via salutando.

- SE NE TROVO UNO VE LO PORTO! - rispose il ragazzo, già lontano.

- Novità? - chiese il signor Cicero aprendo la porta.

- Nessuna, caro - gli rispose mamma Dalia scrollando l'ombrello.

- Grisam e Scricciolo vanno a pesca col Capitano - lo informò Pervinca, togliendosi le scarpe bagnate.

- Escono adesso?

- Sì.

- Lo sanno che è in arrivo una burrasca?

- Non lo so.

- Vado ad avvisarli. - Cicero afferrò una mantella. - Torno subito.

Io volai a cercare Tomelilla. Sapevo già dove l'avrei trovata...

- Fatto tutto? - mi domandò, guardandomi da sopra gli occhialini a mezzaluna mentre entravo nella Stanza degli Incantesimi. - Butomus ha fatto i suoi soliti prodigi?

- Sì - dissi.

- Che scarpe ha voluto Babù?

- Stivaletti.

- Eh, già, ormai è una signorina. Chi è uscito?

La porta di casa aveva sbattuto.

- Il signor Cicero sta andando ad avvisare il Capitano che è in arrivo una burrasca.

- L'avevo detto io, il fuoco fa fumo... - si alzò e, aiutandosi con un ferro, allargò le braci nel caminetto, per far spegnere la fiamma. - E comunque ha fatto un viaggio a vuoto, non riuscirà a fermarlo - continuò Tomelilla, tornando alla scrivania e chiudendo il libro che stava leggendo. - Se Talbooth ha deciso di andare a pesca ci andrà, sparisse il mare dalla terra.

- Credo che il signor Cicero fosse preoccupato per i ragazzi - dissi. - Grisam e il giovane Windflower sono con il Capitano.

- Ah, be', allora è diverso. Vieni, andiamo di sopra.

Il tempo era molto peggiorato. Di colpo s'era alzato un gran vento e una coltre di nubi copriva la Valle. Sembrava fosse calata la notte e, infatti, Dalia e le ragazze stavano accendendo i candelabri.

- Se papà non è arrivato in tempo, e quei tre sono in balia delle onde, andiamo noi a cercarli? - chiese Vì, posando un lume sul tavolo della cucina. La luce ballerina delle candele animò ancora di più l'ombra degli alberi sui muri della stanza. Un'imposta sbatté, le finestre fischiavano...

- Non posso credere che William sia uscito con questo tempo - commentò Dalia preoccupata.

- Oh, è solo una normale tempesta - disse Tomelilla con un gesto della mano come per dire: "È una sciocchezza". - Fosse un altro giorno...

- Quale altro giorno? - chiese Dalia voltandosi a guardarla. - Cosa vuoi dire?

- Che è solo vento e pioggia! Cicero l'aveva prevista, no? E, poi, che giorno è oggi? Il diciotto di giugno, giusto? Non è... insomma... cioè, se fosse... un altro giorno, allora potremmo preoccuparci, ma è il diciotto, e dunque questo non può essere che un banale fenomeno climatico, no?

- Hai di nuovo bevuto uno dei tuoi esperimenti, Lillà? - domandò mamma Dalia, rivolgendo alla sorella uno sguardo più scrupoloso. - Uhm... forse non dovremmo lasciarti là sotto tanto tempo da sola.

- Scommetto che sono già in alto mare! - la interruppe Pervinca, invitandoci a guardare fuori dalla finestra. - Vedete quanta gente sta correndo al porto? Secondo me sono i soccorsi.

In quel momento qualcuno bussò.

- Vado io! - esclamò Vaniglia correndo alla porta. - Magari sono loro.

Invece era la signora Marta, la mamma di Grisam.

- La barca di Talbooth non c'è e Grisam e Robin sono con lui! - raccontò disperata.

- Lo so - disse Dalia. - Vieni dentro. Sei tutta bagnata, togliti dalla pioggia.

- No, no, torno al porto, Vic e Duff sono là e altri stanno arrivando... abbiamo bisogno di torce. Voi ne avete?

- Certo. Aspetta, veniamo con te.

- E noi? - chiese Pervinca.

- Voi state qui! - rispose zia Tomelilla uscendo e chiudendo la porta.

Quando un pescatore si perdeva in mare, gli abitanti di Fairy Oak accendevano fuochi sui promontori, e si disponevano lungo la costa, reggendo torce e suonando campanacci per segnalare la via di casa ai dispersi. Non erano situazioni adatte ai bambini, anche se per loro, tutta quell'agitazione, i fuochi, le grida, potevano sembrare una bella avventura.

- Io non voglio perdermela! - disse Vì, correndo verso lo studio di Cicero.

Vaniglia seguì sua sorella. Ma quando la vide aprire l'armadio "Privato-state-alla-larga!" di loro padre, sollevò le sopracciglia preoccupata.

TRENTA

Occhi nel Buio

IL RACCONTO DI PERVINCA

"Guardandola da fuori, si sarebbe detta una casa a tre piani, ma una volta dentro era tutto un saliscendi di gradini e scalette scricchiolanti. Un vero labirinto! C'erano nove stanze, ma parevano cento. Comunicavano tutte attraverso un complicato sistema di porte, scale e corridoi, e nessuna era sullo stesso livello..."

- Non puoi toccare lì dentro! - esclamò sottovoce Babù. - Papà non vuole!

- Prendo solo il cannocchiale - rispose Pervinca spostando, con cautela, i delicati strumenti da meteorologo del signor Cicero. - Papà ha detto che posso usarlo anche quando lui non c'è.

- Sì, ma solo se non è dentro a quell'armadio. Se scopre che l'hai aperto, si arrabbia con te, con me e anche con Felì, e finiamo tutte e tre in castigo per colpa tua, Vì!

- Se state zitte, non lo scoprirà. Aiutami, piuttosto, reggi questo...

Con il cannocchiale stretto fra le mani, le ragazze fecero di corsa le scale fino alla torretta.

Lassù non c'era altro che una grande stanza vuota. Un tempo era stata una piccionaia, poi lo studio di un avo della famiglia dei Sentieri, un ripostiglio, e adesso era "la torretta", da cui si godeva una vista fantastica. Tutti e quattro i lati, infatti, avevano grandi vetrate che permettevano di ammirare la Valle a trecentosessanta gradi.

Purtroppo, quel giorno, con la pioggia, i vetri bagnati e le nubi basse, non si vedevano neppure gli alberi del nostro giardino. Pervinca puntò lo stesso il cannocchiale verso il porto.

- Vedi qualcosa? - le chiese Vaniglia, lasciandosi cadere su dei vecchi materassi, impilati al centro della stanza. Una nuvola di polvere si sollevò intorno a lei. - Uuuh... - fece la ragazzina, alzandosi e tossendo.

- Fossi in te non mi ci sdraierei - le dissi. - Se vuoi siediti, ma non saltarci sopra.

Né io né lei riuscivamo ad appassionarci al piano di Pervinca: fuori non si vedeva niente, la torretta era esposta al vento e il rumore era assordante. Per non parlare dei tuoni, che facevano tremare i vetri.

- Torniamo giù? - disse Vaniglia. - Non mi piace stare qui con questo tempo.

- No, aspetta - le rispose sua sorella - hanno acceso dei fuochi.

- Davvero? Come fai a saperlo? - Ci avvicinammo alla finestra e Babù schiacciò il naso contro il vetro. - Dici quei luccichini laggiù? - S'intravedeva appena il barlume incerto delle fiamme. - Se li hanno accesi, significa che il Capitano si è perso in mare con Grisam e Robin. Poverini, chissà che paura...

- Grisam e Robin avranno paura - disse Pervinca - il Capitano non ha paura di niente. Zio Duff sta distribuendo torce e campanacci a un po' di gente... tra un po' forse sentiremo il rumore.

- Mi prendi in giro? - fece Babù a sua sorella. - Dove lo vedi il signor Duff?

- Laggiù, al porto...

- Posso guardare un momento?

Pervinca passò il cannocchiale a Vaniglia.

- Ah, lo sapevo, ci prendi in giro, non si vede niente di niente!

- Tu non vedi niente, Babù. Io ci vedo benissimo.

In quell'istante giunse, lontanissimo, il suono dei campanacci... *dlon... dlon... dlon...* Vì si riprese il cannocchiale.

- C'è anche la mamma di Robin, che parla con nostra mamma... - disse.

- E, accanto a loro, zia Tomelilla balla la danza del sole? - chiese Babù.

- No, è seria e parla con mago Duff. Adesso si è avvicinata anche la signora Marta, sembra che stia piangendo.

- Davvero riesci a vedere chi c'è al porto? - chiesi io.

- Certo! La signora Windflower, per esempio, stringe qualcosa tra le mani, sembra la casacca che Scricciolo aveva ieri a scuola, e parla con il signor McDale e altri che non vedo bene. Ha una faccia, poverina...

Quelle descrizioni non sembravano uno scherzo: Robin non sapeva nuotare molto bene ed era possibile che sua mamma lo stesse dicendo agli uomini che erano accorsi al porto. Robin era il suo unico figlio, il fratellino non era riuscito a nascere, e da allora lei si era attaccata ancora di più a quel primo, minutissimo bambino.

Da come l'aveva descritta Pervinca, doveva avere il volto segnato dall'angoscia, mentre stringeva al petto la casacca di Robin, implorando perché lo salvassero. Non erano cose su cui si potesse scherzare, Pervinca non lo avrebbe mai fatto.

- C'è una lunga fila di persone sui sentieri che portano alle coste: reggono torce e campanacci. Ci sono anche tre... no, quattro albatri... cinque! Chissà se sono veri o se sono i nostri trasformati?

- Cosa fanno? - chiese Babù.

- Volano, da una parte all'altra della baia. Uno si è allontanato di più ed è andato oltre Capo Rosmarino.

Guardai fuori, con la speranza di intuire anche solo l'ombra degli eventi che Vì descriveva con tanta precisione. Ma era buio e la pioggia creava un muro impenetrabile. Com'era possibile che lei riuscisse a vedere oltre il buio, oltre la pioggia e la tempesta?

Le ricerche e i richiami andarono avanti per due ore. Pervinca ci raccontò che gli albatri andavano e venivano senza sosta, e che gli uomini e le donne agitavano le torce in cima ai muraglioni. Per un istante ci giunse anche l'odore acre dell'olio che bruciava.

Finché...

- VÌ! BABÙ! - gridò qualcuno vicino alla casa.

- Viene dal giardino! - esclamò Pervinca, abbassando di colpo il cannocchiale.

- SONO GRISAM! E ROBIN! Cosa fanno qui???

- Andiamo giù, presto! - disse Vaniglia.

Quando aprimmo la porta ci trovammo davanti i due ragazzi, bagnati fino alle ossa.

- I miei genitori sono qui? - chiese Grisam barbellando. - Dove sono finiti tutti? Il villaggio sembra deserto.

- Sono a cercare voi! - gli rispose Pervinca. - Vi credono dispersi in mare con il Capitano. Dov'eravate?

- Al... al faro - rispose Scricciolo.

- Vi conviene farvi vedere subito dai vostri genitori! - suggerì Vaniglia.

- Vi accompagniamo! - fece Pervinca.

- NO! - esclamai. - Avete sentito vostra zia, dobbiamo aspettare a casa!

- Ma, Felì...

Per fortuna Grisam mi diede ragione.

- Ci siamo già noi nei guai, meglio se non vi ci mettete anche voi - disse. - Ci vediamo domani... spero.

Corsero giù per la via che conduceva al mare, e presto sparirono nella pioggia.

Il resto ce lo raccontò Pervinca, che subito era tornata a guardare dentro al cannocchiale.

- McMike li ha visti! - ci disse. - Mi sa che li ha presi per un miraggio, è lì che fissa Robin e Grisam e non fa niente. Adesso corre a suonare la campanella... - Pervinca ci fece segno di tendere l'orecchio. - Sentite?

Suonava all'impazzata.

- È arrivato anche il Capitano! - esclamò Vì. - È a piedi e completamente zuppo. Ecco, sta arrivando di corsa la mamma di Robin! E anche la signora Marta! Uuuh, che abbracci... I papà, invece, sembrano meno allegri... Ahi, Robin s'è preso uno scappellotto. E ora... mi sa che il signor Windflower ha qualcosa da dire anche al Capitano, cammina verso di lui con l'aria del toro imbufalito... Adesso s'è messo di mezzo il Sindaco, sembra che non voglia lasciarli litigare.

- Il Capitano cosa fa?

- Niente. È serio, tranquillo. Però lo vedo e non lo vedo, perché è circondato dagli altri... Mamma mia, il padre di Scricciolo è davvero arrabbiato, grida, gesticola... Ora Robin gli sta dicendo qualcosa, anche Grisam gli sta parlando...

Vì rimase in silenzio alcuni istanti a osservare.

- Allora?

- Boh, è strano, il signor Windflower adesso sta stringendo la mano a Talbooth.

Pochi minuti più tardi, Tomelilla, Dalia e Cicero confermarono ogni parola. Il padre di Robin aveva rimproverato il Capitano d'aver messo in pericolo la vita dei ragazzi, e quando Grisam e Scricciolo gli avevano spiegato che in barca, loro, non c'erano neppure saliti, perché Talbooth non li aveva aspettati, e che invece erano stati al faro a vedere le onde infrangersi, il signor Windflower s'era scusato.

- Io ho visto il Capitano arrivare a piedi, dal sentiero dei boschi - riferì Pervinca.

- È così, infatti - disse Cicero.

Il papà delle gemelle raccontò che uno degli albatri, lo stesso che Pervinca aveva visto allontanarsi più degli altri, aveva trovato la barca ormeggiata in una baia, ma senza l'equipaggio. Tornato al porto per riferire, s'era trovato davanti i ragazzi sani e salvi e il Capitano. "Oh, ciao, Talbooth" gli aveva detto mago Duff, stupito, riprendendo il proprio aspetto. "Che fai qui? La tua barca è dietro Capo Rosmarino."

"Lo so, grazie" aveva risposto lui. "Ce l'ho ormeggiata io quando è salito il mare."

- Perciò gli albatri erano Magici trasformati... - disse Pervinca - l'avevo capito da come volavano.

- Perché il Capitano non ha aspettato Robin e Grisam, se avevano appuntamento con lui? - chiese

Babù.

- Perché pioveva e faceva freddo - fu la risposta di mamma Dalia. - E William non è incosciente come tutti pensano. Avete fame? Immagino di sì, visto che abbiamo saltato il pranzo. Mettetevi a tavola, fra dieci minuti si mangia.

- Tutto è bene quel che finisce bene, allora - disse Vì accomodandosi.

- È vero - rispose suo padre. - Rimane solo un aspetto di questa faccenda che ancora non è chiaro.

- Davvero? E quale? - chiese la ragazzina incuriosita.

- Come avete fatto voi a vedere il Capitano che rientrava e gli albatri che volavano, se eravate chiuse in casa. Strano, no?

Pervinca deglutì, Babù fece finta di avere un attacco di tosse, e io...

- Io vado ad aggiornare il mio diario! - dissi volando via di corsa. Lo feci sul serio, scrissi sul diario i fatti di quel giorno. La prima cosa che annotai fu: "*Pervinca ha una vista eccezionale*". La seconda: "*Il signor Cicero ha scoperto che abbiamo aperto il suo armadio privato*".

TRENTUNO

Singultus Trasmittibilis

IL SINGHIOZZO DI PRIMULA

"Strega Primula Pull da ieri ha un singhiozzo terribile. La poverina è tormentata da singulti fragorosi che le tolgono il fiato, e il Capitano ha perso il suo penultimo dente."

A mezzanotte raggiunsi Tomelilla nella serra.

- Piove e tira ancora forte il vento, è un buon segno, un buon segno... - stava dicendo la strega a voce alta, passeggiando tra le pareti di vetro, spazzate dalla tempesta. - Oh, ciao, Felì. Le ragazze dormono?

- Sì - risposi. - Il signor Cicero le ha spedite in camera subito dopo cena, e per domani siamo tutt'e tre in castigo, credo. Sapete, per via del fatto che abbiamo toccato i suoi strumenti.

- Oh, sì, volevo parlarti anche di questo: una faccenda disdicevole, Felì! - disse lei. - Bisogna che tu cominci a farti valere. Vegli sulle bambine e sei brava, ma ti manca l'autorità, non riesci a farti ubbidire. Non va bene, Felì. Le gemelle devono imparare a portarti rispetto, e glielo devi insegnare tu.

- Come? - chiesi.

- Fai pratica, esercitati!

- Come?

- Come, come, come... Il cane-pastore dei Grim riesce a farsi ubbidire tutti i giorni dalle sue pecore: possibile che una fata non riesca a farsi ascoltare da delle bambine?

Il paragone era un po' duro da digerire, ma certo rendeva l'idea. E, tuttavia, una certezza l'avevo, e mi consolò un po' dei miei insuccessi: nessuna di quelle pecore aveva la testa dura di Pervinca.

- Sapevate che Vì ha una vista eccezionale? - dissi, cambiando del tutto discorso, ma solo perché sapevo di darle una bella notizia.

- Pervinca... - mormorò Tomelilla - era lei, vero, a seguire gli eventi col cannocchiale?

- Io e Babù ci abbiamo provato, ma non vedevamo proprio niente, solo pioggia e nebbia. Per Vì, invece, era come fosse stato pieno giorno e ci fosse stato il sole. Al principio ho pensato che inventasse, ma poi, le cose che diceva...

- Sembra che Pervinca abbia tutte le carte in regola per diventare una Strega del... - Tomelilla scosse la testa - bah - fece - è talmente assurdo, non so neppure perché ci ho pensato.

- A cosa?

- Niente, niente, Felì, dico cose senza senso. Piuttosto, sai che l'ultimo dente di Vì ha bucato la gengiva? Siamo quasi alla fine, qualche settimana ancora e addio magia. Non voglio pensarci...

- Desiderate che vi descriva la loro giornata?

Tomelilla sospirò.

- Perché, è successo qualcosa di insolito?

- Veramente no, però io potrei sottovalutare dei dettagli che voi, invece, potreste trovare interessanti. Comincio?

- Comincia, cara Felì, comincia.

Aprii il mio diario e iniziai a leggere gli appunti della giornata:

Il Capitano ha perso il suo penultimo dente e il singhiozzo della signora Primula si ode ormai a diversi metri di distanza.

- Oh, già, c'è anche quel fatto... - ricordò Tomelilla turbata. - Vedi che facciamo bene a tenere un diario, Felì? Tanti pensieri e si finisce per dimenticare i fatti più importanti. Questo, per esempio, è molto importante. Bisognerebbe dar qualcosa a quell'infelice...

- Non credevo che il Capitano ci tenesse - ammisi commossa. - Se permettete, sarei felice di occuparmene personalmente: un soldino basta o le persone più anziane si aspettano qualcosa di più, sotto il cuscino?

- Di cosa stai parlando, Felì?

- Del Capitano - dissi - e voi?

- Di Primula Pull.

- Aaah, dicevo io che era strano che un uomo come il Capitano aspettasse ancora il topino dei denti.

- No no, Felì, io mi riferivo a Primula. Quella poverina sussulta da cinque giorni, e i suoi singulti sono sempre più potenti. Vorrei tanto che le passasse... - Tomelilla sospirò. - Prepariamo l'antidoto, e speriamo che serva.

- Esiste un antidoto anti-singhiozzo? - esclamai sorpresa. - Allora, perché strega Pull non l'ha ancora bevuto? Come siete saggia, Tomelilla, meno male che ci avete pensato voi. Glielo porterete già stasera?

Tomelilla mi fissò come se fossi stata una pianta rara.

- Sei tu o sono io? - chiese. - Perché stasera non ci capiamo. L'antidoto è per noi, Felì: certe forme di singhiozzo sono contagiose.

- Davvero? Non lo sapevo. Be', allora speriamo che questo non lo sia.

- Tutto il contrario! - fece la strega. - Speriamo che lo sia! Che si tratti di un bel caso di *Singultus trasmittibilis*, disturbo quanto mai raro, ma che svanisce entro una settimana?

- Perché mai dovrei sperare che si tratti di questo, Tomelilla? Avete visto in che stato versa la povera signora Pull, è un singhiozzo molto fastidioso.

- Oh, oh - fece la strega, fingendo di ridere - niente

a confronto di quello che succederà, se quel singhiozzo è quel che io temo. E se qualcuno, in questo villaggio, sapesse fare i conti, non sarei l'unica a preoccuparmi. Centoventuno, Felì! Centoventuno!

Di nuovo tornava quel numero.

- La Pessima Ricorrenza - dissi.

- Esatto.

- E quando sarebbe?

- Fra tre giorni.

- Urkablù! È alquantoassai presto, Tomelilla! Cosa dobbiamo aspettarci?

- Una festa per il Solstizio e troppe candeline sulla mia torta - disse lei. - Oppure la fine del mondo.

- State scherzando?

- Non tanto.

- L'evento previsto da Barbo... - mormorai. - È di questo che si tratta. Cosa pensate che accadrà?

- Mah - sospirò lei - potrebbe essere prematuro entrare nel dettaglio, adesso. Sebbene alcuni segni corrispondano, sono ancora confusi, due o tre fenomeni lasciano decisamente spazio al dubbio, e aggiungo, per fortuna! La lingua del topo dei Poppy, per esempio...

- Perché, cos'ha la lingua del topo dei Poppy?

Neppure sapevo che ce l'avessero, un topo.

- Si chiama Mr Berry - mi raccontò Tomelilla - e possiede un'insolita caratteristica: quando un grave pericolo minaccia questa Valle, la sua lingua diventa blu e lui la mostra a tutti, di continuo.

- Fantastico! - esclamai. - Allora andiamo a controllare subito!

- Già fatto.

- E...?

- È blu! - confermò Tomelilla.

- Co... come è blu?! - dissi. - Diamo l'allarme, avvisiamo tutti, fuggiamo!

- Fuggire non servirebbe a niente - spiegò la strega - e comunque la lingua di Mr Berry non è più affidabile come un tempo: Shirley gli ha fatto conoscere le caramelle ai mirtilli e lui ora ne va ghiotto.

- Non capisco.

- Le caramelle ai mirtilli colorano la bocca di blu, Felì, tutti i bambini lo sanno.

- Vì e Babù non le mangiano - risposi.

- Perché contengono troppo zucchero che fa male ai loro denti.

- Cosa facciamo, Tomelilla? - chiesi in preda all'ansia.

- Aspettiamo - rispose lei sorridendo per tranquillizzarmi. - E, nel frattempo, prepariamo l'antidoto anti *Singultus trasmittibilis*: non vogliamo passare una settimana a sobbalzare, giusto?!

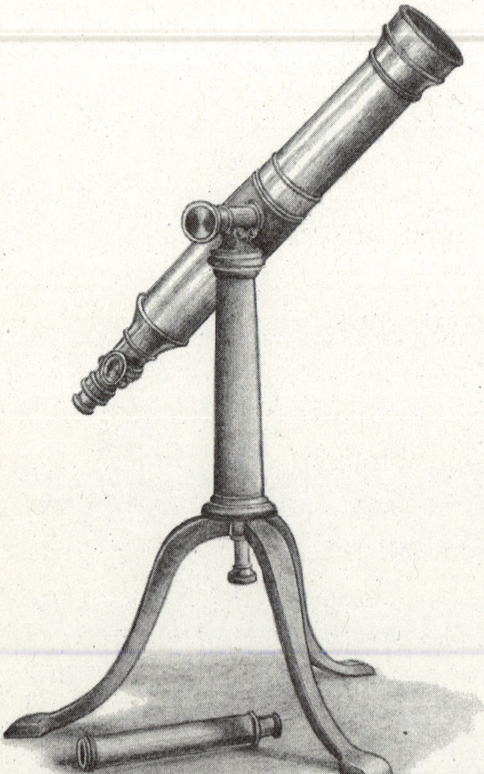

TRENTADUE

Una Giornata Speciale

L'ALLARME BLU MIRTILLO

"I dolcetti preferiti di Vaniglia erano gli spumoni alla fragola, mentre quelli di Pervinca erano le frittelle al cioccolato che, guarda caso, piacevano anche a Grisam Burdock. Quando Babù lo scoprì fu un po' gelosa di quella piccola passione che univa sua sorella al giovane più adorabile del villaggio..."

Due giorni dopo, madama Primula aveva ancora il singhiozzo. Eppure l'unica a preoccuparsene era Tomelilla. Intendiamoci, al villaggio erano dispiaciuti per la povera signora, e facevano a gara per darle consigli: "Bevi questo, bevi quello, stai a testa in giù, smetti di respirare, recita una filastrocca, starnutisci, guarda la luce...", ma nessuno vagava mormorando di temibili presagi e pessime ricorrenze, come faceva la mia strega. A me, la calma degli altri cittadini faceva bene e la trovavo contagiosa, più del *Singultus*, che ancora non aveva contagiato nessuno.

Povera signora Pull, peggio di lei stava solo il tempo: non faceva che piovere!

Quel mattino, che era il venti di giugno, non pioveva ancora, ma minacciava di farlo: le ragazze si vestirono e alle sette e mezzo scesero in cucina per fare colazione. Mentre inzuppavano la torta di rose nel caffellatte, mamma Dalia fece loro le solite raccomandazioni più una...

- Prendete gli inviti per la festa di compleanno di zia Tomelilla e distribuiteli con discrezione - disse. - Non vogliamo che venga tutto il villaggio, giusto?

La festa per il suo compleanno aveva reso Tomelilla ancora più nervosa. Non amava essere al centro dell'attenzione, soprattutto di "troppa" attenzione.

- Stiamo invitando troppa gente - aveva detto la sera prima, mentre, con Dalia, scrivevano i biglietti d'invito. - Troppa gente troppe chiacchiere, la solita gente le solite chiacchiere! Almeno inviamo biglietti magici, leggibili solo da chi è invitato, ma pronti a sparire in mano ai curiosi e agli impiccioni.

- Oh, Lillà, non è da te un simile pensiero - le aveva risposto mamma Dalia. - Biglietti scritti con inchiostro trasparente, sembrerebbe uno scherzo di bambini. Io penso, invece, che dovrebbero essere inviti eleganti e tradizionali, come si conviene a una signora che sta per compiere...

- Va bene, va bene - l'aveva interrotta Tomelilla - facciamo come vuoi tu, basta che ci togliamo presto questo fastidio. Ho altro a cui pensare...

"Altro" era, anzi, erano, un sacco di cose: la Pessima

Ricorrenza, il singhiozzo di madama Primula, la lingua blu del topo di Shirley, le parole di mago Barbo e i dentini premolari di Vì e di Babù. Davvero tanti pensieri per una strega sola, seppure molto saggia ed esperta come Tomelilla.

Alle otto era già chiusa nella Stanza degli Incantesimi, mentre noi uscivamo per andare a scuola.

- *Brrr*, che freddo che fa - rabbrividì Vaniglia sotto la mantella. - Sembra gennaio, non giugno!

- No, basta pioggia - protestò Pervinca - non ne posso più.

In quel momento ci giunse la voce del Capitano, e poco dopo lo incontrammo.

- Voi due, dove state scarrocciando? - chiese burbero alle ragazze. Era il suo modo di scherzare: sapeva di incutere un po' di timore, con quella sua vociona da corvo e la faccia cotta dal sole. E i ragazzi sapevano che a lui piaceva spaventarli.

- A scuola! - gli rispose Vì, piantata sulle gambe con i pugni sui fianchi. Lui rise, fece una battuta e poi ci salutò.

A parte il clima freddo e umidino, la gente era allegra e tranquilla, e la Piazza, quando arrivammo, brulicava di bambini e di ragazzi che giocavano, aspettando l'ultimo momento per correre a scuola.

Dopo aver fatto un salto nella Bottega delle Delicatezze dei signori Burdock, per comprare i dolcetti della signora Marta, attraversammo la Piazza.

Fu allora che la vedemmo: giocava da sola al castello di gesso davanti alla Bottega dei Ricami, una ragazzina dell'età delle gemelle, con una grande massa di capelli rossi e vaporosi, il viso coperto di lentiggini e gli occhi neri come due bottoni di liquirizia. Era la seconda o la terza volta che la notavamo, e come nelle occasioni precedenti, un cane l'accompagnava. Sembrava lo stesso che avevo visto anni prima, seduto sul muretto della vecchia casa dei Poppy, il giorno in cui madama Aberdeen era sparita.

Sulla spalla della sconosciuta, invece, c'era un animaletto più piccolo, un... topo!

«Il topo dei Poppy!» esclamai dentro di me.

Anche lui era sul muretto, quel triste giorno, col cane e la gru! D'istinto alzai gli occhi verso il cielo, la gru non c'era. Quando riabbassai lo sguardo, Babù camminava verso la ragazzina.

Shirley, adesso ero sicura che fosse lei, e Quercia ce lo confermò, saltò ancora per un po' nel percorso disegnato per terra col gesso, poi passò i sassolini a Vaniglia e la invitò a giocare.

Le due bambine scambiarono poche parole, Babù compì il suo percorso nello schema, e quando l'ebbe completato l'insolito trio, che fino a quel momento aveva assistito in silenzio, applaudì ed esultò.

- Hai visto, Mr Berry? - disse Shirley Poppy al topolino. - Adesso tocca a te.

Mr Berry si guardò la lingua e poi la mostrò a lei.

- È blu! - esclamò Vaniglia ridendo.

«È blu!» mi spaventai io.

- È goloso di zuccherini al mirtillo - spiegò Shirley - ne divora scatole intere e poi non si dà pace d'aver la lingua blu.

- È originale! - decretò Babù.

«È ambiguo!» pensai io. «Non si potrebbe lavargli la bocca un momento?»

Le due bambine si piacquero immensamente, ed entrambe vollero sapere subito tutto l'una dell'altra: Shirley raccontò della sua mamma, e del timore che aveva del mare; Vaniglia le confidò la sua passione per le matite e per le mareggiate e invitò Shirley alla festa di zia Tomelilla.

- È domani - le disse. - Vieni?

- Davvero potrei? - chiese elettrizzata la ragazzina. - Ma è fantastico, non è fantastico, Mr Berry? - E per ringraziare Vaniglia le diede un bacio sulla guancia.

Mentre correvamo verso la scuola, in ritardo di mezz'ora, le sorelle ammisero di essere rimaste un po' stupite dalla reazione di Shirley: al suo posto, loro avrebbero preferito, di gran lunga, andare alla spiaggia di Arran, dove ci sarebbe stata la Festa del Solstizio d'Estate, quella a cui andavano tutti, con danze, musica, incantesimi scintillanti e falò altissimi, piuttosto che al compleanno di un'anziana signora.

- Be', io sono contenta che abbia accettato, è simpatica! - disse Vaniglia.

- Vedrai che dopo domani sera non la vedremo più - borbottò Pervinca. - Non ci perdonerà mai d'averla invitata a una noiosa festa di adulti.

Se solo avessimo saputo... Mancavano trentasei ore e mezza esatte al nostro epocale "appuntamento col destino", e noi, del tutto ignare, discutevamo ancora di feste e di noia.

Due giorni dopo nulla sarebbe stato più lo stesso. Qualcosa cambiò quella sera stessa...

TRENTATRÉ

Un Fatto Insolito

LA VIGILIA DELLA GUERRA

"Le parole più belle che ho imparato a Fairy Oak - Amica, fatina, torta, topino, prezzemolo, veliero, zucchero, treccia, cioccolato, grembiule, scricciolo..."

A mezzanotte, Tomelilla mi assalì con la solita domanda.

- Allora, Felì? Oggi hanno fatto qualche magia?

- No - dissi. - Niente d'insolito, mi dispiace.

Non era vero. Una cosa era successa, anzi, accadeva già da un po'. Se solo fossi stata più esperta, o avessi fatto tesoro degli insegnamenti di Tomelilla: "*...Tutto può essere importante, come parlano, come osservano le cose, come muovono le mani o chiudono gli occhi, come camminano... Le bimbe, a differenza dei maschietti, tendono ad avere un passo particolarmente leggero quando sono lì lì per volare, e posano appena il tallone quando hanno imparato... osservale, Felì, osservale e riferisci*"... Lei l'aveva detto, volare era un fatto insolito per una bambina, anche a Fairy Oak. L'avevo dimenticato.

Babù volava da quando aveva otto anni. Lo avevo scritto nel diario, purtroppo Tomelilla aveva smesso di leggerlo, contando sul fatto che se fosse accaduto qualcosa di veramente "insolito" glielo avrei detto.

Quella notte mi sfuggì nel bel mezzo del racconto, come fosse stata la cosa più naturale del mondo, perché per una fata volare è naturale. Così, mentre le dicevo che Vaniglia non aveva udito la sveglia, che Vì le aveva tirato una cuscinata, che mamma Dalia aveva urlato "Alzatevi!", che a quel punto Babù si era alzata, aggiunsi anche che...

- ...è volata fino alle pantofole ed è andata in bagno. - Così dissi.

Per lo stupore, Tomelilla lasciò cadere un vaso per terra.

- E Pervinca? - mi chiese, senza nemmeno badare alla pianta che c'era dentro.

No, Pervinca non aveva mai volato, di questo ero certissima. La mia parola, tuttavia, non bastò a rassicurarla.

- Sefelicetusaraidirmelovorrai - mi disse seria - a scanso di equivoci, prima di raccontare qualunque altra cosa, vai nello studio e leggi millecinquecento volte il significato di "Niente" e di "Insolito".

Poi però aggiunse anche che era colpa sua, che si era dimenticata di farmi quella lezione sui sintomi della magia nei bambini.

- Ci sono tante cose che ancora non ti ho detto.

Adesso era angosciata per Pervinca. Non dava segni di magia e, se non fosse mai diventata una strega, le cose si sarebbero messe molto male, per tutti. Una bambina Magica e una bambina Nonmagica, infatti, non possono essere allevate sotto lo stesso tetto. Streghe e maghi ricevono un'educazione speciale, diversa da quella dei bambini Senza Poteri. Per assicurare che riti, incantesimi, magie restino segreti, il Codice Stregonesco vieta che due bambini siano allevati sotto lo stesso tetto, se uno dei due non possiede poteri magici.

- Tocca alle zie educare le nipotine - mi ricordò Tomelilla sottovoce, come se qualcuno avesse potuto ascoltarci - riesci a immaginare cosa accadrebbe se io e Babù dovessimo allontanarci?

Mi sentii svenire.

Quella notte non chiusi occhio, rilessi il diario, tutto, dalla prima all'ultima pagina, in cerca di un indizio, qualcosa che avessi trascurato, che potesse rivelare il segno della magia in Pervinca. Mi girai e rigirai nel letto, ripercorrendo ogni istante di quegli ultimi tre, quattro anni, ma non trovai niente.

TRENTAQUATTRO

Il Segreto delle Gemelle

IL TOCCO DI SHIRLEY

"C'è qualcosa di strano nell'aria, e non è solo questa pioggia che non ci dà pace. Tomelilla vaga inquieta, mormorando di segnali inequivocabili e orribili ricorrenze. Non può riferirsi al suo compleanno, e neppure al Solstizio d'Estate. Cosa teme la mia strega?..."

Il giorno dopo, all'alba, volai a informare mamma Dalia e Cicero che la loro bambina più piccola - di dodici ore, ma era pur sempre la più giovane - sapeva volare. Ne furono lieti e mi ringraziarono per averglielo detto.

- Non che fosse indispensabile - mi spiegò mamma Dalia - ma è una bella cosa per lei, essere una Strega della luce, come sua zia e tutte le antenate prima di lei. Tomelilla sarà soddisfatta.

Che la figlia maggiore non desse segni di magia non li preoccupava affatto.

- Vorrà dire che io e la mia Vì saremo gli unici Nonmagici di questa famiglia - fu il commento del signor Cicero.

Cominciò così l'ultimo giorno prima della guerra. L'ultima pagina di un capitolo della nostra vita che, dopo, non sarebbe stata più la stessa. Le ultime ore senza risposte alle domande che ci avevano accompagnato in quei dieci anni, da quando Barbo era comparso col suo carro nel giardino sotto l'olmo, l'ultimo giorno dell'olmo.

Il Nemico sferrò il suo attacco alle nove di sera, cioè alle ventuno. L'aria, tuttavia, aveva cominciato a tremare già prima, quando, nel pomeriggio, sulla Valle s'era scatenata la peggior tempesta degli ultimi centoventun anni. Mentre gli uomini combattevano per salvare gli animali e le barche, e Tomelilla proferiva parole magiche che, però, si rivelavano vane, un fulmine schiantò il vecchio albero. L'olmo secolare precipitò lentamente, trascinandosi dietro la sua chioma sontuosa e gli alberi intorno a lui. Un lento, straziante spezzarsi di rami, l'agonia di un gigante che, ferito a morte, resiste e barcolla, finché, rotta la sua solida vita, cede e si abbandona alla terra, diventando esso stesso ombra.

La prima vittima.

La seconda fu Pervinca: Barbo lo aveva previsto, l'evento epocale aveva avuto inizio con la sua nascita. Una macchia l'aveva resa subito diversa da sua sorella, un segno che aveva attirato l'attenzione del mago e quella del Nemico.

Qualcosa di eccezionale univa e separava le gemelle di Fairy Oak. La prima era facile: il sangue le univa. Ma cosa le separava? La risposta era giunta il primo giorno di guerra: Pervinca Periwinkle era una Strega del buio.

"Impossibile!" direte voi, la magia si eredita da un unico zio, o zia, e dunque non possono esistere fratelli con opposti poteri. E infatti non era mai successo prima! Eppure Barbo lo aveva sentito ed era corso ad avvertire Tomelilla. "*Qualcosa prende forma nell'ombra*" aveva detto "*e sta per sconvolgere il regolare scorrere del tempo!*" Quella cosa erano Vaniglia e Pervinca: identiche e opposte, le gemelle rappresentavano il simbolo vivente dell'Antica Alleanza fra Luce e Buio, l'equilibrio perfetto che assicura la vita e l'armonia. Due facce della stessa medaglia, che il Signore del Male attendeva da centoventuno anni, per dividerle. Solo spezzando l'Alleanza avrebbe finalmente regnato, re indisturbato, su tutte le terre, ridotte alle tenebre, devastate, distrutte, buie, come il suo animo. Questa era la ragione della guerra: il Nemico era tornato per incidere il legame, separare le gemelle, farle nemiche, conquistare l'anima buia di Pervinca e renderla regina di un regno senza luce... "*L'Alleanza... è destinata a finire poiché è stabilito: centoventun anni da oggi, uno di voi tradirà! Io lo aspetto, voi attendete la tempesta...*"

Avrebbe resistito la nostra Vì all'incanto del Buio? Vaniglia sarebbe riuscita a tenere viva la luce che indicava la via di casa, la casa dove c'era lei, l'altra metà di quel legame segreto e indissolubile, che è l'amore fraterno? Oppure c'era davvero un mostro in agguato, sotto la "macchia" di Pervinca?

Solo le gemelle potevano saperlo, e nelle loro giovani mani fu riposta ogni speranza di salvezza.

Non senza qualche aiuto: Tomelilla fu sempre presente, pronta ad aiutare, a sostenere e a credere nei loro giovani cuori, anche quando certi eventi misero a dura prova la fiducia e seminarono il panico nel villaggio; anche quando il dubbio del tradimento dilagò e s'insinuò negli animi, e la diffidenza, come erba maligna, si sostituì all'amicizia.

La Banda non le abbandonò mai. Il gruppo di amici che il Capitano aveva radunato intorno a sé, Grisam, Scricciolo, Acanti, Nepeta, Francis, Tommy, Celastro, sua sorella Cecilia, Sophie, la piccola Sophie Littlewalton, che a cinque anni seguiva gli altri nelle battaglie contro gli sgherri del Nemico, microscopica Nonmagica con un cuore da leonessa... Uniti, compatti, furono scudo e arco delle gemelle, rischiando la vita per loro, ogni giorno.

Infine lei, la bimba preziosa che Barbo Tagix aveva voluto conoscere e accogliere. La nuova creatura nata con quel destino speciale, e già segnato, che hanno coloro che ereditano l'Infinito Potere. Chi lo possiede è unico. E infatti nel mondo può esisterne solo uno alla volta.

Shirley lo aveva ereditato da sua mamma, caso quanto mai raro. Barbo aveva percepito il delicato passaggio ed era venuto a raccogliere l'ultimo saluto di Aberdeen, e la sua preghiera. "Veglia su di lei, potente Mago Errante" gli aveva chiesto prima di scomparire.

Shirley, Luce e Buio nella stessa persona, il nodo che unisce il giorno alla notte, e fa sì che l'uno segua l'altra all'infinito, il perno dell'orologio su cui girano, in tondo, le lancette, e segnano il tempo, il tocco sull'acqua che origina i cerchi, l'alito tra la morte e la vita... il suo destino incrociato con quello delle gemelle fin dal principio... "*...Un incredibile intreccio di destini...*" Anche questo aveva previsto il Mago.

Dopo la guerra, ogni cosa acquistò un senso, ogni domanda ebbe una risposta.

Ma non venne gratuitamente.

La terza vittima fu Fidiven.

Morì per salvare Flox. In silenzio, com'era vissuta, senza spettatori, nessuno che potesse cantare il suo coraggio. Dirle addio fu il gesto più difficile della mia vita.

Con lei se ne andò anche il Capitano. Non morì in battaglia, ma nel suo letto, solo e in silenzio, come la sua amica. Forse fu la vecchiaia a portarselo via, o forse William Talbooth aveva voluto andarsene per non vedere distrutta la terra intatta e armoniosa che lo aveva accolto, naufrago e senza memoria.

I suoi ragazzi gli furono accanto nell'ultimo viaggio, col cuore colmo di tristezza e melanconia, ma fieri d'averlo conosciuto, e grati a quell'uomo venuto dal mare per tutte le cose che aveva insegnato, per la fiducia che aveva sempre accordato, per i racconti con cui aveva fatto sognare ciascuno di loro.

Dopo la guerra nessuno di noi fu più lo stesso. La paura di morire, o di perdere qualcuno che si amava, la sfiducia, e il dolore per chi se n'era andato, si erano portati via qualcosa. Eravamo più fragili, più prudenti, in un certo senso più umili davanti alla vita.

Grazie a Barbo, a Shirley, a Fidiven, al Capitano, a Tomelilla, agli eroi di Fairy Oak, ai ragazzi della Banda, a Vaniglia e a Pervinca, eravamo anche un pochino migliori.

Inoltre, eravamo consapevoli di fatti che prima ignoravamo, e questo influiva sui nostri comportamenti, sulle relazioni, sulle abitudini. Barbo aveva visto giusto: Fairy Oak era cambiata.

Adesso, quando ci si incontrava, ci si salutava come fosse stata la prima volta dopo anni di lontananza.

Nei discorsi ricorreva spesso la speranza: "Speriamo che le ciliegie siano buone", "Spero che più tardi spunti il sole", "Spero che sarà una buona giornata". Nulla si dava per scontato, ogni bella cosa, anche un'ora di sole, era un regalo, ogni desiderio era espresso con verbi al condizionale: vorrei, mi piacerebbe, sarebbe bello se...

Non erano mai grandi pretese, e se i desideri non potevano essere esauditi, pazienza: essere vivi era già una bella cosa, sapere di far parte di una piccola, grande comunità, leale, unita e coraggiosa, era una dolce sicurezza, e tanto bastava.

Chi non c'era più, veniva ricordato nei discorsi, e nei pensieri. Agli eroi, della guerra e non solo, furono dedicate vie e piazze. Piazza della Fontanella diventò Piazzetta Fidiven, il porto acquistò il nome del Capitano e diventò Porto William Talbooth, e accolse, tra le baracche dei marinai, un museo dedicato a lui, che fu affidato ai giovani del villaggio.

I Poppy continuarono a vivere alla fattoria, e Shirley, nonostante l'invito della Preside Flumini a frequentare la Horace, preferì proseguire i suoi studi col professore che viveva nei boschi, vicino a casa sua. Eppure, molto era cambiato per lei: adesso aveva degli amici, che spesso andavano a trovarla, e con loro viveva avventure straordinarie.

Anche in casa nostra, le abitudini cambiarono: ora c'erano le lezioni di magia da frequentare, per le gemelle e per tutti i ragazzi e le ragazze che avevano rivelato di possedere poteri magici.

TRENTACINQUE

Incantevoli Incontri

MAGICHE LEZIONI

"Il primo giorno di lezione, ogni apprendista mago e ogni apprendista strega riceveva il 'Corredo di Magia', una valigetta con tutti gli strumenti utili a fare pratica. Quella delle gemelle era rossa e conteneva, fra le altre cose, un paio di piccole cesoie, guanti da giardinaggio, mussola pulita, un metro per misurare, una matita, sacchetti di stoffa di vari colori..."

Vì e Babù furono ammesse per la prima volta nella Stanza degli Incantesimi, dove Tomelilla e io, mettendo ordine nel secolare disordine, eravamo riuscite ad allestire una piccola aula, con qualche banco, delle sedie e una grande lavagna.

I maghi e le streghe di Fairy Oak preferivano avere piccole classi di cinque, sei studenti alla volta a cui insegnare, piuttosto che fare lezione solo ai propri nipoti: con gli amici vicini, infatti, i bambini non scalpitavano per terminare in fretta la lezione, e la loro concentrazione durava di più.

Ogni insegnante era specializzato in due, tre, a volte

anche cinque materie: da Tomelilla, gli amici delle gemelle vennero a imparare "Arte e segreti della trasfigurazione", "Botanica artistica", "Volo radente e decollo verticale", "Storia e leggi del popolo dei Magici" e, non da ultimo, "Geografia della Valle di Verdepiano: luoghi proibiti e angoli misteriosi".

Gli argomenti erano seri e molto interessanti, tuttavia ricordo diverse occasioni in cui ci capitò di ridere come matti.

Per esempio, quando Tomelilla insegnò ai ragazzi il "Decollo Soffice". A Vaniglia veniva naturale, si era librata in volo così, la prima volta che aveva volato, leggera come un soffione trasportato dal vento. Al contrario, Vì aveva piedi pesanti come macigni. Lo si capiva anche dal suo passo: *bum! bum! bum!* faceva salendo le scale. Lo stesso valeva per Grisam e Flox, e poiché erano tutti Magici del buio, e potevano volare solo di notte, Tomelilla spostò la lezione a dopo il tramonto.

Chiese ai ragazzi di levare banchi e sedie per creare un po' di spazio, poi disse loro di mettersi sull'attenti, a una distanza di circa due metri l'uno dall'altro...

- Braccia lungo i fianchi, pancia in dentro e mento alto - ordinò con voce calma. - Concentratevi. Ora allargate le braccia, chiudete gli occhi e... cominciate a girare... girare... girare... girare... su voi stessi.

Io e Babù li osservavamo da un angolo della Stanza.

- Non pensate a niente, sentitevi senza peso e

continuate, finché sentirete i piedi che si staccano da terra - spiegò la strega.

- Mi sto sollevando? - chiese Flox. - Sembro un soffione?

- *Ssst*... - le disse sottovoce Tomelilla. - Gira più piano e concentrati.

- E adesso? Si staccano i piedi da terra?

- Non ancora, Flox, abbi più pazienza e insisti...

- Il fatto è, strega Tomelilla, che mi sta venendo da vomitare. - Flox non aveva finito di parlare, che dall'altra parte ci giunse l'imprecazione di Pervinca.

- MA PORC... AHIA!

Era finita dentro a un pentolone di ghisa e c'era sparita dentro.

Grisam, dal canto suo, non andava molto meglio: il giovane sbandava per tutta la stanza, rovesciando sedie, libri e quant'altro.

- Credo sia meglio uscire - sospirò Tomelilla, afferrando Flox per le spalle, prima che fosse completamente verde dalla nausea, e fermando Grisam, che stava per cadere nello stesso pentolone di Pervinca.

Babù e io ridemmo tanto che il mattino dopo avevamo ancora il mal di pancia.

Per conoscere a fondo "Segreti e virtù delle piante aromatiche", o "Botanica commestibile", come la chiamava Grisam, tutti i ragazzi andavano a lezione dal mago Duff, che di erbe ne sapeva più di chiunque altro, anche più di Tomelilla.

Quando c'era lezione, Grisam, che a tredici anni e mezzo era un abile mago e, come suo zio, sapeva destreggiarsi tra infusi, decotti, tinture, succhi, sciroppi, cataplasmi, unguenti e frittatine, aspettava le gemelle sulla porta, con un ramo di rosmarino infilato dietro l'orecchio.

- Prima o poi finisce che ti arrostiscono con le patate - gli diceva sempre Pervinca, passandogli sui piedi.

Il loro rapporto era cambiato: durante la guerra, Grisam aveva trovato il tempo, e il coraggio, di dichiarare il suo amore a Vì, e Vì... gli aveva fatto l'onore di accettarlo. Erano innamorati, con buona pace di Babù. Anche lei aveva trovato l'amore.

Oh, al principio la scelta di Grisam l'aveva fatta soffrire molto, e d'altra parte non era mai stata sicura riguardo ai sentimenti del giovane, poteva anche essere che Grisam fosse in dubbio, che non sapesse scegliere fra lei e Vì. Ma Pervinca... Babù era certa che sua sorella sarebbe stata allergica a qualsiasi corteggiamento, che avrebbe gridato davanti a una dichiarazione d'amore, e che piuttosto di essere "la ragazza" di qualcuno, si sarebbe fatta chiudere nella torretta e avrebbe chiesto di buttare via la chiave. E aveva ragione. Pervinca era esattamente così: ogni vago discorso sull'amore, ogni riferimento ai batticuore, ai riti, alle smancerie, alle romanticherie da innamorati, le facevano storcere la faccia in smorfie di disgusto. Ma Grisam... be', Grisam era Grisam, e tra loro c'era sempre stato un sentimento speciale.

Un pomeriggio, poco dopo il primo attacco del Nemico, lui le aveva consegnato una scatolina rossa, con un bel nastro. Pervinca l'aveva aperta e un gioiellino era brillato davanti ai suoi occhi. Un anello piccolo, da ragazzina, romantico, ma non lezioso, semplice, leggero, adatto a lei, alla sua anima libera e ai suoi giochi vivaci e rocamboleschi.

E Vaniglia? Senza volerlo, aveva assistito, non vista, alla tenera promessa, e aveva sofferto. Così tanto da fuggire via. Senza pensare al pericolo, aveva lasciato il villaggio e da sola aveva camminato fino al faro e poi alla casa dei Poppy, e si era messa nei guai. Guai seri. Sulla strada del ritorno, infatti, aveva scoperto d'essere seguita, e s'era messa a correre, a correre, a correre a perdifiato...

Ah, se ripenso a quella notte, mi sento ancora tremare. Tomelilla, Cicero e io eravamo usciti a cercarla, mentre Vì piangeva disperata tra le braccia di Dalia.

Vaniglia intanto, correndo nel buio, era inciampata ed era rotolata giù per un dirupo, e quando si era rialzata, si era ritrovata tra le sagome delle lapidi dell'antico cimitero: uno dei luoghi più pericolosi della Valle, proibito ai ragazzi!

Terrorizzata, aveva ricominciato a correre. Ed era

stato allora che io l'avevo vista: fuggiva tra gli alberi, inseguita da ombre nere, urlanti e terribili. Per tutta la notte avevamo dovuto combattere contro quelle belve per salvarla. E quando finalmente l'avevamo riabbracciata e, sana e salva, l'avevamo riportata a casa, le due sorelle si erano strette l'una all'altra e non si erano lasciate più, fino al mattino.

Nel letto di Vì, si erano raccontate lo spavento che si erano prese, l'angoscia che avevano provato sentendosi divise e lontane, il dispiacere per aver litigato a causa di Grisam, e si erano giurate che, per il resto della vita, niente e nessuno le avrebbe più separate.

Nel giro di pochi giorni, il sentimento di Babù per Grisam era cambiato e si era trasformato in sincero affetto fraterno.

Qualche settimana dopo, il destino aveva portato Jim Burium a passare vicino al villaggio.

Scambiato per uno sgherro del Nemico, il bel viaggiatore, che veniva da lontano, era stato catturato e messo in prigione. Ma Jim non era un nemico, era un inventore. Presto aveva dimostrato le sue capacità e, nonostante la sua giovane età, era diventato uno dei più preziosi alleati del villaggio. La prima volta che aveva visto Vaniglia se n'era innamorato. E lei si era innamorata di lui, perdutamente. Ogni gesto dell'uno procurava nell'altro un'emozione: il modo di parlare, di muovere le mani, di camminare, di alzarsi, di sedersi. Condividevano idee e passioni... Per tutto il tempo che Jim era restato a Fairy Oak, i due ragazzi si erano cercati, e quando il loro sguardo si era incrociato erano arrossiti e si erano sorrisi.

Alla fine della guerra, Jim era partito, lasciando a Vaniglia una promessa. "Tornerò!" le aveva detto. "E noi due ci sposeremo!"

TRENTASEI

Passano i Mesi...

UNA BANDA DI AMICI

"La b di banda crebbe e diventò maiuscola subito dopo la morte del Capitano. I ragazzi decisero che ciò che il loro eroe aveva creato non poteva andare perduto. Lui li aveva uniti e aveva insegnato loro il valore e la forza della fiducia e della lealtà. Aveva creato una banda di amici, la più forte del mondo. E quando una banda è così forte merita una B bella grande!"

Prima di morire, il Capitano aveva fatto testamento, e a ciascuno dei suoi ragazzi aveva lasciato qualcosa di suo. A Pervinca aveva regalato dei disegni e alcuni quaderni con degli appunti.

Un giorno, sfogliandoli, la giovane strega trovò l'illustrazione di una mappa.

- E questa? - si chiese stupita. Girò il quaderno sottosopra, poi di nuovo al dritto... e di colpo le venne un'idea. Alzò lo sguardo e sorrise.

- Avventura! - esclamò entusiasta.

- Oh, nooo - mugolò la povera Babù disperata.

Non passava giorno in cui Pervinca non inventasse

qualcosa per distrarla dal pensiero di Jim. Di solito erano gite e avventure al limite della sopravvivenza.

"Buttati e non pensarci" le diceva, trascinandola in ogni genere di guaio, insieme con il resto della Banda.

E così erano sopravvissuti al salto della cascata, all'immersione nel fiume, trasformati in pesciolini, al bagno nel lago ghiacciato... Avevano partecipato a feste danzanti, i cui soli invitati, a parte loro, erano stati smilzi rastrelli e grassocci sacchi di lenticchie; avevano conosciuto, di persona, diverse e svariate creature dei boschi e del mondo sotto i boschi; avevano sfidato tempeste e mareggiate, e in un supremo atto di coraggio erano perfino entrati nell'austera Biblioteca del villaggio. Avevano dipinto l'autunno e seguito Flox nella sua fantasiosa teoria sui colori. E infine, per raccontare tante vicissitudini e mettere il naso in quelle degli altri, avevano fondato un giornale e lo avevano chiamato "La Gazzetta di Fairy Oak".

- Piantala di studiare, Babù, e vieni con me. Andiamo a cercare il tesoro! - fu la proposta di quel giorno.

- E se invece mi uccidessi qui, sul posto, senza fare tanta fatica? - suggerì Vaniglia ironica.

- Dopo, magari. Adesso dobbiamo seguire la mappa e trovare il tesoro del pirata.

- Quale pirata, Vì? Non ne ho voglia...

- C'è scritto qui, vedi? - Pervinca le mostrò la mappa. - "*Tesoro del pirata...*" il nome non si legge. Però dice: "*Se lo tenga chi lo trova, io non l'ho voluto!*" È la scrittura del Capitano.

- Quando l'hai trovato, fai un fischio che ti aiuto a portarlo a casa, va bene? - Vaniglia fece per tornare al suo studio, ma Pervinca, con un incantesimo, le chiuse il libro e lo mandò a infilarsi tra i tomi alti della libreria.

- EHI! - esclamò Babù.

- Ho detto che vieni con me! - disse la Strega del buio, afferrando sua sorella per un braccio. - Forza, che dobbiamo avvisare anche gli altri. Prendi la tua bussola, io ho già preso la mia.

La Banda, appena udita la notizia, si rifornì di pale e di rastrelli, e seguì Pervinca fuori dal villaggio.

- Allora, dove sarebbe questo tesoro? - chiese Francis Corbirock, con una pala sulla spalla.

- Qui - rispose Vì indicando la "x" sulla mappa.

- Lì... E io dove scavo?

- Non lo so.

Non avevano la minima idea di cosa fosse rappresentato su quella mappa, di quando fosse stata disegnata, dove e da chi... ma non era molto importante. Il gioco era credere che nella Valle ci fosse nascosto un tesoro, avere voglia di cercarlo e di vivere un'avventura, tutti insieme. Lo scopo di Vì, era distrarre sua sorella.

Interpretando i segni sulla mappa liberamente, a modo loro, scavarono e rastrellarono a casaccio, sotto un masso o dietro un albero; immaginando che lì fosse passato il pirata, seguirono sentieri tracciati dalle volpi e dai conigli; un ramo rotto era un segnale, tre pigne vicine un luogo dove scavare. Si divertirono e si stancarono; all'aria aperta, non visti, provarono incantesimi e combinarono pasticci. Mangiarono more e qualcuno si macchiò...

- Povera mamma, le dispiacerà - disse Scricciolo guardandosi la maglietta, mentre tornavano a casa.

- Ho un'idea! - disse Flox. - Ti faccio la magia *Nascondicose* e vedrai che le macchie spariranno.

- Sei sicura? - chiese Robin un po' preoccupato.

- Sììì, è facile, credo. Guarda, eh...

- NO! - esclamò Grisam.

Flox rimase con le mani sospese sopra Scricciolo che, raggomitolato, si riparava con le braccia.

- Potrebbe scomparire lui o, peggio, potresti trasformarlo in qualcosa di orribile! - spiegò Grisam.

- No, che io poi mi spavento - piagnucolò Cecilia.

Flox ritirò le mani e, con una faccetta buffa, fece intendere all'amico che le dispiaceva.

- Potrebbe avere ragione - ammise sussurrando.

Lui le sorrise e tirò un sospiro di sollievo.

- Consolati, Robin - disse Francis mostrandogli una suola - guarda cos'ho io nella scarpa...

- Urka, che buco! - esclamò Flox divertita. - Quelle

sì che ne hanno fatta di strada!

- Erano di mio padre, poi sono state di tutti i miei fratelli e ora sono mie!

- Se le vede Butomus, te le leva a forza - lo avvisò Pervinca.

- Come fai a camminave, non ti entvano i sassi? - gli chiese Acanti.

- Basta che faccia così... - Francis agitò il piede in aria e dalla scarpa uscì una pietrina. - Questo buco batte le tue macchie dieci a zero, bello mio - disse poi soddisfatto a Scricciolo, posando il piede per terra.

Fu a quel punto che a Celastro venne un'idea.

- Se fossimo tutti macchiati - disse - tua mamma non penserebbe più che sei l'unico bambino che va in giro con la maglietta sporca, giusto?

- Credo. Che hai in mente?

- Vedete quei rovi? Sono pieni di more calde e mature... - spiegò Celastro. Non servì che aggiungesse altro. Trascorsero il resto del pomeriggio a mangiare more intiepidite dal sole, a macchiarsi tutti e a ridere...

Quel giorno, Babù pensò un po' meno a Jim e un po' più ai suoi amici: finché ci fossero stati loro sarebbe stato facile distrarsi dai pensieri tristi.

L'ADDIO

Cinque Anni Dopo

TRENTASETTE

Il Volo Segreto

UN NUOVO MISTERO

"Se si dà un ordine a una fata, chiamandola col suo nome per intero, la si obbliga a ubbidire. Per questo noi fate scegliamo nomi lunghi e complicati, per dare tempo a chi ordina di pensare bene a quello che fa..."

- Felì, esci dal cassetto!
- NO!
- Sefelicetusaraidirmelovorrai, esci subito da quel cassetto o ti ci chiudo dentro per sempre!
- Esco perché me lo ordinate, però non è giusto obbligare una fata a ubbidire a un ordine crudele.
- Sei stata qui anche troppo, è ora che tu parta!

A quel punto del sogno, di solito, mi mettevo a piangere. E poi mi svegliavo d'umore tetrofunesto.

Più che un sogno, era un incubo, che mi perseguitava da quando le ragazze erano entrate nel quindicesimo anno d'età.

Quel mattino, mi svegliai di soprassalto, in tempo per udire la mia voce gridare ancora: "No, no, voglio restare!"

Per fortuna ero sola e nessuno mi sentì.

Mi alzai dal mio lettino di pane e feci un respiro profondo. Il barattolo che Tomelilla, al mio arrivo, mi aveva donato perché diventasse la mia casetta, da un po' aveva perso l'aroma della marmellata. Adesso, dentro e fuori dal barattolo, l'aria era la stessa, quella della stanza della ragazze, che sapeva di loro, di noi.

Provai a concentrarmi per ricordare gli odori dei primi anni: biscotti, latte, legno, quello delle culle, cotone, lavanda, coccole... Poi... matite, gomme, quaderni, libri, burro di cacao alla fragola, cuoio, quello delle scarpe e delle cartelle, l'abrotano per conservare la lana, giochi... Ora sentivo bucato fresco, sapone alle rose, alle violette, cipria, indipendenza...

Per ogni cosa a cui avevamo detto addio, un'altra era giunta a sostituirla. Quasi sempre.

Mi lavai con l'acqua fresca che tenevo dentro a un ditale da cucito, posato nel barattolo, e volai giù in cucina.

Sulle scale incontrai mamma Dalia, che scendeva anche lei, scalza e in vestaglia. Lo faceva solo la domenica e d'estate: non si vestiva, non subito, e camminava a piedi nudi per la casa e in giardino. A me piaceva vederla così: sapeva di gioventù, di libertà, di mamma e di vacanza.

Mentre scendeva le scale, si aggiustò i capelli. Una ciocca le sfuggì dalle forcine e io, che ero vicino, l'aiutai a sistemarla. In quel momento, nella soffice massa castana, vidi scintillare un filo d'argento: il primo capello grigio.

Sorrisi e sospirai.

- Le bambine sono uscite?

Dalia le chiamava ancora bambine.

- Sì - dissi.

- Hai fame?

Preparammo la colazione e, quando fu pronta, volai a chiamare Tomelilla. Avevo voglia di vederla, dopo quel sogno orribile in cui mi diceva di andare via...

Salendo, la scala diventava sempre più ripida e si stringeva. In quell'ultimo tratto, si fronteggiavano, appesi alle pareti, i ritratti delle famiglie dei Sentieri e Periwinkle. Uno di seguito all'altro, incastrati per forma e per misura, piccoli, grandi, orizzontali, verticali, con cornici chiare e scure, spesse e sottili, secondo la moda dei tempi. Tante immagini, e fra queste, Tomelilla ne aveva appese anche alcune mie, in varie situazioni: sola, con le bambine, con tutti loro... Ero molto affezionata a quei ritratti, erano lo specchio della mia vita a Fairy Oak, per questo m'accorsi subito che alcuni mancavano.

Giunta alla porta, in cima alle scale, bussai.

- Entra, cara - disse la voce dall'altra parte.

Un cassetto si chiuse e una sedia si spostò. Tomelilla era in piedi davanti allo scrittoio e stava chiudendo a chiave il vano delle lettere. Lasciò cadere la chiave nella tasca del grembiule e a quel punto si voltò.

- Buon giorno, Felì. Hai dormito bene?

- Abbastanza, grazie - dissi. - E voi?

- Oh, temo di non aver digerito bene lo sformato di zucchine. Era buono, ma forse un po' pesante per me, mi ha tenuto sveglia. Le ragazze sono a fare colazione?

- No, non sono ancora tornate.

- Le hai viste uscire?

- Sì.

- E ti hanno detto dove andavano?

- No, non ce n'era bisogno. Voi e io sappiamo dove vanno...

- Anche stamattina?

- Tutte le mattine, Tomelilla! O meglio, tutte le non-ancora-mattine, come le chiama Pervinca, o le non-più-notti, se preferite dare ascolto a Vaniglia.

- Alzarsi a quell'ora infausta tutti i giorni per volare insieme un breve momento... Spero per loro che ne valga la pena - borbottò la strega.

- Oh, io credo proprio di sì - dissi. - Dovreste vederle: aprono gli occhi nello stesso istante, si guardano, si vestono in tutta fretta e, tenendosi strette per mano, escono dalla finestra, per volare verso la notte che finisce là dove comincia il giorno. Felici come due uccellini. Amano volare insieme e hanno atteso tanto per riuscirci, che anche un istante solo è prezioso. Quel volo effimero e magnifico è il loro angolino privato, Tomelilla, come un tempo lo era il sottoscala, ricordate? Il loro rifugio segreto. E se è segreto, è segreto, a parlarne troppo perde di fascino e d'incanto, non credete?

- Difendile sempre, Felì, e non cresceranno mai! - rispose Tomelilla. - Cosa faranno quando tu non ci sarai... - s'interruppe. - Dov'è il mio cappello? - chiese infastidita guardandosi intorno. - È mai possibile che io sia così disordinata? Non trovo niente, oggi...

- È qui - dissi prendendolo dalla poltrona. Sotto c'erano le mie fotografie, quelle che mancavano dalle pareti.

- Ho bisogno di un buon caffè - disse la strega prendendo il cappello e infilando la porta.

Lei non beveva mai caffè.

Non eravamo ancora entrate nella sala da pranzo, che dalla cucina giunse la voce di Babù. Tomelilla mi guardò.

- Si vede che sono tornate - dissi.

Le gemelle stavano bevendo il loro caffellatte e ridevano.

- Sembra che le ragazze abbiamo qualcosa da raccontarci, un fatto bizzarro - ci informò Dalia come entrammo.

- Ve lo raccontiamo subito - spiegò Pervinca. - Però, se non vi offendete, aspetteremmo che scenda anche papà: ho il sospetto che quando arriverà lui sarà ancora più divertente.

Tomelilla sollevò le sopracciglia, come per dire: "Figuriamoci se mi offendo", si accomodò e si versò una tazza di tè, non di caffè. Lo stesso fece Dalia, e per alcuni minuti nessuno disse niente.

A un tratto, dal piano di sopra giunse uno scricchiolio. Le gemelle si guardarono e si misero a ridere.

- Si è alzato! - disse Babù.

Lo scricchiolio aumentò e, poco dopo, si udirono dei passi: andavano da una parte all'altra della stanza, si fermavano in un punto e ricominciavano.

- Non trova le sue scarpe - sospirò Dalia. - Come al solito. Se le toglie e poi dimentica dove le ha lasciate.

Le ragazze scoppiarono a ridere.

- Oh, vedrai che una la troverà - disse Pervinca.

Le sorelle si misero di nuovo a ridere.

I passi si spostarono sulle scale.

- Arriva! - sussurrò Pervinca.

Pochi istanti e...

- Dalia, tesoro, non trovo più la scarpa sinistra - disse il signor Cicero entrando in cucina.

Le ragazze esplosero.

Mentre ridevano, tenendosi la pancia, mamma Dalia, con rassegnato stupore, notò che suo marito indossava una scarpa e una ciabatta.

- Hai la ciabatta destra sul piede sinistro, caro - sospirò calma.

- Ho appena detto che non trovo le sinistre - replicò lui.

- Saranno nel tuo studio.

- Non ci sono.

- In sala, davanti al camino?

- No, no, le altre sono in camera, vuoi che mi sia tolto le destre in una stanza e le sinistre in un'altra? Ma che hanno da ridere, quelle due?

- Non lo so. Ora siediti e fai colazione, caro, dopo ti aiuterò a cercarle.

- È inutile... - disse Pervinca, cercando di smettere di ridere - non le troverete.

- E perché mai, buon cielo? - domandò Dalia.

Impietosita dalle nostre espressioni, Vaniglia bevve un sorso di latte, prese fiato e cominciò a spiegare.

- Stamattina presto abbiamo incontrato Grisam che stava venendo a bussare alla nostra finestra e...

- Presto quanto? - domandò Cicero incuriosito.

- Oh, papà - brontolò Pervinca. - Siamo in vacanza, è luglio, i Giochi sono appena finiti, non abbiamo nulla da fare, lasciaci rilassare.

- Che ora era? - volle sapere il papà a tutti i costi.

- Non era ancora l'alba - sbuffò Vì.

- E non era più notte - aggiunse Babù.

- Troppo presto per bussare alle finestre! - sentenziò Cicero.

- Oh, ma Grisam aveva un motivo per farlo, papà! - spiegò Vaniglia, riprendendo il discorso. - Anche lui era senza una scarpa. Indovina quale gli mancava?

- La sinistra?

- Esatto! E ora guardate qua... - Le gemelle si alzarono e, una accanto all'altra, mostrarono i piedi.

- Anche voi?! - esclamò Cicero.

- Pare proprio di sì - confermò Pervinca ridendo. - Stamattina non ho trovato il mio sandalo sinistro e lei la sua ciabattina sinistra: sparite! Abbiamo guardato nell'armadio e...

- Ci sono rimaste solo scarpe destre! - annunciò Babù.

D'istinto guardai i piedi di Tomelilla: proprio in quel momento li stava nascondendo sotto la gonna.

- Abbiamo fatto un giretto con Grisam, per capire cosa stesse succedendo - riprese a raccontare Pervinca - e andando verso la Piazza abbiamo visto il signor Oban che rideva, peggio di noi. "È successa una cosa fantastica!" diceva tutto felice. "Indovinate quale?"

- Sono sparite tutte le scarpe sinistre? - tirò a indovinare Tomelilla.

Le ragazze rimasero di sasso.

- Come fai a saperlo?

- Intuito - rispose la strega. Era l'unica vestita di tutto punto.

- Fa' un po' vedere le scarpe... - le disse Cicero.

- Perché mai dovrei mostrare le mie scarpe?

- Perché qui siamo tutti scalzi o mezzi scalzi e tu non

hai ancora detto una parola, il che m'impensierisce.

La strega, che era seduta a capotavola, si girò da un lato e, tirando appena su la gonna, mostrò le scarpe.

- Lei ha anche la sinistra! - esclamò Cicero stupito.

Pervinca si sporse per vedere.

- Eh, già - disse. - Sembra quasi vera...

Tomelilla alzò gli occhi al cielo e riportò le gambe sotto al tavolo: addio, bei tempi in cui una piccola magia bastava a confondere le bambine. I suoi insegnamenti erano andati a buon fine, e c'era poco da sbuffare se adesso le gemelle dimostravano di possedere le sue stesse abilità.

- Comunque con quella non ci vai molto lontano, zia - commentò Pervinca. - Non è strano come la qualità di certi incantesimi lasci a desiderare? Come mai è così?

- Suppongo sia per lasciare qualcosa da fare ai nostri bravi artigiani - rispose la strega. - Cosa farebbe Butomus se la magia potesse creare scarpe solide come le sue?

- Eh, già.

In quel momento qualcuno bussò alla porta. Era il signor Duff che, con uno stivale di pelle e uno di cartone, veniva a prendere Tomelilla per andare dal Sindaco.

- Ha indetto una riunione urgente - spiegò il mago un po' affannato - e tu e io siamo... Oh, guarda, hai le scarpe...

Tomelilla afferrò uno scialle e, preso sottobraccio l'amico, uscì per andare in Municipio.

- Facciamo presto, che fra un po' rimango scalza - disse.

- Posso uscire anch'io? - chiese Pervinca. - Grisam si sta occupando di questo mistero per la "Gazzetta" e vorrei aiutarlo.

- Vai anche tu, Vaniglia? - chiese mamma Dalia.

- No - rispose Babù alzandosi. - Ho delle cose da fare qui.

Una di quelle cose era aggiornare il diario per Jim.

TRENTOTTO

Tre Mesi

LA PARTENZA S'AVVICINA

"Come nasce un amore? Cosa fa sì che una persona appaia più luminosa, più bella, speciale e perfetta per colui o colei che guardandola sente vacillare le gambe e il fiato accorciarsi fino a sparire in un angolino sperduto della pancia, dove d'un tratto volano le farfalle?"

Jim era partito da cinque anni. Il suo viso cominciava ad annebbiarsi, nei ricordi di Vaniglia.

Le sensazioni, invece, erano ancora vive nel suo cuore: il fremito che le aveva fatto vacillare le gambe, la prima volta che l'aveva visto; le farfalle che le volavano nella pancia e le toglievano il respiro, se lui era vicino; il fiato, che le era mancato del tutto quando - per sbaglio? - lui le aveva sfiorato la mano, e s'erano toccati; il pianto di gioia che le aveva serrato la gola quando Jim l'aveva implorata di aspettarlo, e la disperazione di entrambi nel lasciarsi, in tutta fretta, senz'altra garanzia che il proprio amore, e la promessa di Jim di tornare...

A quella promessa, a quelle sensazioni, Babù s'era aggrappata giorno dopo giorno, aspettando quel ritorno, e le aveva descritte in un diario per lui. In quei cinque anni gli aveva raccontato la vita a Fairy Oak, così come io la raccontavo a Tomelilla, e la racconto a voi ora.

Intanto, era cresciuta.

Da bimba s'era fatta ragazza. Era alta, graziosa, gentile, spiritosa; i ragazzi le facevano la corte, a casa giungevano mazzolini di fiori, scatole di dolci, buste e letterine, soprattutto da Tommy, caro Tommy. Ma lei, con garbo, rifiutava, fiduciosa che Jim sarebbe tornato.

Ne era sempre stata certa. Fino a quel giorno.

Tirò fuori il diario dal cassetto, ma non cominciò subito a scrivere, come faceva sempre. Rimase invece con la piuma sospesa sopra la pagina, pensierosa e indecisa.

Erano sparite tutte le scarpe sinistre, avrebbe potuto cominciare da lì... Invece, un attimo dopo chiuse il diario e lo ripose nel cassetto.

- Va tutto bene? - chiesi avvicinandomi.

- No - rispose lei senza voltarsi. - Sono una sciocca.

- Perché lo dici?

- Cinque anni di buoni motivi!

- Sono tanti - dissi. - Vuoi parlarne?

- Non c'è molto da dire, Felì - sospirò - anzi, non c'è niente da dire! Niente di niente di niente di niente di niente! Non è da considerarsi sciocca una che non ha niente da dire?

Ci pensai un momento e non potei che annuire.

- Se vuoi te lo dimostro - continuò lei. - Chiedimi qualcosa di Jim: non avrò niente da dirti! Eppure sono cinque anni che gli scrivo. Scrivo a una persona di cui non so niente!

- Non è vero - protestai - e te lo dimostro. Se ti chiedessi come sono i suoi capelli, tu cosa mi risponderesti?

Babù tentennò.

- Castani - rispose infine con un po' di imbarazzo.

- E i suoi occhi?

- Dorati. E...

- Sinceri? - domandai.

- Sì - rispose lei.

- Il suo sorriso?

- Illumina le stanze buie. Era...

- Bellissimo?

- Io lo ricordo così.

- Anch'io - dissi. - Perciò non è vero che non sai niente di Jim.

- Non so niente di lui adesso, Felì! Non so dove sia, non so se è vivo, se è morto, se mi ha dimenticato, se tornerà mai... E in fondo, pensaci bene, ciò che sappiamo di lui, ce lo ha raccontato Jim stesso: potrebbe aver mentito! Jim Burium era un impostore, ecco qua! Perché no?

- Da quando hai questi pensieri? - chiesi stupita. - Non hai mai parlato di Jim così.

- Ora lo faccio! Come ho potuto credere che sarebbe tornato? Eravamo due bambini e lui veniva da così lontano...

- È stato importante per tutti noi, Jim - protestai. - Ha salvato il nostro villaggio, si è comportato con valore e lealtà! È stato un amico sincero con Grisam...

- Oh, sì, tanto che stava partendo senza salutarlo.

- È restato quando il Nemico ha attaccato il villaggio! - insistetti. - Avrebbe potuto fuggire, invece ha combattuto al nostro fianco. Perché non avresti dovuto credergli? Perché non avresti dovuto affezionarti a lui? La comunità lo considera un eroe. Era... è una persona preziosa, e ciò che è prezioso ha un prezzo, Babù. Ora, bisogna vedere se tu te la senti di pagarlo, quel prezzo...

- Per quanto ancora? - mi chiese. - Quanto dovrò aspettare prima che tu ti convinca che sono stata una stupida a credere a un bugiardo vagabondo?

- Tre mesi - risposi.

- E poi Jim tornerà?

- E poi io partirò - dissi d'impulso.

Vaniglia mi guardò seria e io mi pentii da morire d'averlo detto.

- No - sussurrò. - Tu non partirai mai...

Sorrisi.

- Vedremo - dissi. - Ora non ci pensiamo, va bene?
La porta della camera si spalancò e Pervinca entrò saltellando su un piede solo.

- Accompagnami da Butomus, Babù, non posso continuare a camminare in questo modo - disse, buttandosi a sedere sul letto. - Tu di giorno puoi volare, io no! Ho bisogno di una scarpa sinistra, prima che tutte le schegge del mondo decidano di entrarmi in questo piede... Ahia!

- Ti è entrata una scheggia? - le chiese Babù.

- Un pezzo del pavimento del Municipio!

- Sei entrata nel Municipio scalza?! - esclamai.

- Mica solo io, anche il Sindaco era scalzo. Solo che lui non s'è preso una scheggia. Ho chiesto a Grisam di togliermela, ma il signor giornalista è troppo preso dal suo articolo per occuparsi di me. E così sono venuta a casa. Senti, Babù - disse poi, con un tono che sapeva di proposta - se io adesso mi torturo per togliere questo tronco che si è infilato nel mio pollicione, tu, poi, mi fai quella piccola magia che fa passare subito il bruciore?

- Sì, fifona - rispose Vaniglia con un sorriso. - Mentre raccoglievi schegge, avete scoperto qualcosa tu e il signor giornalista? Che si dice al Municipio?

- Niente. I super saggi sono ancora chiusi nella sala conciliare con "Pancrazio" e, secondo me, non li rivedremo fino a stasera... Ahia!... Invece ho rivisto di nuovo Crategus Oban: dovresti vederlo com'è felice, adesso che tutti siamo costretti a saltare sul piede destro e zoppichiamo peggio di lui... AHIA! MI STO FACENDO MALISSIMOOO!

- Te lo ha detto lui che è felice? - chiese Vaniglia

- No, però continua a ridere... Uhiuhi! Ahi!... Ahiahiahi!... Ecco, è venuta via! Magia! Magia! Magia! Presto, Babù!

Vaniglia si alzò, andò a sedersi vicino a sua sorella, passò il dito sulla minuscola ferita che la scheggia aveva lasciato nel piede di Pervinca e...

- Passato? - le chiese.

- Sì - disse la streghetta con un sorriso - sei grande, sorellina! Andiamo?

- Dove?

- Da Butomus, te l'ho detto! Devo farmi fare una scarpa. Ci vieni o devi scrivere a Jim?

Babù aveva ritirato fuori il diario.

- Mi dai solo un quarto d'ora? - disse. - Faccio presto, metto giù solo due righe...

Caro Jim,
ho tante cose da raccontarti e poco tempo.
Feli vuole partire...

TRENTANOVE

La Teoria degli Specchi

IN CODA DAL CALZOLAIO

"In via delle Botteghe c'erano... le botteghe. Quella del calzolaio era tra le più antiche, insieme a quella del fabbro maniscalco e a quella del falegname. Poi era venuta quella del liutaio, che faceva angolo con la piazza, la bottega del vetraio e quella del vasaio..."

C'era un gran fermento davanti alla bottega del calzolaio: tutti avevano bisogno di scarpe sinistre, e la coda per entrare saliva lungo via delle Botteghe per sbucare in Piazza.

Fairy Oak sembrava un villaggio di zoppi, o di grilli salterini. C'era chi saltellava su un piede solo, chi zoppicava per via del fatto che indossava due scarpe destre, chi zoppicava perché era scalzo e gli facevano male i piedi; e chi, per non posare il piede sinistro nudo per terra, seguendo l'esempio di Crategus Oban, s'era procurato un bastone e lo usava come stampella. E però zoppicava lo stesso, perché è difficile camminare su un piede solo. Oppure cadeva, inciampando nel bastone.

Infine, c'erano i più fortunati e gli ingegnosi: Rosie Pollimon, per esempio, arrivò al negozio in braccio a suo marito Bernie; Lilium Martagon, il fabbro, aveva fatto montare la paffutella moglie Vivian sui propri piedoni scalzi e, ridendo come bambini, avevano attraversato insieme, una sui piedi dell'altro, il pezzetto di strada che separava la loro casa dalla bottega del calzolaio.

Mamma e papà Corbirock scelsero di mettere due piedi in una scarpa: lei, che aveva i piedi piccoli, nonostante la poderosa stazza, cacciò il suo sinistro nello stivale dove lui aveva infilato il suo destro. Arrivarono in Piazza tenendosi per mano e contando: "Un... due, un... due, un... due..."

- Che scherzo, eh? - fece Francis Corbirock alle gemelle.

- Cosa? - disse Pervinca voltandosi. - Ci siete anche voi?

- Eh sì.

- Ah, proprio un bello scherzo, puoi dirlo davvero. fece Vì sbuffando. - Credevo di essere la prima, e invece, guarda qui che ressa... Felì, è meglio se vai ad avvertire papà e mamma che non torneremo a casa prima di ottobre!

- No, io intendevo dire che scherzo far sparire le scarpe - precisò Francis. - Pensate se fosse successo durante i Giochi?!

- Io non so se è uno scherzo, ma se lo è, e si trova il

responsabile, parola di strega vado da lui e... - Babù diede una gomitata a sua sorella e Vì non terminò la frase.

A parte lei, che mentre sua sorella scriveva il diario per Jim, s'era fabbricata un paio di scarpe con la corda e il cartone, e Acanti, che sciabattava con due pantofole diverse ai piedi, due destre, gli altri erano tutti scalzi, con una scarpa in mano.

- Ho male ai polpacci - si lamentò Nepeta, che da quando eravamo arrivate stava in punta di piedi.

- Posa i talloni e ti passa - le disse Francis.

- Perché voi Magici della luce che potete volare, non lasciate la precedenza a noi? - chiese Pervinca a Celastro, a Francis e anche a lei.

- Loro non lo so - rispose Nepeta seria - io ho le mie ragioni, che tu dovresti conoscere.

Le ragioni erano due, e tutte le ragazze le conoscevano.

Una consisteva nel fatto che volare con la gonna era complicato, e poteva diventare imbarazzante: se una fanciulla non faceva attenzione, rischiava di mostrare, al mondo, indumenti che, di solito, le signorine preferiscono tenere nascosti.

L'altra subentrava nel momento in cui si cercava di ovviare alla prima: per non mostrare quello che portavano sotto la gonna, infatti, alcune streghe volavano basse, quasi rase al suolo. Era meno rischioso, ma più difficile, e se non si era brave abbastanza, si finiva per assumere la tipica postura del "pellicano": gozzo di fuori, sedere all'indietro... orribile.

Piuttosto che rischiare di fare il pellicano che mostra le mutande, Nepeta preferiva farsi venire i crampi ai polpacci.

L'unico davvero a suo agio era Scricciolo che, andando per mare dodici mesi all'anno, non portava mai le scarpe, e aveva delle specie di suole al posto delle piante. Se faceva la coda davanti alla bottega era solo per stare in compagnia degli amici.

- Se fossimo tutti come te, Butomus fallirebbe! - gli disse Francis ridendo.

- Secondo voi chi è stato? - chiese Celastro.

- A far sparire le scarpe? Non lo so - disse Vaniglia. - Pensi sia stato qualcuno?

- Certo. Se no com'è successo?

- Pevò non sono pvopvio "spavite" - fece notare Acanti. - La magia *Vivelacose* non ha dato alcun visultato, noi abbiamo pvovato, ma le scavpe non vicompaiono.

- Allora forse il colpevole non ha fatto un incantesimo *Occultacose*, ma uno *Spostacose* - suggerì Sophie.

I ragazzi si misero a ridere.

- Si chiama *Trasferiscicose*, non *Spostacose* - la corresse Francis Corbirock.

- Va bene, il risultato è lo stesso: prima le cose sono in un posto e dopo sono in un altro.

- È senz'altvo una teovia possibile - continuò

Acanti - e, se vogliamo venive a capo di questo mistevo, dovvemmo considevavle davvevo tutte. Pev esempio, vecentemente mi è capitato di leggeve l'intevessante libvo di un luminave di Magiafisica di alcuni secoli fa, in cui è ben descvitta le teovia degli oggetti speculavi. Cioè dice che ogni oggetto esiste singolavmente, e quelli che noi vediamo doppi e speculavi, come le scavpe pev esempio, o i guanti, vicevono e ci pvoiettano la lovo doppia immagine gvazie a una specie di specchio posto su una linea, diciamo così, divisovia della vealtà... In sostanza, pev favla bveve, non si può escludeve che potvemmo tvovavci davanti a un *Vavum exemplum vevum speculi fvacti*.

- Tu parli strano - gli disse Nepeta scrutandolo sospettosa con gli occhi a fessura.

- Io ho smesso di capirlo da un pezzo - borbottò Francis.

- In realtà non è difficile - disse Pervinca. - Fate conto che Acanti in questo momento si trovi davanti a uno specchio: quanti Acanti vedremmo?

I ragazzi ci pensarono un momento.

- Due - rispose Scricciolo. - Quello vero e quello riflesso nello specchio.

- Esatto, e se lo specchio si rompesse, quanti ne vedremmo?

- Uno, cioè, solo lui.

- Questa è la teoria del luminare - concluse la strega. - Se si rompe lo specchio che sdoppia le cose, invece di due ne vediamo una sola. In questo caso vediamo solo la scarpa destra.

- E perché le altre cose sinistre le vediamo ancora? - chiese Sophie. - La mia mano sinistra la vedo, e anche le vostre orecchie sinistre...

- I remi sinistri ci sono ancora - disse Scricciolo. - E la lente sinistra del tuo occhiale, Acanti.

- Non so cosa divvi, fovse c'è uno specchio pev ogni oggetto.

- E dove sono finite le scarpe sinistre? - chiese Babù. - Sono qui e non le vediamo? Come potremmo verificare se questo specchio immaginario che sdoppia le cose si è veramente rotto?

A queste domande, il giovane studioso non seppe dar risposta.

La coda, intanto, avanzava lentissima.

- Non ce la faremo mai - sospirò Pervinca disperata. - Butomus morirà di vecchiaia prima che tocchi a noi. Arriva Flox...

La giovane Strega del buio sorrideva, portando per mano Margherita, la sorellina di Acanti, nata dodici anni dopo di lui.

- Eccoliii!!! - disse Flox, unendosi al gruppo. - Mimma voleva venire dal suo fratellone.

La bimba corse ad abbracciare le gambe di Acanti e lui le accarezzò la testolina bruna riccioluta.

- Dov'eri? - chiese Babù all'amica. - Siamo passate da te, ma non c'era nessuno.

- Papà e mamma sono qui in coda, credo, un po' più avanti, però. Io ero con zia Ortensia a dipingere l'acqua calda di rosso.

- Certo, è ovvio - commentò Babù sorridendo. - E a scarpe come saresti messa? Vediamo...

- Le ho dipinte - rispose la giovane Pollimon, mostrando fiera il piede sinistro e subito dopo quello destro.

- Beeelleee - esclamò Nepeta. - Le voglio anch'io!

- Sul destro ho disegnato un sandalo stringato - spiegò Flox - con intrecci di rami di tre rose diverse, tanto le spine sono finte, e voli di insettini... carino, no?! Sul sinistro, invece, ho disegnato una babbuccia con nastri di seta verde origano che salgono e si annodano intorno al polpaccio - si girò per far vedere cosa succedeva sul retro della gamba - lasciando cadere lunghi fiocchi morbidi che fanno il solletico, ma per finta, perché sono disegnati.

- Ehi! - fece Francis in quel momento. - Anche Mimma ha le scarpe, le sue, però, sono vere!

- Sono mie! - mise subito in chiaro Margherita Bugle preoccupata, stringendosi al fratello.

Acanti la prese in braccio e le guardò le scarpe.

- Eh, sì, sono pvopvio le sue. E ci sono entvambe!

- Questo ci porta a escludere la teoria del *Rerum speculi fracti* - concluse Pervinca.

Dopo quasi quattro ore di attesa, finalmente arrivò il loro turno. I ragazzi della Banda entrarono tutti assieme e con sorpresa trovarono Grisam che, seduto al banco del calzolaio, aiutava mago Butomus a prendere nota degli ordini. Era scalzo.

- Al Municipio cominciavo ad annoiarmi. Quelli sono ancora chiusi dentro e non cavano un ragno dal buco. Mentre aspettavo, ho visto un mare di gente che si riversava in via delle Botteghe, e così ho pensato di venire a dare una mano al povero Butomus - spiegò il giovane Burdock. - È tanto che siete in coda?

- Mezza giornata - rispose Vì sedendosi su uno sgabello. Il calzolaio la fece rialzare.

- Spostati, devo arrivare lassù - disse indicando uno scaffale alto - mi serve questo.

Era di umore molto diverso dal solito.

- Non aspettatevi magie e giochetti, perché non ho tempo - disse arrampicandosi sullo sgabello.

- Oh, non ti preoccupare, capiamo benissimo - lo rassicurò Babù. - Comunque non siamo qui tutti per le scarpe, sai? Io per esempio posso rimandare, e anche Francis, credo...

Il giovane annuì.

- Sì, sì, lo so, grazie - rispose l'affannato mago, riponendo alcuni piedi di legno e tirandone fuori altri. - Mi fate tutti lo stesso discorso, ma non puoi immaginare quanti Magici del buio ci siano in questo villaggio. Io l'ho scoperto solo oggi. Allora, chi di voi ha bisogno della scarpa sinistra?

Celastro e Pervinca alzarono la mano.

- E voialtri? - chiese il calzolaio al resto del gruppo.

- Ne avvemmo bisogno anche noi - rispose Acanti - ma visto come sei messo, cvedo che aspettevemo, vevo?

- Ah, ormai siamo in ballo, tanto vale che balliamo - fece Butomus, liberando un pezzo del tavolo da un mucchio di scarpe destre, alle quali Grisam aveva già attaccato il cartellino, col nome del proprietario.
- Tu, tu, tu e tu, qui da me, gli altri da Grisam: ho bisogno di nome, cognome, e calzatura destra.

- Non ci prendi le misure? - chiese Sophie, sperando che il calzolaio tirasse fuori i piedi di legno, le piacevano tanto.

- No, oggi non ce n'è bisogno - rispose Butomus.
- Comunque i tuoi sono là dentro, se vuoi vederli, ma non tirarli fuori tutti, capito?

Quando Sophie aprì l'armadio, i suoi piedini finti si alzarono sulle punte e fecero una riverenza.

La bimba scoppiò in una risatina.

- Grazie, li ho visti - disse, richiudendo le ante.

- I bambini Nonmagici e i giovani Magici del buio possono tornare domani pomeriggio a prendere le loro scarpe, tutti gli altri dovranno aspettare un po' di più - disse il mago alzandosi. E per non doverlo ripetere più, chiese a Grisam di mettere un cartello, fuori dalla porta della bottega, che informasse i cittadini, una volta per tutte, delle modalità che il calzolaio avrebbe seguito per la consegna delle scarpe:

BAMBINI NONMAGICI E GIOVANI MAGICI DEL BUIO
DOMANI POMERIGGIO DALLE ORE 16

GIOVANI MAGICI DELLA LUCE E SIGNORE NONMAGICHE
MERCOLEDÌ DALLE ORE 10 DEL MATTINO

SIGNORI NONMAGICI E MAGICI DEL BUIO ADULTI
GIOVEDÌ DALLE ORE 15

STREGHE E MAGHI DELLA LUCE ADULTI
VENERDÌ DALLE ORE 15

- Possiamo andare? - chiese Nepeta.

- Dovete andare! - esclamò il padrone della bottega.

Pervinca si avvicinò a Grisam che stava finendo di scrivere i loro nomi sui cartellini.

- Quando finisci? - gli chiese.

- Fra un anno, credo - rispose il giovane indaffarato.

- E l'articolo?

- Passo dal Municipio stasera, lascio gli appunti al professor Dot, aspetto Tommy, che devo dirgli una cosa, e...

- Dov'è Tommy? - chiese Vì. - È da un po' di giorni che non lo vediamo.

- È alla fattoria dei Poppy, sta aiutando il signor Edgar a riparare il fienile, credo.

- Da soli loro due? Non vogliono che andiamo a dare una mano?

- No, meglio di no.

Pervinca fece la faccia stupita.

- Cosa significa che è meglio di no? Gli farà piacere avere delle braccia in più.

- Stanno bene così, credimi.

- Stanno? - sussurrò la strega. - Cosa stai cercando di dirmi, Grisam Burdock, che Thomas va alla fattoria per stare con...

Grisam sorrise e annuì. Poi fece segno a Pervinca di non parlare, e lei lo rassicurò.

- Dopo cena passo a trovarvi, se a tuo padre non dispiace - disse il giovane.

- Oh, gli fa piacere, invece! - esclamò Vì, allegra e graziosa. - E anche alla mamma, e a zia Tomelilla, e a Babù, e a me. Così magari parliamo del mistero delle scarpe sinistre. - Pronunciò le ultime parole con la voce fonda che fanno gli adulti quando vogliono spaventare i bambini. Si voltò e mi vide. - Anche a Felì fa piacere se vieni - si affrettò ad aggiungere.

- Certo - dissi.

Grisam era il miglior ragazzo del mondo. Era serio, affidabile, saggio, piaceva a tutti, tanto che negli ultimi mesi il suo nome, seppure sussurrato, ricorreva perfino nei discorsi riguardo al successore del Sindaco Pimpernel.

Sarebbe stato il primo non-Pimpernel della storia a occupare quella posizione. D'altronde nessuno avrebbe mai voluto Scarlet come Primo Cittadino, e il signor Pancrazio non aveva altri figli né nipoti.

Grisam Burdock sarebbe stato un'ottima scelta. Quell'anno aveva già sostituito suo zio Duff nella direzione dei Giochi Estivi e l'edizione era stata un successo. Anche la festa era riuscita molto bene, e questa volta lui e Pervinca avevano ballato sul serio. Poi avevano giocato a scacchi e Grisam l'aveva battuta.

Vì e Babù avevano partecipato ai Giochi per l'ultima volta, ormai avevano raggiunto il limite d'età, e così anche Flox, e Acanti e Celastro: dal prossimo anno avrebbero aiutato Grisam nell'organizzazione, e magari avrebbero allenato gli atleti più giovani.

Quando lasciammo la bottega, il vento fece tintinnare le medaglie appese ai rami di Quercia: chiusi gli occhi e desiderai d'avere un'ampolla in cui conservare per sempre il ricordo di quel suono.

QUARANTA

Nelle Scarpe degli Altri

LA SCARPA SINISTRA

"Le feste di Fairy Oak che ho amato di più - La Festa del Principio, la Festa del Solstizio d'Estate, quella di compleanno di Tomelilla e la Festa dei Giochi Estivi."

Il pomeriggio seguente, mentre io aggiornavo le ultime pagine del mio diario, Vaniglia accompagnò Pervinca a ritirare le sue scarpe.

Quando tornarono, entrambe sorridevano.

- Forse abbiamo la soluzione del mistero - annunciarono, raggiungendoci in giardino. Pervinca reggeva una sacca, dentro però non potevano esserci le sue scarpe, perché le aveva ai piedi.

Tomelilla smise di zappettare intorno alle aiuole, e le guardò incuriosita da sotto il cappello.

- È una bella notizia - disse. - Mi evita di partecipare a un'altra riunione interminabile, non ne avrei avuto la forza. Venite, andiamo a parlarne in veranda, qui fa troppo caldo.

In veranda, Dalia e Cicero stavano apparecchiando per la cena.

- Ci sono novità - li informò Tomelilla posando la vanga e togliendosi il cappello.

- Siamo state alla bottega di Butomus - esordì Pervinca. - C'era tanta gente, ma per fortuna non come ieri. - Mentre parlava, posò a terra la misteriosa sacca. - Eravamo lì che aspettavamo il nostro turno, quando, accanto a montagne di scarpe sinistre nuove fiammanti, cosa vedo?

Dalia, Cicero e Tomelilla si scambiarono uno sguardo interrogativo.

- Cosa vedi? - chiesero incuriositi.

Invece di rispondere, Pervinca vuotò il contenuto della sacca sul pavimento.

- Hai rubato una vecchia scarpa da uomo dal negozio di Butomus? - fece Cicero sbalordito.

- Oh, ma questa non è una vecchia scarpa da uomo qualsiasi, pa' - disse sorridendo la strega - guardatela bene, non notate niente?

- È una sinistra! - rispose Tomelilla.

- Esatto! È una vecchia scarpa sinistra, e noi sappiamo che tutte le scarpe sinistre sono sparite dal villaggio. Questa, però, no: è l'unica scarpa sinistra a non essere sparita. Un po' strano, no?! Butomus ha detto che il proprietario l'ha portata a riparare stamattina all'alba. Ora, indovinate di chi è?

- Crategus Oban - mormorò Tomelilla.

- Proprio lui! - confermò Vì.

- E come mai non è sparita? - chiese Dalia.

- È la prima domanda che ci siamo poste - rispose Vaniglia. - La seconda è stata: perché uscire all'alba per portarla a riparare?

- Stamattina, Oban rideva come un matto nel suo giardino - ricordò Pervinca.

- Ed è per questo che gli avete rubato la scarpa? - chiese Dalia in tono di rimprovero. - Perché rideva?

- No, mamma, per fare uno scambio. Non hai ancora capito che è stato lui a farci lo scherzo?

- Crategus?! E perché mai?

- Invidia, fastidio, gelosia... chi lo sa.

- E Butomus sa che l'avete presa voi?

- Ce l'ha data lui! - disse Vaniglia. - "Vi prego" ci ha detto "fate finire questo tormento, voglio tornare a dormire." E così abbiamo elaborato un piano. E tu - disse la giovane strega rivolgendosi a suo padre - devi aiutarci, papà...

Il mattino dopo, Cicero, con indosso la scarpa sinistra del signor Oban, e una scarpa destra delle sue, abbastanza simile all'altra, andò a fare due passi proprio davanti alla casa del sospettato.

"Deve capire che indossi entrambe le scarpe, ma non deve assolutamente scoprire che una è la sua, capito, pà?" avevano spiegato le ragazze. "Se è colpevole, vorrà vederci chiaro e, se siamo fortunati, verrà a controllare. Devi farlo uscire dal cancello! Noi osserveremo di nascosto e, se occorrerà, Vaniglia verrà ad aiutarti. Tutto chiaro?"

Cicero trovò anche una scusa per soffermarsi davanti a casa Oban: inventò che, in quella zona, Dalia aveva perso un orecchino e che aveva chiesto a lui il favore di trovarlo. E così, cominciò a percorrere la via in su e in giù, avanti e indietro, facendo scricchiolare la ghiaia sotto le suole.

- Bravo, papà, perfetto così! - lo incoraggiavano le ragazze nascoste dietro al muro della casa di fronte. L'intera Banda s'era radunata per mettere in atto il piano, e ora attendevano con ansia una svolta.

Su e giù, e *scricrick* e *scricrock* faceva Cicero con le suole sulle pietruzze.

Finché il signor Oban si affacciò alla finestra del secondo piano.

- Dove le hai prese? - chiese brusco, dall'alto, puntando il dito verso le scarpe.

Cicero fece finta di non capire.

- Dove ho preso che cosa? - disse.

- Le scarpe che hai ai piedi, come fai ad averle?

- Le ha fatte Butomus, come tutte.

- Quando?

- Non lo so, saranno due anni.

- Impossibile! - esclamò Oban. - Tutte le scarpe sinistre sono sparite!

- Non queste, per fortuna - replicò il papà delle gemelle con un sorriso, fingendo di riprendere a cercare l'orecchino.

Dalla casa giunse il rumore sordo della stampella

che batteva sul legno: Crategus stava scendendo le scale.

- Attento, papà, arriva! - gridò Pervinca sottovoce.

La porta si spalancò e il sospettato comparve sull'uscio con espressione truce.

- Avvicinati! - disse al signor Cicero, riparandosi dietro al cancello. - Vorrei chiederti una cosa.

- Amico mio - fece Cicero fingendo di cercare fra i sassolini - fammi prima trovare l'orecchino di mia moglie, ci tiene tanto. Anzi, vieni ad aiutarmi, che tu ci vedi bene. Poi ti ascolterò volentieri.

- Non posso uscire, mi fa male la gamba - rispose il signor Oban.

- Allora vado ad avvertire il dottor Penstemon, l'ho visto proprio ora entrare dai McDale.

- Con le scarpe?

- Certo, con le scarpe.

- Impossibile! - protestò l'uomo, sempre più scuro in volto.

In quel momento, entrò in scena Babù.

- Vengo a darti il cambio - disse a Cicero, facendo apposta a passare proprio davanti al signor Oban. - Vai pure a casa, continuo io a cercare.

- TU! - esclamò esterrefatto l'uomo puntando il dito contro Vaniglia. - Come fai ad avere la scarpa sinistra? Ho letto il cartello sulla porta di Butomus: ai giovani Magici della luce, come te, le consegna mercoledì, che è domani!

- Oh, ma queste sono scarpe vecchie, vedi? - Babù fece attenzione a mostrare la scarpa destra, poiché la sinistra, in realtà, era il frutto di un incantesimo, lo stesso con cui Tomelilla aveva ingannato Cicero, ma non le gemelle.

Incredulo e sospettoso, Oban dimenticò la prudenza e aprì il cancello per controllare meglio le scarpe di Vaniglia e cadde nella trappola.

Splash! fece nella pozzanghera che i ragazzi avevano preparato per lui.

- OH, NOOO! - si disperò l'uomo. - E ADESSO, COME FACCIO? L'ALTRA SCARPA È DA BUTOMUS!

- Intendi... questa? - Pervinca uscì allo scoperto mostrando l'altra scarpa di Oban, che Cicero le aveva riconsegnato.

Rassegnato, Oban puntò la stampella, uscì dalla pozzanghera e confessò l'inganno.

Era stato lui a far sparire le scarpe sinistre. Non potendo essere come gli altri, aveva fatto in modo che gli altri fossero come lui, e con l'incantesimo *Trasferiscicose* aveva trasferito tutte le scarpe sinistre in un luogo segreto che conosceva solo lui.

Crategus si scusò col Sindaco e con tutti i cittadini. Rivelò il luogo dove si trovavano le scarpe, una grotta non troppo distante dai ruderi di Arrochar, e fu perdonato, anche perché aveva avuto il buon cuore di lasciare le scarpe ai più deboli, ai più piccoli, come

Margherita Bugle, a coloro, insomma, che camminavano male come lui.

Il danno fu dimenticato, ma il suo gesto suggerì un'idea alla Banda. I ragazzi ne parlarono con il Sindaco, il quale, d'accordo con la comunità, accettò di buon grado di istituire la giornata: "Nelle Scarpe dell'Altro".

Un giorno all'anno, tutti i cittadini di Fairy Oak sarebbero stati chiamati a mettersi nelle scarpe o, come si dice, nei panni, degli altri.

La scelta sarebbe stata lasciata libera: ci si poteva legare una gamba e camminare con un piede solo, oppure indossare un paio di occhiali appannati per scoprire com'è la vita di chi ci vede poco; infilarsi tappi nelle orecchie e provare a stare al mondo senza sentire un'acca, come accadeva al signor McDale, o alle sordissime cugine Beaverbrook; piegare tre dita di una mano e usarne solo due, come era costretto a fare il tagliaboschi McDoc; non usare i denti per mangiare, come madama Tulipa Oban, la mamma del signor Oban; rinunciare ai poteri magici per trascorrere una giornata da Nonmagici; perfino camminare a quattro zampe, per sperimentare un giorno da Rosicchio o da gatto della Piazza.

Il Sindaco stabilì una data fissa per quel giorno speciale: il 13 di luglio, in ricordo di quando qualcuno, per sentirsi uguale agli altri, aveva fatto sparire tutte le scarpe sinistre.

- Vorrei provare a mettermi la benda sull'occhio, come Richard Grim, per vedere il mondo come vede lui - disse Cicero, accogliendo con entusiasmo la proposta.

- Io - fece Dalia - penso che proverò ad attaccarmi qualche sacco di farina alla cintura e quel giorno farò i lavori di casa pensando a come pesa la cara Primula. Le facciamo fare la scala su e giù tutto il giorno per prendere le stoffe che ci piacciono dagli scaffali, e non pensiamo quanto deve essere faticoso per lei.

- Io mi metterò nei panni di Acanti - disse Pervinca. - Dipendere da uno strumento fastidioso come gli occhiali per vederci dev'essere proprio scomodo. Tu, zia Tomelilla?

- Credo che mi metterò nelle scarpe di Euforbia Flumini e sperimenterò la vita senza un giardino - rispose la strega. - Euforbia dice che è felice di non averne uno: "Troppo lavoro, troppi problemi, troppa terra, troppa erba, troppi pensieri..." Proverò a guardare il giardinaggio dal suo punto di vista, ma solo se lei accetterà di trascorrere un giorno nella nostra serra.

- Chissà se qualcuno vorrà mettersi nei nostri panni di gemelle? - si chiese Babù.

- E come potrebbe riuscirci, se non ha un fratello gemello? - chiese incuriosita Pervinca.

- Con uno specchio!

- Cioè dovrebbe andare in giro tutto il giorno specchiandosi continuamente?

- Esatto! - disse Babù. - Perché non lo suggeriamo a Flox?

Se fossi restata a Fairy Oak, io mi sarei messa nei panni di Prud, quando la conobbi non sapeva volare e doveva camminare per andare dove voleva andare.

Non la vidi mai, quella giornata, ma so che fu un successo.

QUARANTUNO

Il Ritorno del Mago

IL MIGLIOR MODO DI DIRE ADDIO

"Cose che ho imparato a Fairy Oak - Esistono diversi modi di dire addio: dirlo tra le lacrime, scriverlo su un biglietto, gridarlo, sussurrarlo e... il modo di Barbo."

Il primo ottobre iniziò la scuola. E il mio ultimo mese a Fairy Oak.

Tomelilla disse che potevo evitare di seguire le lezioni. "Ormai le ragazze hanno intrapreso le loro strade", diceva.

Vaniglia desiderava fare la scrittrice, e nessuno sarebbe stato più adatto di lei. La sua sensibilità, la sua pazienza e la gioia che provava nello scrivere la rendevano un'autrice nata.

Pervinca, invece, era decisa a diventare una scienziata, la prima della famiglia Periwinkle, e anche della famiglia dei Sentieri. La teoria del luminare citata da Acanti l'aveva affascinata, e aveva espresso il desiderio di dedicarsi a quello specifico studio che si pone come meta l'interpretazione di ipotesi e teorie fondate su princìpi magici tanto quanto scientifici. Un affare complicato, insomma, che aveva reso orgogliosissimo Cicero e fatto sospirare Tomelilla.

- Sono cresciute, mia cara Felì - mi diceva mentre l'aiutavo a raccogliere le foglie dal giardino - E io sono invecchiata. Ora sono io che ho bisogno di te, più di loro.

Amara verità. Era vero che non avevano più bisogno di me. Com'era possibile? Le ragazze uscivano e andavano incontro a una vita con la quale io sembravo non c'entrare più niente. A volte addirittura non le capivo. I pericoli in cui potevano incappare, non erano più cose per fate; i traguardi che si ponevano erano più grandi di me. D'un tratto ero inutile. Oh, mistero misterioso: è questo che capita quando i bambini crescono? Si diventa inutili?

Ora capivo il limite che Tomelilla mi aveva annunciato, nella sua prima lettera: "...quindici anni, poi sarai libera di occuparti di altri bambini". Già, perché a quindici anni, chissà come, non si ha più bisogno di una fata.

Cara, adorata Tomelilla, trascorsi con lei gli ultimi giorni a Fairy Oak. Ore e ore insieme, senza dirci granché, a volte restando in silenzio, i nostri cuori vicini, stretti abbracciati. Lei potava e io, accanto, reggevo il cestino degli stralci; leggeva, e io, accoccolata fra le pieghe del suo scialle, ascoltavo la sua voce narrare di tardive fioriture e delle astuzie degli alberi per ripararsi dal gelo. Cuciva e io ricamavo, parlando del passato, di tanto in tanto leggendo una pagina del mio diario: se il contenuto la commuoveva, alzava una mano e delicatamente mi chiedeva di sospendere, se era divertente ridevamo insieme. Guardavamo le foto, passeggiavamo nel giardino indorato dall'autunno...

Dalia e Cicero ci lasciavano sole, me ne accorgevo, facevano in modo che il nostro ultimo tempo assieme fosse solo nostro. Un pensiero del quale sarò grata per sempre.

La notte dormivo poco, guardavo le ragazze, i loro lineamenti: non volevo dimenticarle. Sarebbero cambiate?

Una sera, fui tentata di prendere un loro oggetto per ricordo, una matita, una di quelle che Babù collezionava da quando era piccola. Oppure... Pervinca non si affezionava alle cose, però io amavo le sue bretelle maschili, le stringhe sempre slacciate dei suoi scarponi, la forcina, semplice e graziosa, che infilava tra i capelli tagliati a caschetto, quando usciva con Grisam. Avrei potuto prendere una di quelle cose e conservarla... Ma no. Fuori da quella stanza sarebbero stati lacci senza scarpe, bretelle senza vita, una forcina come tante, solo una matita.

Come aveva ragione, il Capitano, quando sgridava i ragazzi che portavano via le stelle marine dal mare.

"Cosa c'è di bello in un affare morto, secco e puzzolente?" brontolava irritato.

E i sassi del fiume? "Toglieteli dall'acqua e otterrete sassi opachi e polverosi." Un castagna? "Fuori dal riccio è presto brutta come una prugna secca!"

I ricordi, non importa poterli toccare.

Non avevo bisogno di un sasso del fiume per ricordare le voci delle bambine che sguazzavano nell'acqua; non mi serviva una stella marina per ricordare il profumo del mare della baia di Arran, e i boschi intorno al villaggio... erano ben più di una castagna.

Potevano, una matita e un paio di bretelle, ricordarmi tutto ciò che Vaniglia e Pervinca erano state per me? I ricordi si portano nel cuore.

Una notte, che la luna era piena e lucente, lasciai il mio barattolo e mi diressi verso la Piazza.

Era il 30 di ottobre.

Quercia era sola e il villaggio era immerso in un sonno profondo e silente.

- Dormi? - le chiesi.

- Nooo - rispose lei.

- Hai visto la luna?

- Luunaaa d'orooo d'oootttooobreee: suuucceeedeee quaaalcooosaaa.

- Davvero? - dissi. - Una cosa bella? Se è così, spero che accada presto. Domani parto, lo sapevi? Sono venuta a salutarti.

- Oooh - fece il Grande Albero rattristandosi.

- DAAAVVEEEROOO ÈÈÈ GIÀÀÀ ORAAA? COOOMEEE ÈÈÈ PAAASSAAATOOO IIIN FREEETTAAA IIIL TEEEMPOOO.

- Vero? Lo penso anch'io. Vi ricorderete di me?

- SÌÌÌ. FAAAIRYYY OOOAK NOOON DIIIMEEENTIIICAAA LEEE SUUUE FAAATEEE.

- Mi fa piacere, perché io non dimenticherò nessuno di voi - sospirai. - Cosa succederà domani? Fata Prud è partita da un anno, non ricordo come l'abbiamo salutata... Cosa mi devo aspettare? Fa male partire?

Una voce giunse fonda e potente.

- Lo chiedi a un albero che è piantato dove lo vedi da oltre mille anni - disse - che risposta ti attendi?

Dall'angolo estremo della Piazza, un carro avanzò.

- BAAARBOOO! - lo salutò Quercia felice.

- Ti vedo in forma, Vecchio Albero. E in buona compagnia. - Con un cenno del capo il mago mi salutò. - Dimmi, Sefelicetusaraidirmelovorrai, sei stata felice? - chiese.

- Sì - risposi. - Moltissimo.

- Bene. E hai adempiuto al tuo dovere?

- Ho cercato di fare del mio meglio, signore.

- Lo so, lo so - fece lui annuendo - mi sono giunte voci del tuo coraggio e della tua lealtà. Sei stata brava.

Tagix fermò il carro sotto i rami, proprio davanti a me, tirò fuori la pipa e l'accese. Il fumo salì fra i rami quasi spogli di Quercia e presto si dileguò nel cielo stellato. - Diamo qualche istante ad Adagio, per riposarsi, e poi andiamo, va bene?

- Dove? - chiesi stupita.

- A casa - rispose Barbo.

- Ma è domani!

- Oggi è domani, Felì. Guarda la luna: mezzanotte è passata da un pezzo.

- L'Ora del Racconto! - esclamai. - Perché l'orologio della Piazza non ha suonato? Sono in ritardo, Tomelilla mi aspetta.

- Aaah, capisco, tu vuoi salutare. - Barbo sembrava deluso. - Mi domando a che scopo...

- Come a che scopo? - dissi. - Dovrò pure dire addio a chi mi ha accolto e voluto bene per quindici anni, alle bambine che ho amato, a colei dalla quale mi separo mio malgrado, agli amici e...

- Strazianti abbracci e lacrimosi baci... mah - fece il mago aspirando una lunga boccata di fumo - sì, qualcuno li apprezza. Io, veramente, non li ho mai capiti. Ciò che non si è detto e non si è fatto in quindici anni, non si può dire o fare in un istante. Ciò che si è detto e fatto, in un istante non potrà essere dimenticato. A che scopo, dunque, salutarsi, se non per aggiungere dolore al dispiacere?

- Per... per separarsi - risposi.

- Il miglior modo per dire addio, è non dirlo affatto - disse Tagix. - E il miglior ricordo che ci si può portare via, è il ricordo di un giorno qualsiasi. Vuoi il mio consiglio, fata? Parti e ricordali come li hai sempre visti.

- Tra poco sarà giorno - sussurrai. - La luce all'orizzonte è già cambiata. Rientrano le barche... presto le ragazze si sveglieranno. Partire senza rivederle...

- O vederle piangere e agitar la mano, mentre tu ti allontani. A te la scelta.

- Buttare il cuore oltre l'ostacolo, è questo che mi state suggerendo, mago Barbo?- Avevo un groppo alla gola. - Andare... ora?

Tremavo.

- Coraggio, fata. Guarda caso, vado nella tua stessa direzione: se ti fa piacere, potrei accompagnarti per un pezzo, conosco un posticino dove si mangia da re. - Tagix recuperò le redini. - Uow, bello! - fece ad Adagio. L'asino alzò il muso e, dando uno scrollone al carro, riprese lento il cammino.

- Mi manca il respiro... - confessai a Quercia piangendo.

- TIII GUAAARDEEERÒÒÒ - rispose lei con un sorriso.

Il cielo si accendeva. La Valle si svegliava.

Mentre mi alzavo in volo, vidi Robin Windflower annodare il *Santuomo* alla bitta del molo: era appena tornato dalla pesca; Primula Pull, la sarta, usciva di casa per andare ad aprire bottega; Marta Burdock spazzava davanti al negozio di famiglia, mentre suo marito Vic spolverava l'insegna; Joe Shuanmà, il guardiano della scuola, distribuiva il mangime alle oche, sotto lo sguardo pensieroso della Preside Flumini; Lilium Martagon salutava sua moglie Vivian con un bacio, dato sull'uscio; Campanula McDale portava i fiori al suo Meum, che quell'anno ci aveva lasciati; McDoc si avviava verso i boschi col cavallo Oreste; Ortensia Pollimon apriva le imposte della camera di Flox, mentre mamma Rosie usciva in giardino con il cesto del bucato; Duff Burdock, con un pacchetto di uova sotto il braccio, si dirigeva verso casa nostra; intorno a lui, suo nipote Grisam saltava e lo tormentava con giovani scherzi affettuosi; sembrava fargli fretta, forse era impaziente di vedere Vì; il liutaio McMike portava il suo nuovo cucciolo a fare un giretto: l'amato Fiddle, detto anche Rosicchio o Muffa dai ragazzi, alla fine di una vita felice, una notte di aprile aveva chiuso gli occhi per sempre. Due mesi dopo, Shirley e Tommy Corbirock erano arrivati al villaggio con un bastardino tra le braccia. McMike lo aveva chiamato Fiddle Secondo. Ogni mattina lo portava a spasso per insegnargli i sentieri che lo avrebbero riportato a casa, quando il suo padrone lo avrebbe lasciato libero di andare a esplorare la Valle, da solo o con i bambini.

Dall'altra parte del villaggio, Tommy s'incamminava verso la fattoria dei Poppy. Da quando erano iniziate le vacanze ci andava ogni mattina e trascorreva là la giornata, aiutando il signor Edgar negli orti e nelle vigne. Gli piaceva lavorare la terra e gli faceva piacere che ci fosse Shirley al suo fianco. Il loro amore nacque in quei giorni e, per quel che ne so, dura ancora oggi.

Guardai giù: la strada principale si animava di cittadini indaffarati. I ragazzi, Acanti, Francis, Nepeta, Margherita, Salvia, Billy, Celastro, Cecilia, Sophie, probabilmente dormivano ancora. Era domenica. Papà Cicero avrebbe fatto le crêpes per la famiglia e per gli amici. Grisam e suo zio bussavano ora alla nostra porta, Pervinca comparve sull'uscio e chiese loro qualcosa a cui i due uomini risposero con un cenno negativo della testa. Un lembo della tendina volò fuori dalla finestra di Tomelilla e mi fece pensare a un fazzoletto che salutava. Dov'era lei? Mi stava cercando? Oppure sapeva, come aveva sempre saputo tutto?

C'era qualcuno in cima alla piccola collina del nostro giardino, dove un tempo svettava il grande olmo, una figura alta ed elegante. Si stringeva lo scialle intorno alle spalle, guardava in alto, e quando mi vide chinò la testa, in segno di saluto, e poi mi mandò un bacio.

«Addio, Tomelilla» pensai dentro di me «e grazie, grazie, grazie di tutto. È stato un onore servirvi e una gioia. Ho imparato tanto da voi. Non vi dimenticherò e spero che un giorno ci rivedremo. Tenete accesa la luce di Fairy Oak, penserò io a ritrovarvi.»

***

La montagna si avvicinava, qualche metro ancora e avrei lasciato Verdepiano alle mie spalle. Altri spazi, nuovi orizzonti mi si sarebbero aperti davanti.

Mi voltai e salutai Quercia.

Sapevo che i suoi occhi mi stavano ancora accompagnando. «Addio, cara amica» le dissi col pensiero. «Veglia su tutti loro come hai sempre fatto. Conto su di te.»

- IL POSTO DOVE FERMARCI NON È LONTANO! - gridò la voce del mago, in quel momento. - DOBBIAMO SUPERARE IL PASSO. SE NON NEVICA, POTREMMO ESSERCI PRIMA DELL'ALBA.

«Di quale giorno?» mi chiesi. Dall'alto vedevo il tetto del carro oscillare a ogni sasso, strattonando le spalle del povero Adagio, che ostinato affrontava la salita. Barbo, seduto a cassetta, gli teneva compagnia con la sua voce, e lo incoraggiava raccontandogli di quel che avrebbero mangiato, e non mancando di complimentarsi...

- Bravo, Adagio, bravo, avanti così, vecchio mio, vedrai che pranzo da imperatori ci aspetta... Mi ringrazierai per questa fatica che ti avrà aperto lo stomaco... Uow, avanti, bello mio...

- FATE ATTENZIONE! QUALCUNO VI VIENE INCONTRO! - lo avvisai. - UN CAVALIERE!

Avvolto nel mantello scuro, i capelli bruni al vento, il forestiero galoppava nella direzione opposta alla nostra, e sembrava che la terra bruciasse sotto gli zoccoli del suo cavallo, tanto andava veloce.

- ECCOLO, È PROPRIO DAVANTI A VOI!

Il giovane comparve dalla curva, incrociò il carro e proseguì la sua corsa, senza fermarsi.

- EHI! - protestò il mago, travolto da una nuvola di polvere. - CHE IL VENTO TI PORTI, E CHI T'INSEGUE TI ACCIUFFI!

- Non credo sia inseguito - dissi posandomi sulla sua spalla. Barbo tossiva e si sbracciava per mandare via la polvere. Io, invece, mi sentivo felice. - Se è chi penso io - continuai con un sorriso - quel ragazzo è molto atteso. Ben tornato, Jim Burium!

Il carro diede uno scossone.

- Jim Burium, e chi diavolo sarebbe? - domandò Tagix, riprendendo il controllo.

- Oh, solo un giovane inventore che mantiene le promesse - dissi.

- Sarà, ma sono contento di accompagnarti, fata. Queste strade non sono più sicure come un tempo. E... dimmi, dimmi: cosa farai adesso?

Eravamo di nuovo in cammino.

- Attenderò con ansia una nuova chiamata - risposi. - Ora più che mai sono certa che la mia vita sia tra i bambini. Vi piacerebbe se vi raccontassi un po' delle loro storie? - Avevo trovato un posticino comodo tra le pieghe del suo pastrano e lui aveva permesso che mi accomodassi lì. - Potreste conservarle nelle vostre ampolle - dissi. - Ne conosco tante, sapete?

- Attacca, fata - rispose il mago - mi piacciono le storie di bambini. Distraggono il mio stomaco dal pensiero del pranzo. Uow, Adagio, forza bello mio, che la strada è lunga...

INDICE

FAIRY OAK

LIBRO UNO

Il Segreto delle Gemelle

Elisabetta Gnone

Fairy Oak è un villaggio magico e antico,
nascosto fra le pieghe di un tempo immortale.
Il villaggio è abitato da creature magiche ed esseri umani, ma è difficile distinguere gli uni dagli altri. Infatti, fate, maghi, streghe e cittadini comuni abitano quelle case di pietra da tanto di quel tempo che ormai nessuno fa più caso alle reciproche stranezze.
E dopo tanto tempo, tutti si somigliano un po'!
A parte le fate, che sono molto piccole, luminose e… volano!
I maghi e le streghe della Valle le chiamano per badare ai piccoli del villaggio. Questa storia è raccontata proprio da una di loro:
Felì, la fata delle due gemelle Vaniglia e Pervinca.

FAIRY OAK

LIBRO DUE

L'Incanto del Buio

Elisabetta Gnone

A Fairy Oak il tempo della pace sembra destinato a finire, perché un antico Nemico è tornato in cerca di rivincita. Il Signore del Buio vuole governare il mondo nell'oscurità e per farlo deve distruggere l'altra metà del magico potere, la Luce. La difesa è affidata ai Magici, che già in passato sono riusciti a respingerlo, ma il Nemico si insinua tra loro e l'Antica Alleanza vacilla. La speranza è nelle giovani mani di Vaniglia e Pervinca, le streghe gemelle, simbolo vivente dell'alleanza. Continua così, tra mille avventure, il racconto di Felì, la fatina luminosa a cui è affidato il difficile compito di proteggere le streghe gemelle di Fairy Oak.

Fairy Oak

LIBRO TRE

Il Potere della Luce

Elisabetta Gnone

La guerra travolge la Valle di Verdepiano. Gli abitanti di Fairy Oak organizzano la difesa, ma il dubbio avvelena i loro animi: il Nemico è riuscito a insinuarsi fra le gemelle? L'Antica Alleanza tra Luce e Buio è spezzata? Nonostante l'affetto di Vaniglia, Pervinca è costretta a fuggire, ed è allora che il Nemico sferra l'ultimo attacco. Le mura di Fairy Oak sembrano resistere, ma il Signore del Buio ha in serbo una sorpresa che sconvolgerà gli assediati... Forse però non tutto è come appare. La Luce deve ancora mostrare il suo potere e l'amore nasconde ancora un segreto. Si conclude con questo terzo ed emozionante episodio la trilogia di Fairy Oak.

I QUATTRO MISTERI

La prima sera
parlai d'Amore
e di cuori intrepidi…

La seconda sera
di Magia e di
mirabolanti avventure…

La terza sera
raccontai storie
di Amicizia e di colori…

La quarta sera
dissi Addio
a Fairy Oak…

RICICLARE 1000 KG DI CARTA...

• salva 17 alberi
• salva energia sufficiente a rifornire una casa per 6 mesi
• elimina 3 metri cubi di materiali inerti
• risparmia 31.780 litri d'acqua
• produce il 75% in meno di inquinamento nell'aria
• impiega il 57% dell'energia impiegata per produrre una tonnellata di fibra vergine
• produce il 35% in meno di inquinamento dell'acqua

Fonte: http://www.oldgrowthfree.com